강호불인

江湖不仁

FANTASTIC ORIENTAL HEROES

김철곤 新무협 판타지 소설

강호불인 3

김철근 新무협 판타지 소설

초판 1쇄 찍은 날 § 2008년 9월 26일
초판 1쇄 펴낸 날 § 2008년 9월 30일

지은이 § 김철근
펴낸이 § 서경석

편집장 § 문혜영
편집책임 § 최하나
편집 § 정서진 · 유경화

펴낸곳 § 도서출판 청어람
등록번호 § 제1081-1-89호
등록일자 § 1999. 5. 31
어람번호 § 제2-1587호

주소 § 경기도 부천시 원미구 심곡동 163-2 서경B/D 3F (우) 420-010
전화 § 032-656-4452 팩스 § 032-656-4453
http://www.chungeoram.com
E-mail § eoram99@chollian.net

ⓒ 김철근, 2008

ISBN 978-89-251-1493-4 04810
ISBN 978-89-251-1416-3 (세트)

江湖不仁

3

강호불인

김철근 新무협 판타지 소설

FANTASTIC ORIENTAL HEROES

도서출판 청어람

目次

第一章

江湖不仁
강호불인

1

정사대전이 끝난 바로 그해 그들은 모자를 만났다. 그들이 마을에 도착했을 때 백여 명의 무인들이 모자를 지키고 있었다. 임무를 교대하고 화산사수는 처음으로 두 모자를 대면했다.

아이는 겨우 다섯 살.

부인은 무공은 몰랐지만 규방에서 바르게 몸가짐을 배운 여인처럼 기품이 있었다. 부인은 그녀를 감시하러 왔다고 딱 잘라 말하는 무뚝뚝한 그들에게 어떤 감정도 내비치지 않았다. 그들은 모자의 집에서 머물며 자신들의 임무를 시작했다.

마을은 참으로 평화로웠다. 계절에 따라 몸을 움직여 곡식을 키워내고, 그것에 안분하며 사는 순박한 마을이었다. 처음에는 검을 맨 그들을 꺼려하던 마을 사람들도 점차 그들을 마을의 일원으로 받아들이기 시작했다.

그들은 검을 놓고 괭이를 들며 쇠스랑을 들었다. 처음으로 두 손 가득 이삭들을 움켜쥐고 수확의 기쁨을 누려보았다. 뼛속 깊이 스며들어 있던 사문에 대한 배신감은 점점 희미해지고 마음은 넉넉해졌다.

그런 그들을 아이는 유난히 잘 따랐다. 감시자로서의 역할을 망각하지 않기 위해 짐짓 거리를 두었음에도 아이는 천진했다.

이내 그들은 아이와 자주 어울렸다. 부인도 딱히 아이나 그들을 말리지 않았다. 처음으로 그들은 속세간의 인간들이 혼인을 하고 가정을 이루는지 이해할 수 있었다. 행복한 시절이었다.

오 년이 지난 후에 화산사수는 진실을 알았다. 두 모자가 천무제의 부인과 혈육이었다는 사실을. 그리고 정파의 비열한 행동과 두 모자를 농락한 천무제의 천인공노할 행위를 듣게 되었다.

앞으로는 시냇물이 흐르고 뒤에는 대별산에서 떨어져 나

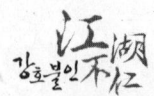

온 높지 않은 봉우리들이 병풍을 치며 서 있는 가운데, 넉넉하고 푸진 엄마의 젖가슴에 안긴 아이처럼 그 안에 꼭 박혀 있는 마을.

잘 익은 초여름 햇빛은 몰캉몰캉 떨어져 풍요를 더하고, 산바람은 파수꾼처럼 마을 앞을 어슬렁거린다.

도형촌.

이 마을을 지배하는 유일한 독재자는 평화였다.

호운은 잠시 햇빛과 바람 속에서 피에 젖은 마음을 널어 놓고 말렸다. 피 냄새가 가실 리는 없겠지만 평화에 대한 최소한의 인사라고 생각했다. 잠시 후 조붓한 소로를 따라 걷기 시작했다.

나머지 일행은 산그늘 밑에 두고 왔다. 사모(師母)가 사는 조용한 마을에 검을 찬 낯선 자들이 우르르 몰려드는 것은 예의가 아니라는 송정파의 말을 따랐다.

그녀의 말처럼 조용히 치러야 할 의식이어야 했다. 사부의 영면을 알리는 슬픈 자리에 낯선 자들을 초대하는 것은 그다지 좋은 일이 아니었다.

"흐음, 배산임수에 딱 맞춤이로고. 저기 산비탈쯤에 장원 하나 지어놓고 들어앉아 살기 딱 좋은 곳이구먼."

동구 밖 작은 언덕 위.

유경생이 멀리 보이는 도형촌을 조망하며 너스레를 늘어 놓았다. 그에게는 사람을 죽이러 가는 이 길이 소풍 가는 것 마냥 한가로운 모양이었다.

"계집은 낭창낭창한 것으로 하나, 포동포동 하나 해서 딱 둘이면 족하겠고, 여름이면 뒷산 계곡에 발을 담그고 겨울에는 꿩 사냥을 나가니, 커! 생각만 해도 신선이로군."

그의 말을 듣고 있는 황무성의 표정은 무거웠다. 초여름 쏟아지는 양광도 그의 마음속 깊은 곳까지는 닿지 못한 듯 그늘이 져 있었다.

사부의 가족.

세상에 널리고 널린 가족 앞에 사부란 말 하나만 달랑 붙었을 뿐인데 그 말은 이 지상에서 가장 무서운 말이 되어버렸다.

황무성은 숨이 막히며 목이 답답해지는 것을 느꼈다. 저도 모르게 손으로 목을 더듬었다.

손에 무언가 걸렸다.

밧줄이었다.

유년 시절 어미가 그의 목에 걸던 밧줄이었다.

세상에 상한 음식처럼 홀로 남겨질 자식이 안쓰러워 어미가 걸었던 밧줄. 열 살 때, 첫 살인 후 꿈에도 나오지 않던 그녀가 새삼 왜 지금 다시 밧줄을 거는가.

그녀는 또 나를 어디로 데려가고 싶은 것일까.

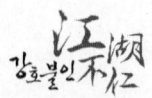

황무성은 고개를 세차게 털었다.

가지 않는다.

난 이제 여섯 살짜리가 아니다.

어미든 누구든 그들이 내게 밧줄을 걸어 데려가고 싶은 곳으로 가지 않는다.

내 발로 내가 갈 것이다.

"후아."

"자네, 얼굴이 영 말이 아니군."

"후배로서 인생 선배님에게 하나만 물어봐도 되겠습니까?"

"호오. 잘 산 인생은 아니었지만 어디 말해보게."

유경생이 뒷짐을 지면서 좀 뻐기는 듯한 표정으로 말했다. 늙으면 나이가 자랑인 게 인지상정이었다.

"오래된 집이 하나 있습니다. 집주인은 그 집을 부수고 새로 지으려고 하는데, 그 집 마당에는 몇백 년이나 된 아주 큰 감나무가 마음에 걸립니다. 새로운 집을 지으려면 그 나무를 잘라야 하는데 갈등이 생기는 것입니다. 그 나무 아래서 놀던 추억이며, 그 나무에서 나오는 감으로 배고픔을 메우던 시절을 보낸 주인에게는 많은 추억이 서린 것이기 때문입니다. 물론 주인은 이까짓 나무가 뭐라고, 이미 지난 일이라고 애써 그렇게 생각하고 있습니다만. 호법님은 이럴 때 어떻게 하시겠습니까?"

"흐음, 난감한 상황이구만. 하지만 나 같으면 미련없이 자르겠네. 나무란 주인에게 과거일 뿐이고, 새 집은 주인이 들어가서 살 미래 아닌가? 과거보다는 미래를 선택하는 게 현명한 자들이 할 짓이지."

"진정 그렇습니까?"

"그렇지."

유경생은 고개를 주억거리다 순간 마주친 황무성의 눈을 보고 저도 모르게 흠칫했다. 갑자기 황무성의 눈에는 살기가 담겨 있었다.

"이게 무슨 짓인가! 감히 내게 살기를?!"

"죄송합니다. 선배님의 충고대로 방금 마음속에서 그 나무를 베어냈습니다."

황무성은 손으로 목을 만졌다.

밧줄은 사라지고 없었다.

"마음속? 베어? 대체 무슨 말인가?"

"미처 말씀드리지 못한 것이 있는데, 그 집을 짓게 되는 목수가 있었습니다. 그 목수도 주인에게 미련없이 나무를 베라고 채근했습니다. 그 목수는 그 벤 나무로 장원을 짓고 낭창하고 포동포동한 계집 둘을 앉혀 살겠다며 주인의 아픔을 욕보였습니다. 주인은 그 목수가 그렇게 얄미울 수가 없었습니다. 그래서 그 나무를 벤 죄책감을 목수를 죽임으로써 조금이

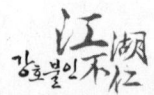

나 갚으려고 했습니다."

천천히 말을 이어가면서 황무성이 검을 뽑았다.

유경생은 한 발 뒤로 물러났다. 그로서는 황무성이 갑작스럽게 변한 이유를 몰랐다.

"결정하고 나니 후련하군요."

그의 말처럼 황무성의 얼굴에 초여름 풍족한 햇빛이 비쳐 그늘은 사라지고 없었다. 마치 약재를 달여 쓸모없는 성분을 걸러내듯, 그는 마음속 번민을 한소끔 끓여내 말끔히 날려 버린 듯했다.

유경생도 어느새 검을 뽑아 들고 있었다. 어떤 의지로 검을 든 것이 아니라 황무성의 행동에 반사적으로 튀어나온 행동이었다.

그의 눈은 의구로 가득 차 있었다.

"네놈이 지금 무슨 짓을 하고 있는지 아느냐?"

"압니다. 사부의 가족을 죽이러 가는 길입니다. 내 미래를 가로막는 커다란 나무를 베러 가는 길."

"사부의 가족? 서, 설마……?"

"혈광귀만 사부의 제자가 아니죠. 혈광귀는 막내고 난 둘째. 아, 첫째는 어디 있냐구요? 지금 사천을 휘젓고 다니고 있잖습니까? 하하하!"

황무성의 웃음소리가 주변을 쩌렁쩌렁 울렸다.

정녕 놀라운 일이었다. 황무성의 말이 사실이라면 강호는 천무제의 손아귀에 든 거나 다름없었다.

혈광귀 하나만으로도 들썩들썩한 강호였다.

그런데 하나도 아니고 셋이라니.

그중의 하나는 강호의 전부라고 할 수 있는 의천맹에 들어와 버젓이 호위대주까지 하고 있었다.

'형님……'

절망감에 유경생의 손이 바들 떨렸다.

그러나 유경생은 불굴의 노장이었고, 노회한 나이였다. 그는 어떤 상황인지 빠르게 머릿속으로 결정을 내었다.

그의 눈에 황무성 못지않은 살기가 맴돌기 시작했다.

"껄껄. 대충 어떤 판 속인지 이제 알겠구나. 간악한 놈, 신분을 속이고 쥐새끼처럼 맹으로 기어들어 와 있었구나. 맹주가 왜 네놈의 뒷조사에 집착했는지 이젠 알 것 같다. 맹주는 널 믿지 않았어."

"나에 대해 알았을 때 맹주는 이미 죽어가고 있는 중이거나 죽어 있을 것이오. 내 칼에 말이오. 후후."

"크하하! 네가 천무제의 제자라고 해서 세상을 다 이길 것 같으냐? 난 네놈이 어미 뱃속에 있었을 때부터 몸에 피를 묻히고 살았다."

"뭔가 착각을 하는데, 백정 짓을 오래 했다고 다 포정(庖丁:장

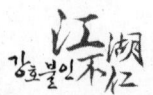

자 책에 나오는 최고의 백정)이 되는 것이 아니오. 만약 그렇다면 이 세상에 천재는 어디 있겠소? 시간만 지나면 다 천재가 될 텐데 말이오. 과연 사부가 사십의 나이에 천무제로 불린 게 오래 검을 잡아서 그렇겠소? 그리고 말이오, 난 이십 년 동안 하루도 안 빼놓고 무공만 익힌 사람이오. 유일하게 쉬는 시간이 밥 먹는 시간과 자는 시간 두 시진이었소. 피? 우습구려. 난 열 살 때부터 사람의 목을 베었소. 더군다나 사부가 무의 하늘이었던 천무제였소."

지옥.

형산은 지상에 있던 지옥이었다.

"말로야 누군들 천무제가 못 되겠느냐? 오라! 점창의 검과 백전(百戰)의 경험을 네게 보여주마."

"점창의 사일검은 이형환위로 피하고 반격은 천검매개로 한다. 사부가 한 말이오."

여유롭게 말을 하면서도 황무성은 긴장하고 있었다.

유경생은 그가 형산에 나온 이후 처음으로 싸워보는 고수 중의 고수였다. 사형제들과 생사결에 가까울 정도로 많은 비무를 했고 호위대주 비무도 겸었지만, 낯선 무공을 가진 고수와의 싸움은 처음이었다.

"껄껄껄. 그래, 어디 한번 피해보거라. 타앗!"

유경생이 먼저 선수를 날렸다. 그가 날린 공격은 점창의 자

랑인 사일검법(射日劍法)이었다. 강호에서 가장 빠르며, 또한
강맹함을 자랑하는 검법이었다.

과연 유경생이 검을 긋자 초여름 팽팽한 햇빛이 촤악 갈라졌
다. 동시에 황무성도 잘려지는 빛살만큼 두 개로 나뉘어졌다.

이형환위.

황무성은 유경생의 뒤로 돌아가 검을 내뻗었다.

슈앙!

휘라라랑.

유경생은 돌아보지 않고 검과 함께 앞으로 그냥 나아가 버
렸다. 막느니보다 피하는 게 더 유리했다.

황무성도 검을 내민 힘을 끊지 않고 그대로 밀고 나갔다.
그의 몸이 유경생의 뒤를 따르면서 쭉 밀려 나감과 동시에 그
의 검끝에서 검강이 불쑥 튀어나왔다.

막 검강이 유경생의 몸을 뚫고 지나가려는 순간, 유경생의
몸이 허공을 박차고 튀어 오르며 공중제비로 황무성을 향해
몸을 돌렸다.

그의 사일검만큼이나 극쾌를 자랑하는 몸놀림이었다.

다시 한 번 사일검이 가르고 지나갔다.

이번에는 뿌연 검강마저 그의 검끝에서 일렁였다.

'흐읍!

과연 몸놀림도 낯설었고, 유경생은 강했다.

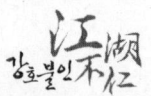

황무성은 날아오는 사일검을 향해 망설임없이 천검인혼을 펼쳤다. 일전에 맹주 온정균 앞에서 펼쳤던 개량된 것이 아닌 천무제의 온전한 그것이었다.

펑!

펑!

두 개의 검강이 맞부딪치면서 한편으로는 소멸되고, 다른 한편으로는 천검인혼의 수법답게 유경생을 향해 빠르게 되돌아갔다.

"이얍!"

유경생이 자신의 왼 발등을 찍고 다시 허공으로 튀어 올랐다.

휘앙앙!

그의 발밑을 검강이 할퀴며 지나가자 유경생이 서서히 지상으로 내려왔다.

주변은 처참할 정도로 찢겨 있었다.

가까이 있었던 무덤 몇 기는 뒤집혀져 관이 보이고, 삭은 관 속의 아직 육탈되지 않은 인골마저 흉흉한 모습을 드러내고 있었다. 속살을 드러낸 붉은 흙의 습습한 냄새가 코끝을 간질였다.

"다른 건 없소?"

황무성이 히죽거리며 물었다. 두 번의 부딪침이었지만 황무성은 서서히 유경생을 이길 수 있다는 자신감이 생겼다. 그는 유경생이 펼친 사일검의 진수를 맛보았지만, 유경생은 천무제의 진수를 아직 보지 못했다.

마음속으로 천무삼결의 천검회회와 비정무설의 절초들을 놓고 잠시 골랐다. 다소 쓸데없는 도발적인 물음은 그 시간을 벌기 위함이었다.

"방금 펼친 수가 천검인혼이더냐? 천무제가 허랑하게 키운 놈은 아니었구나."

유경생은 솔직하게 인정했다. 천무제의 제자다웠다.

이제 황무성이 공격할 것은 천무삼결의 삼초, 천검회회일 것이 분명했다.

천무제가 펼쳐 본 적이 한 번도 없다는 절초.

형산에서 먼발치로 천검인혼을 본 적은 있지만 최고의 절초라는 천검회회는 구경도 하지 못했다.

유경생은 죄어오는 긴장을 검을 흔들어 털어냈다. 얼마나 대단한 검법인가는 겪어보면 알 일이었다. 그리고 이십 년 전의 천무삼결이었다. 자신도 이십 년 동안 놀고만 있었던 것은 아니었다.

황무성은 유경생의 몸에서 긴장이 빠져나가는 것을 보면서 사용할 수법을 결정했다.

비정무설 일초, 견설기망이었다.

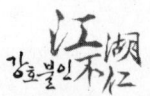

유경생이 기대하던 천검회회가 아니었다.

"허헉!"

살기.

호운은 걸음을 뚝 멈췄다.

논.

세 명의 노인이 왼편 무논에서 써레질을 멈추고 그를 보고 있었다. 눈눈이 날카로운 노인들. 꾸밈새는 영락없는 늙은 농군이었지만, 또한 전혀 농부답지 않았다. 농부가 이렇듯 살기를 뿜어낼 수는 없지 않은가.

그들은 고수였다.

농부의 모습 속에 숨어 살기를 수월하게 갈무리할 수 있는 고수.

더군다나 셋.

스스로 참 한심하다는 생각이 들었다. 의천맹이 사부의 가족을 붙잡고 있는데 아무런 대책 없이 그냥 둘 리는 없었다.

노인들은 감시자였다.

싸움은 불가피할 것 같았다. 저들이 천무제의 제자인 그를 그냥 보내줄 리는 없었다. 호운은 조용히 검에 의지를 모았다.

초여름 햇볕이 탱탱 부풀어 올랐다.

조금만 움직이면 팡 터질 것 같은 긴장을 깨뜨린 것은 나이에 비해 볼 살이 넉넉한 노인이었다. 그는 화산사수의 둘째인 명유 도장이었다.

"언젠가는 이런 날이 오리라 짐작했네. 영원히 오지 않았으면 좋았을 것을. 의천맹이 보내서 왔겠지?'

'의천맹?'

"천무제가 죽은 지 이십 년이 지났네. 이제 와서 뭐가 두려워 가족까지 해치려 하는가? 그들은 맹을 거스를 일도 없고 그럴 만한 힘도 없네. 이 화산사수가 보장하지. 그만 돌아가 주게. 돌아가서 우리들이 그렇게 말했노라고 전해주게."

화산사수?

노인들의 별호인 모양이었다. 들어본 적이 없는 이름이지만 화산이 이름 앞에 딱 버티고 서 있다는 것만으로 그들의 이름은 가볍지 않을 것이다. 노인들의 무위가 새삼 이해가 되었다.

그 순간 노인들의 말에 생각이 미쳤다. 이상했다. 감시자의 말이 아니었다. 지금 노인의 부탁은 사부의 가족을 지키려는 파수꾼의 말처럼 들렸다.

"의천맹에서 온 것이 아니오."

"아니면?'

호운은 잠시 망설였다.

사실대로 말할까? 호운은 자신의 감을 믿기로 했다. 노인들은 무슨 사연인지는 몰라도 사부의 가족을 지키려는 파수

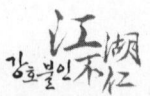

꾼이다.

"천무제. 그분이 제 사부요."

"하하하하하!"

"흐허허허허!"

세 노인이 동시에 웃어젖혔다.

앙천대소가 이런 것이리라. 가슴이 오르락내리락 숨 가쁘게 터지는 웃음. 분명 기꺼워 웃는 웃음이 아니었다.

호운은 웃음이 잦아들 때까지 조용히 기다렸다. 이윽고, 웃음이 격발한 홍조를 지우며 명유 도장이 말했다.

"죽은 천무제가 제자를 키워? 그럼 자네는 저승에서 왔단 말인가?"

혈광귀의 소식을 듣지 못했나 보다. 피에 미친 천무제의 제자가 강호를 흩뜨리며 떠돌고 있다는 것을. 하기는, 피 냄새 자욱한 그런 풍문까지 흘러든다면 평화의 독재가 이어질 수나 있었을까.

"사부님은 생존해 계셨소."

"온정균이가 이젠 얕은 수까지 쓰는구나. 죽은 천무제를 팔고."

넓은 이마 밑으로 드러난 눈빛이 형형한 노인이 탁한 목소리로 끼어들었다. 목소리만큼이나 괄괄한 말투를 가진 화산 사수 중 막내인 명경 도장이었다.

"내 말은 사실이오. 사모와 아드님이 여기 살고 있다 들었소. 그분들을 뵙고 싶소."

"꼭 피를 보고 싶단 말인가?"

명유 도장 옆에 있던 대춧빛 얼굴의 명호 도장이 써레질에 사용하던 쇠스랑을 앞으로 조금 내밀었다.

대화는 끝났다. 그들은 호운을 믿지 못했다. 호운은 그의 말을 증명하기로 했다.

호운은 검에 담았던 의지를 폭발시켰다.

퓨앙.

몸을 뒤로 물리며 뽑혀 나오는 검을 받아 그대로 내뻗었다.

사부의 영혼.

천무삼결 제일초 천검매개.

그러나 노인들은 온몸을 찔러오는 검을 피해 이미 두어 장을 물러나 있었다. 호운이 틈을 준 것도 있었지만 그들의 대응 또한 빨랐다. 성근 검의 수풀 사이로 보이는 그들의 눈에는 어느새 경악이 스며들어 있었다.

2

흠칫.

황무성은 저도 모르게 우뚝 멈춰 서고 말았다. 동산 자락

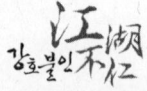

밑의 커다란 고목 그늘 아래 앉아 대화를 나누는 한 노인과 젊은이.

"자강불식이요?"

까만 살결.

눈초리가 망울진 눈맵시.

두툼한 입술.

사부다.

숨이 가빠왔다. 황소숨이라도 쉬는 것처럼 어깨가 들썩이며 온몸이 떨려왔다. 젊은 사내, 이지용의 모습은 사부와 영락없었다.

"그래, 쉼없이 스스로를 다그쳐 앞으로 나아가려는 마음. 그게 무인의 마음가짐이다. 두 번째는 일념통천이다. 한결같은 마음으로 노력하면 하늘도 감동시켜 무슨 일이든 이룰 수 있다. 세 번째는……."

노인이 말을 끊고 재빠르게 몸을 돌리며 일어섰다. 앉은 자리에서 몸을 돌림과 동시에 일어서는 것만 봐도 고강한 무공의 소유자였다.

노인은 슬쩍 젊은이의 앞을 가렸다.

"웬 놈……. 온정균이 보내서 왔나?"

황무성이 노인 어깨 너머의 이지용에게 시선을 둔 채 웅얼거렸다.

"맞소. 맹주의 호위대주요. 노인이 화산사수 중의 대사형인 명진 도장이겠구려."

황무성은 이곳에 도착하기 전 유경생에게 들었던 화산사수에 대한 설명 중에서 노인의 인상이 명진 도장과 가깝다는 것을 알아차렸다.

유경생의 말에 따르면, 형산 싸움 이후 파문을 당하지 않았다면 화산사수는 화산의 다음을 짊어질 인재들이라고 했다. 그중에서도 첫째는 아마 화산의 다음 대 장문인은 따놓은 당상이었을 것이라고.

명진 도장의 얼굴이 굳어졌다.

"우린 그냥 여기서 조용히 살 거네. 앞으로 강호에 발을 디딜 일도 없고, 여기를 벗어날 일도 없네. 딴마음이 있었다면 벌써 여길 떴을 터. 그건 맹도 알고 있기에 지금껏 잠잠하게 있지 않았겠나?"

"……."

"돌아가게. 우린 이미 강호에서 잊혀진 인물들이고 죽은 거나 마찬가지 아닌가? 천무제도 이미 오래전에 죽었잖은가."

다시 한 번 명진 도장이 설득했지만 황무성의 손은 검을 뽑고 있었다.

문답무용.

명진 도장은 침음을 삼켰다. 더 이상 말을 나누어봤자 무익

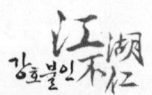

한 것임을 깨달았다. 최악의 상황이었다. 사제들이 논일을 하는 동안 이지용을 데리고 신법과 마음가짐을 일러주러 와 검도 들고 오지 않았다.

이지용을 무인으로 키우고자 하는 것은 아니었다. 그는 무인이 될 수 없었다. 천무제의 저주받은 피를 가진 그는 결코 강호에 나올 수 없었다. 그저 다만 육십에 다다른 그들이 죽었을 때 자기 한 몸 지킬 수 있는 정도의 무공을 가르치고 있을 뿐이었다.

"지용아, 여기는 내가 막아볼 테니 피하거라. 가서 세 사숙을 찾아라. 어서!"

"사부의 위험을 앞에 두고 제자가 어찌 피한단 말씀입니까?"

"네가 거든다고 될 일이 아니다. 세 사숙을 찾는 게 나를 살리는 길이다. 어서!"

이지용은 더 이상 입씨름을 하지 않고 뒤로 몸을 날렸다. 노인의 말이 백번 맞는 말이었다.

황무성이 날랜 매처럼 이지용을 향해 몸을 날렸다.

"어딜!"

명진 도장이 황무성을 막으며 화산의 권법인 매화신권을 쏘아왔다. 자하신공이 곁들여진 주먹에서는 보랏빛 권기가 맺혀 있었다.

휘앙!

27

그러나 명진 도장의 주먹은 허공을 가르고 말았다. 황무성은 슬쩍 움직이나 싶더니 어느새 명진 도장의 뒤를 빙글 돌아갔다.

"크음."

명진 도장은 침음을 내뱉었다. 자신의 권기가 허공을 가르는 순간 황무성이 사라지더니, 어느새 그의 뒤로 돌아가 있었다.

고수다.

온정균이 왜 겨우 한 명만을 보냈는지 미루어 알 수 있었다. 생각은 잠시, 명진 도장은 망설임없이 뒤로 날아 이지용의 뒤를 쫓았다. 검도 없이 이런 고수와 맞붙는 것보다는 이지용을 돕는 게 더 현명한 선택이었다. 이형환위까지 쓰는 자에게 이지용은 금방 붙잡힐 게 뻔했다.

"나는 허깨비가 아니오."

채 몇 장도 날아가기 전에 명진 도장은 몸을 숙이며 발을 멈춰야 했다. 머리와 허리, 다리를 노리고 짓쳐드는 세 개의 빛줄기를 피할 방법은 그것밖에 없었다.

어느새 핏발 선 눈으로 황무성이 명진 도장의 퇴로를 막고 검을 찔러오고 있었다. 명진 도장은 한 개의 검이 수십 개의 검으로 나뉘어 온몸을 찔러오는 것을 보면서 누군가의 검법을 떠올렸다.

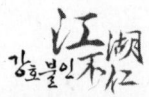

"천검매개!"

"천무제가 정말 살아 있었단 말인가?"

"천검매개 맞소. 사부는 생존해 계셨소."

"어, 어찌 그런 일이……."

첨벙.

명유 도장이 그대로 무논에 주저앉아 버렸다. 진탕물이 튀어 검버섯처럼 붙은 그의 얼굴은 갑자기 몇십 년은 더 늙어 보였다.

"지금은 죽었다는 것인가?"

호운은 고개를 끄덕였다.

"천무제. 이 찢어죽일 놈."

명호 도장이 갑자기 살기를 확 뿜어내며 노성을 터뜨렸다. 호운마저도 갑작스런 그의 변화에 어리둥절했다.

"이제 와서 뭘 어쩌자고 네놈을 보냈단 말인가. 하루하루를 죽음 속에 지내야 하는 부인과 아들을 그렇게 죽이고 싶었던 것이냐!"

"무슨 말이오? 사부를 욕되게 하지 마시오."

"갈! 네놈이 뭘 알아! 네놈이 뭘 아느냐! 네놈이 여기를 찾아왔다는 그 순간부터 이제 모자는 죽은 목숨이다! 의천맹 그놈들이 가만있을 성싶으냐? 네놈과 모자의 해후를 손뼉 치며 축하해 줄 것 같으냐?"

호운은 가슴이 철렁했다.

명유 도장이 한숨처럼 내뱉었다.

"자네는 오지 말았어야 했네. 어떻게 알았는지는 모르지만 듣는 순간 잊어버렸어야 했네."

그는 진흙이 묻은 손을 물에 헹구고는 어느새 딱딱하게 굳은 흙을 손으로 쓸어내렸다. 잠을 못 이루는 이의 마른세수처럼 무척 피곤해 보였다.

"의천맹이 지금까지 모자를 살려둔 것은 천무제가 죽었기 때문일세. 그런데 멀쩡히 살아서 제자를 키웠고 제자란 자는 아무 생각 없이 사부의 가족을 찾아왔네. 강호는 이미 모자가 죽은 줄로 알고 있어. 의천맹이 모자를 죽인 것은 지탄을 받았지만 이미 잊히고 있었지. 그런데 모자가 살아 있다는 것이 다시 알려져 보게. 의천맹으로는 아물어가는 상처를 다시 긁어 부스럼을 만드는 것 아닌가? 그렇다면 이제 의천맹이 굳이 뭐 하러 살려두겠나?"

발밑이 쑥 꺼졌다.

무슨 짓을 한 건가.

내가 무슨 짓을 한 거지?

이지용은 마을 쪽으로 달렸다.

언젠가는 이런 날이 올 줄 알았다. 식음을 전폐하면서까지

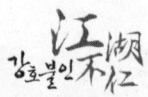

말리던 어머니 몰래 명진 도장에게 무공을 익힌 이유는 이런 날을 예비해야 했기 때문이었다.

천무제 이한상.

단 한 번도 본 적이 없는 아버지.

이미 죽었다는 아버지.

그러나 아버지 때문에 인질로 자라야 했고, 늘 죽음을 마중할 준비를 해야 했다. 남들에게는 대단했던 아버지는, 어머니와 그에게 죽음이란 말과 동의어였다. 아버지란 존재 자체가 저주란 말과 똑같았다.

지금 그에게 그 저주가 닥쳐오고 있었다.

흙다리.

동구 앞을 흐르는 시냇물 위에 세워놓은 다리가 앞에 보였다. 이지용은 다리 입구의 말뚝을 밟고 허공을 차고 올랐다. 단숨에 뛰어넘을 작정이었다.

순간,

"어억!"

순간 발을 향해 날아드는 검에 이지용은 다리 중간에서 떨어져 내렸다. 검은 그의 발밑을 훑고 지나가다가 다시 돌아와 그를 향해 짓쳐들었다. 이지용은 철판교의 수법으로 몸을 뒤로 뉘었다.

그 짧은 순간에 황무성은 날아오는 검을 받아 들며 이지용의 앞에 떨어져 내렸다.

명진 도장의 모습은 보이지 않았다.

돌아가셨으리라.

이지용은 터져 나오려는 울음을 애써 삼키며 몸을 일으켰
다. 죽는다 해도 누워서 칼을 맞을 수는 없었다.

황무성은 검을 늘어뜨린 채 가만히 있었다. 그는 이지용을
보고 있지 않았다. 중천으로 넘어가는 해가 흙다리 위에 짧게
드리워 놓은 자신의 그림자만 보고 있었다.

영원 같은 찰나.

이지용에게는 시간이 그렇게 느껴졌다.

문득, 고개를 들고 황무성이 한 발 한 발 다가갔다.

이지용이 파랗게 질린 얼굴로 뒷걸음질쳤다.

"부, 부탁이다. 어, 어머니는 해치지 말아다오. 나만 죽으
면 끝 아니냐!"

다리 끝.

절망.

갑자기 이지용이 울부짖었다.

"대체 우리가 무슨 잘못을 했어! 내가 천무제 아들로 태어
나고 싶어서 태어났느냐? 내가 무슨 짓을 했는데? 왜 내가 죽
어야 하는데! 어흑흑흑."

결국 이지용은 털썩 무릎을 꿇고 황무성의 앞에 엎드렸다.

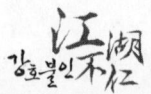

"그래, 내가 죽일 놈이다. 내 속에는 천무제의 더러운 피가 흐른다. 그것만 해도 죽일 놈이지. 백번 죽어도 싼 놈이다. 하지만 어머니는 아니잖소. 흑흑. 어머니는 제발 그냥 놔두시오. 어머니는 개미 새끼 한 마리 죽일 힘도 마음도 없는 분이십니다. 제발. 자, 여기 내 목이 있습니다. 깨끗하게 베고 제 머리만 들고 가세요. 자, 자, 단칼에 내려치시오. 그럼 됩니다. 그리고 그냥 돌아가 주세요, 제발. 제발!! 크흐흐흐흑!"

이지용의 말은 애원으로 바뀌어갔다.

황무성은 천천히 검을 들어 올렸다.

짧은 검의 그림자는 이미 이지용을 목 위에 길게 늘어뜨려져 있었다.

철퍼덕!

명유 도장이 벌떡 일어났다.

"지용이? 지용이 목소리가 아닌가?"

그랬다. 이지용의 울부짖음이 한 마장쯤 떨어진 흙다리 쪽에서 희미하게 들려오고 있었다. 무슨 일이 생긴 것이 분명했다.

"의천맹 놈들!"

세 노인이 차례대로 논둑의 잡초가 다복다복 우거진 곳으로 손을 뻗었다. 그러자 잡초가 들썩이면서 검 세 자루가 떠올라 노인들을 향해 날아왔다. 그들은 그 검을 낚아채며 무논을 박차고 날아가기 시작했다. 그 바람에 튄 진흙이 얼굴에 확 끼쳤지만 호운은 망연한 얼굴로 서 있을 뿐이었다.

제자로서의 도리를 지키고자 한 것이 결과적으로 그들의 목숨을 위태롭게 만들었다. 자신이 사부의 가족을 죽이려 하고 있었다.

혈광귀, 피에 미친놈이 기껏 생각한 게 이 모양이었다.

"네가 천무제의 제자라면 그의 아들을 지켜라!"

퍼뜩 정신이 들었다. 명경 도장이 호운을 향해 외치고 있었다. 호운은 온몸의 내력을 폭발시켜 그들의 뒤를 쫓았다.

"단숨에 내려쳐야 한다! 네 앞을 가로막는 것들은 설령 나라 하더라도 베어라. 그게 천무제의 제자다."

열 살 때부터 익히기 시작한 살인. 황무성은 단 한 번도 빨리 내려치라는 사부의 재촉을 받아본 적이 없었다. 한 번도 망설인 적이 없었다.

사부는 그런 그를 칭찬했다.

넌 타고난 무인이다.

이지용의 몸에는 더러운 피가 흐르지만, 그에게는 더러운 가르침이 남아 있었다. 그러고 보면 자신들은 더러운 아버지를 모신 불쌍한 형제 아닌가. 황무성은 삐져나오려는 웃음을 삼박 베었다.

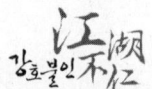

검이 이지용의 머리 위로 떨어졌다.

3

"아아아안 돼!"

투욱…….

세상이 멈춘 것 같았다.

쏘아오는 화산사수들의 외침보다도 이지용의 머리가 떨어
지는 그 자그마한 추락 소리가 더 크게 들렸다.

천둥이었다.

뇌전이 황무성의 머릿속을 가르고 지나갔다.

그 순간,

퓨아앙!

내공이 가득 실린 검이 공기를 쩌렁 울리며 날아왔다. 황무
성은 검을 들어 빛살 같은 검을 쳐내며 고개를 들었다.

익숙한 얼굴이 날아오고 있었다.

황무성은 천천히 두어 걸음 뒤로 물러났다.

"지, 지용아! 지용아!"

세 노인이 지용의 목을 잡고 울부짖었다. 세 노인의 허름한
마의는 이내 이지용의 붉고 뜨뜻한 피로 물들어갔다.

"지용아! 지용아!"

"이사형?"

호운의 넋이 나간 목소리가 들렸다.

한 발 더 뒤로 황무성이 물러났다.

"이사형? 이사혀엉!"

"우웩!"

황무성이 갑자기 허리를 숙이고 한 주먹의 핏덩이를 게워 냈다.

검게 죽은 피.

몸 대신 마음이 죽어 만든 울혈.

"후아."

큰 숨을 들이쉬고 황무성은 호운에게로 시선을 돌렸다. 막내의 얼굴은 보이지 않았다. 분노와 살의로 붉게 물든 두 개의 눈만이 허공에 떠 있었다.

혈광귀의 눈.

"비켜라."

울음을 진정한 명호 도장이 호운을 밀치고 앞으로 나아가려 했지만 이내 호운의 검에 막혔다.

"비켜라, 이놈!"

쩌엉!

호운의 몸에서 빙기가 폭사됐다. 갑자기 대기가 얼어붙었다. 그 바람에 명호 도장은 저도 모르게 한 걸음 뒤로 물러섰다.

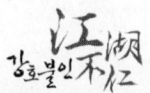

첨벙.

그사이 황무성은 자신이 뱉어낸 핏덩이 주위를 검끝으로 도려냈다. 흙다리 위에 구멍이 뚫리면서 울혈이 흙과 함께 아래로 떨어져 내렸다. 검붉은 피는 시냇물에 조금씩 풀어지더니 비로소 제색깔인 선홍빛으로 바뀌고 있었다.

황무성은 담담한 얼굴로 다가오는 호운을 응시했다.

"......"

"......"

호운은 묻지 않았다.

왜 당신이 사부의 아들을 죽였느냐고.

어떻게 이럴 수 있느냐고.

황무성은 대답하지 않았다.

앞을 막는 자는 누구든 베라는 천무제의 가르침을 따랐을 뿐이라고.

짧은 순간, 그들 각자의 마음속에서 형산의 노인은 누구에게는 여전히 사부였고, 누구에게는 천무제가 되었다.

이제 정말로 형산은 아스라이 사라지고 없었다.

다만 남은 것은 한때 형산이었던 적일 뿐.

호운이 이를 악물고 검을 휘둘렀다. 그의 검에서 검강이 쑤욱 뻗어 나와 황무성의 미간을 쏘아갔다. 황무성이 천천히 검을 들어 호운의 검을 막았다. 그의 검에도 뿌연 검강이 솟아 있었다.

탕!

칼날끼리 부딪쳐 나는 쇳소리.

서로의 심장을 쪼개는 소리였다.

"야, 너 솔직히 말해봐. 너 진짜 혈광귀 좋아해?"

마을 쪽을 보며 무릎 위에 머리를 얹어놓고 앉아 있는 송정파의 옆구리를 야왕이 콕콕 쑤셨다.

"좋아해요."

"내가 볼 때는 그게 그러면 안 되거든. 넌 혈광귀를 좋아하면 안 돼."

"왜요?"

"왜는 뭐가 왜야. 내가 그러면 그런 거야. 야, 그러지 말고 너랑 나랑 딱 비무해서 이긴 사람이… 그러니까 뭐 그런 거 있잖아. 비무초친이라고. 여자가 아닌 남자지만. 하여간 뭐 그런 거."

"그러니까 운 가가를 놓고 당신이랑 나랑 비무를 벌이자구요?"

"그렇지. 그게 깔끔하지 않냐? 원래 우리 사파들은… 뭐? 운 가가? 너 지금 뭐라고 그랬어? 가가? 지금 누가 누구 가가야?"

"근데 왜 야왕은 운 가가를 좋아하죠? 내가 볼 때는 전혀

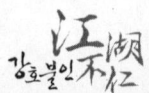

어울리지 않는데?'

저 혼자 시근벌떡 발작하려는 야왕의 허를 송정파가 찔렀다.

두 사람의 수작을 듣고 있던 삼인조와 나머지도 호기심 어린 눈으로 야왕의 입을 쳐다보고 있었다.

사실, 삼인조도 그게 궁금했다. 국 총관의 집에서 갑자기 혈광귀를 구해 데려오더니 그다음부터는 그의 뒤만을 쫓아다녔다. 첫눈에 반했다는 남녀 간의 달콤한 말도 해당되는 것 같지 않았다.

또 혈광귀의 뒤를 따라다니면 재밌을 것이라는 그녀의 변명은 말이 되지 않았다. 그녀의 눈에는 애욕이 담겨 있으니까.

왜 그녀는 혈광귀를 좋아할까?

무엇 때문에 그를 좋아하게 되었을까?

야왕은 송정파의 느닷없는 기습에 당황한 나머지 얼굴이 확 붉어졌다. 그러나 일행이 기대하던 야왕의 대답은 들을 수가 없었다.

번쩍.

송정파가 벌떡 일어났다.

"응? 저게 뭐죠?"

마을 쪽에서 번쩍이는 섬광에 송정파가 고개를 들어 머리 위 하늘을 봤다. 마른벼락이 칠 하늘은 아니었다.

그런데도 마을 쪽에서는 섬광이 연신 터져 나오고 있었다.

"누가 싸우는 거죠? 그렇죠?"

누가 대답할 사이도 없이 그녀는 마을 쪽으로 신형을 쏘아 갔다. 그 뒤를 이정명이 어느새 따라붙고 있었다.

"뭐야?"

야왕도 금세 그들의 뒤를 따르고 삼인조와 마칠도 순식간에 몸을 날렸다.

"야, 나는! 나도 데려가야지, 이것들아!"

뒤에 남은 갈혜군이 소리를 쳤다. 그녀는 금제 탓에 신법을 펼칠 수 없는 까닭이었다.

챙!

다시 한 번 허공에서 검이 마주쳤다. 호운의 몸이 흙다리에 길게 도랑을 파며 쭉 미끄러졌다.

호운은 허공을 향해 검을 내리그었다. 검강은 어느새 송알송알 맺혀 있는 검환으로 변해 있었다.

비정무설 제일초, 견설기망.

황무성도 허공으로 몸을 띄우며 같은 수법으로 맞섰다.

타타타타탕!

펑펑!

허공에서 때 아니게 엄지손톱만 한 구슬이 쏟아지며 서로 충

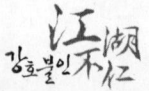

돌했다. 호운은 폭죽 소리에 온몸이 흔들리는 것을 바로잡으며 허공을 찍고 다시 올라갔다. 그리고 곧장 검을 내리그었다.

그의 검끝에 맺힌 검환들은 다시 조그마한 구슬로 나뉘어져 소용돌이치는 검풍(劍風)을 타고 황무성의 몸을 두르기 시작했다. 마치 하느작거리며 내리던 눈발이 세찬 바람에 휘말려 어지러이 쓸려가는 모습과 같았다.

지금 호운이 펼친 것은 비정무설의 이초 우설회성이었다.

그에 대응하는 황무성의 수법은 달랐다. 그도 허공을 향해 튀어 올랐지만 곧바로 빙글 몸을 돌리며 두어 번 검을 그었다. 그러자 두 개의 은빛 고리가 황무성의 몸을 감쌌다.

천검인혼.

콰콰콰쾅!!

요란한 폭음을 내며 부딪치던 검환이 황무성의 몸 주위에서 부딪치며 흩어지다가 돌연 호운을 향해 되돌아갔다.

순간, 기다렸다는 듯이 호운의 몸이 밑으로 뚝 떨어져 내렸다. 그와 함께 머리 위로 그가 황무성에게 쏘아 보낸 검환이 와르르 쏟아지고 있었다.

위험한 순간!

호운이 몸을 빙글 돌리며 쾌속하게 천검인혼을 펼쳤다.

다시 호운의 검환이 황무성을 향해 되쏘아갔다.

하지만 황무성은 그 순간에 이미 견설기망을 펼치고 있었다.

그들이 만들어낸 검환이 중간에서 맞부딪쳤다.

텅텅텅텅!

쫘르르르.

서로 부딪쳐 터지며 천방지방 비산하는 검환은 급기야 흙다리의 중간을 무너뜨리며 스러졌다.

콰릉콰릉!

텀벙!

호운과 황무성은 흙다리 양편에 마주 서 있었다. 다리 중동에서 부서져 내리는 흙과 자갈들이 시냇물 위로 쏟아져 내렸다.

호운은 힐끗 자신의 오른 어깨를 보았다. 새끼손톱만 한 구멍. 그런 구멍은 몸 여기저기에 나 있었고, 꾸역꾸역 핏물이 흘러나오고 있었다.

그에 비해 황무성은 별다른 상처 없이 말짱했다. 그의 눈은 살기로 바짝 메말라 있었다.

호운은 핏물을 손바닥에 묻히고 얼굴을 훔쳤다.

황무성의 눈이 조금 가늘어졌다.

형산에서 비무할 때 매일 그에게 당하던 어느 날, 호운은 그렇게 얼굴에 피를 묻히고 그를 향해 처음으로 검을 날렸다.

쩡, 쩌엉!

호운의 몸 주위에서 빙기가 흘러나왔다.

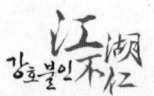

황무성이 검과 함께 직선으로 날아들었다. 그의 검끝에서 비수 같은 검강이 수십 개 튀어나오더니 회전하기 시작했다.

호운도 검을 들어 그었다.

비정무설 삼초, 설중불망.

눈발 같은 검환들로 허공이 자욱하게 덮이기 시작했다. 그 것들은 바람에 휘말리는 눈송이들처럼 황무성을 향해 일제히 세차게 휘몰아치기 시작했다.

퀘에에에엑!

황무성의 비수 같은 검강이 맹렬하게 회전하면서 호운이 만든 공간을 쐐기처럼 파고들며 갈가리 찢어놓고 있었다.

쾅쾅!

"푸흡!"

"흐흡!"

짧은 침음이 둘의 입에서 동시에 터져 나왔다.

호운은 순간적으로 빙기를 쏟아 부었다. 검강을 타고 빙기 가 흘러나가 황무성이 날아오는 공간을 얼리기 시작했다.

그러나 소용없었다.

황무성이 만든 쐐기는 빙기를 터뜨리며 그대로 호운을 향 해 돌진했다.

호운의 눈이 커졌다.

초식의 운용은 천검매개였지만 확실히 그것과는 달랐다. 지금 황무성은 천검매개로 만든 검들을 회전시키고 있었다. 사부가 가르쳐 준 것이 아닌, 황무성만의 천검매개인 것 같았다.

호운은 다급하게 검을 회수해 가슴을 가렸다.

쾅쾅!

"으흡!"

고통스런 신음을 뱉어내며 황무성의 검에 부딪친 호운의 몸이 실 끊어진 연처럼 뒤로 쿵 떨어졌다.

서서히 뿌옇게 허공을 물들였던 빙기가 가셨다.

황무성의 몸 이곳저곳에는 검환들이 뚫고 지나간 흔적들이 나 있었다.

"우웩."

호운의 상의는 이미 간 데 없이 알몸이 드러난 채였고, 그 곳곳에서 피가 터져 나오고 있었다. 그는 급히 고개를 돌리며 한 움큼의 선혈을 게웠다. 깊은 내상을 입은 것이 분명했다. 대환단을 복용한 이후로 내공 하나만은 자신있던 그가 황무성의 검에 무너졌다.

호운은 피를 훔치며 억지로 일어섰다.

그때였다.

"이놈!"

피울음이 섞인 외침과 함께 세 도장이 황무성을 향해 짓쳐들어갔다.

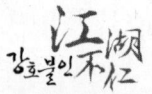

쾅!

쾅!

호운은 잠시 눈을 감았다. 세 도장이 시간을 벌어주고 있었
다. 억지로 온몸에 있는 진기를 돌렸다. 기혈들이 이리저리
얽혀 있어 진기의 흐름을 막았다. 이런 상태에서 운기는 아무
소용이 없었다.

그때 엄청난 폭음이 들렸다.

콰아앙!

"으헉!"

동시에 품 자 형태로 황무성을 싸고 공격하던 노인 중 명호
도장이 비명을 지르며 떨어져 나갔다.

"명호야!"

역시 명호 도장만큼이나 온몸이 너덜해진 명유 도장이 그
의 몸을 받았다. 그러나 그 무게를 이기지 못하고 그대로 쿵
주저앉았다. 명유 도장의 품에 안긴 명호 도장의 입에서는 끊
임없이 선혈이 흘러나오고 있었다.

명유 도장이 그 피를 닦다가 문득 손을 멈추었다.

명유도장의 눈은 어느새 감겨져 있었다. 그의 숨이 끊어진
것이다. 하지만 명유의 입가에는 한 올의 미소가 실선처럼 그
어져 있었다.

마치 후회 없는 삶을 살았다는 듯. 결코 죽음이 두려운 것

은 아니라는 듯.

"쿨럭. 사, 사형……."

명호 도장은 손을 뻗어 사형의 볼을 쓰다듬었다. 손에 묻은 피가 명유 도장의 얼굴을 붉게 물들이고 있었다.

어린 시절 화산에 입문해 육십 년 동안을 떨어져 본 적이 없는 사형제요, 친구이자 가족이었다. 그의 머릿속으로 주마등처럼 육십 년의 세월이 흘러가고 있었다.

그때 지상에 남은 마지막 형제의 목소리가 들렸다.

명호 도장은 자꾸 감기려는 눈을 밀어 올리며 고개를 돌렸다. 그의 시선에 명경 도장이 황무성에 돌진하는 것이 들어왔다.

"명경아, 안 돼……."

"죽어라, 이놈!"

화산사수의 막내인 명경 도장이 검을 날렸다. 매화검의 마지막 절초인 매화향향이었다. 온몸의 힘을 끌어 모으자 전신에 그어진 검선에서 피가 파악 터져 나왔다.

생명과 바꾸는 한 수.

황무성은 매화 향기 가득한 공간 속으로 검을 집어넣었다. 그의 검끝에서 비수 같은 검강들이 매화 향기 진동하는 명경 도장의 공간으로 쏘아져 갔다.

"크헉!"

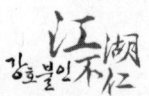

챙그랑.

명경 도장의 전신 십육 대혈에서는 엄지만 한 구멍들이 뚫린 채 피를 토해내고 있었다. 명경 도장이 명유를 보았다. 입술이 살짝 열리며 뭔가 웅얼거렸다.

그리고 명경 도장의 몸은 그대로 뒤로 넘어갔다.

쿵!

4

"으으으으."

호운의 앙다문 이빨 사이로 신음이 흘러나왔다. 아픔에 찌든 소리가 아니었다. 참을 수 없는 분노의 소리였다.

화산의 세 노인과는 아무런 상관도 없었다.

다만, 그들은 사부의 가족을 지켜주던 사람이었다.

그런데 그가 사부의 제자에게 죽었다.

"아아아아악!"

호운이 앞으로 치달려 나갔다.

황무성도 마주 달려갔다.

그들의 발밑에서 그나마 형체를 유지하던 흙다리가 와르르 무너졌다.

휘말린 흙먼지들이 빙기에 쩌억 얼어붙어 공중에 멈춰 서 있었다.

이어 세찬 바람이 그 먼지들을 쓸어내기 시작했다.

콰르르릉!

검과 검이 부딪쳤다 이내 다시 떨어졌다.

만상팔괘진.

그것을 파훼했을 때의 그 느낌.

호운을 지배하는 것은 바로 그때의 그 느낌이었다. 도둑처럼 은밀하게 찾아왔다가 사라져 간 그 느낌.

사부가 미완으로 남겨놓은 마지막 이설설한의 단초일지도 모르는 그 느낌.

그 위력!

호운의 검에서 검강이 흘러나오고, 빙기를 가득 머금은 검강이 잘게 찢어지며 실핏줄처럼 공간으로 퍼져 나갔다.

느리거나, 빠르거나.

나풀거리거나, 세차거나.

흐르거나, 몰아치거나.

갖가지 모습으로 실핏줄들은 공간으로 흩어지며 황무성의 몸을 감싸기 시작했다.

'응?'

황무성은 순간적으로 인상을 찡그렸다.

낯선 검법이었다. 저런 검법을 본 적이 없었다. 분명히 천

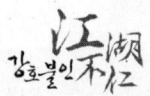

무제에게 배웠을 것이었지만 그로서는 처음 보는 것이었다.

하지만 생각하는 와중에도 검을 종횡으로 그었다.

마음속으로 왕유가 남긴 검법을 떠올렸다. 천무제가 그에게 남겼다는 일초의 검법. 그것을 비정무설의 파훼법이라고 했다.

왜 비정무설이란 절초를 만들고, 그것을 파훼할 수법을 오직 자신에게 남긴 것인지는 몰랐다. 하지만 최소한 대사형과 막내보다 우위에 설 수 있는 검법이었다. 그들은 반드시 꺾을 수 있는 검법이었다.

하지만 지금 쓸 수 없었다. 검보와 무리, 내공 운용만 적힌 책자를 완전히 팠지만 몸으로 충분히 익힐 시간이 없었다. 황무성은 빠르게 천검인혼을 펼친 다음, 그 뒤를 이어 비정무설의 삼초인 설중불망을 펼쳤다.

허공에 폭음과 검기의 폭풍이 휘몰아쳤다.

콰아앙!

콰르르릉!

둘의 부딪침이 사그라지고, 대기와 땅을 참혹하게 헤집었던 먼지폭풍이 서서히 걷히기 시작하면서 장내의 상황이 드러났다.

제일 먼저 눈에 띈 것은 경악한 표정의 송정파와 야왕, 이정명이었다. 송정파는 한 팔로 호운의 등을 받치고, 그 둘의 앞을 야왕이 투골침을 가득 움켜쥐고 황무성을 노려보고 있었다.

"크억!"

황무성이 허리를 구부리면서 한 모금의 선혈을 토했다.

그의 안색은 창백했고 입술은 파리했다. 하의와 상의는 거의 없어지고 그의 몸 군데군데 핏물을 뱉어내고 있는 구멍들과 역시 핏물이 흘러내리는 실금들이 사납게 그어져 있었다.

"후읍."

황무성은 다시 한 번 한 모금의 선혈을 게워낸 다음 신형을 꼿꼿이 세웠다. 하지만 그의 검을 든 손은 희미하게 떨리고 있었다.

결과는 성공적이었다.

하지만 호운의 마지막 한 수는 정말 위험했다. 중간에 진기가 끊기는 불완전한 수법이었지만 온몸이 난자되는 끔찍한 공포를 느껴야만 했다.

황무성은 눈으로 야왕의 너머에 있는 호운을 찾았다.

호운의 왼쪽 어깨는 비수 하나가 드나들 만한 구멍이 나 있었고, 그 속에서 핏물이 흐르고 있었다. 그럼에도 호운은 송정파의 손을 뿌리치고 앞으로 나섰다.

야왕이 그 앞을 막았다.

"야, 피해. 내가 상대할게."

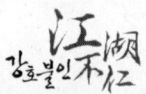

"비켜!"

호운은 야왕을 오른팔로 광포하게 밀치고 앞으로 나섰다.

야왕은 얼빠진 얼굴로 호운을 바라보았다. 거기에 호운이 없었다. 대신 핏발 선 눈으로 살기를 뿜어내는 낯선 한 남자가 서 있었다.

호운은 황무성을 향해 걸어갔다.

다리가 후들거려 위태로웠다.

야왕이 네가 한번 막아보라는 의도로 송정파를 돌아보았다. 하지만 그녀 또한 호운에게 밀쳐진 듯 땅바닥에 주저앉아 얼빠진 얼굴로 호운의 뒷모습만 보고 있었다.

황무성에게도 호운은 낯선 사람이었다.

호운이 천무제의 눈에서 발견했다는 순하디순한 짐승을, 황무성과 여관일은 호운에게서 발견했었다. 호운이 혈광귀로 불린다는 말을 듣고 얼마나 피식거렸던가.

"마지막 수법이 무엇이었냐?"

우드득.

호운이 핏발 선 눈으로 이를 악 물며 검을 들고 다시 달려들었다. 그의 검에는 검강도 아닌 희미한 검기만이 살짝 어려 있었다. 이미 몸은 그의것이 아니었다.

황무성은 보법을 밟으며 호운의 검을 가볍게 피한 다음, 그의 목을 향해 검을 날렸다. 그의 검에는 이전보다는 못하지만 검강이 덧씌워져 있었다.

우우우웅!

위험했다.

그 순간이었다. 황무성의 검이 호운의 목에 막 닿을 찰나, 날아오는 검을 무방비로 맞이하고 있던 호운의 몸이 흐릿해졌다. 마치 이 순간만을 기다렸다는 듯이 쾌속한 동작이었다.

"헛!"

황무성은 기겁하며 이형환위를 펼쳤다. 하지만 그것은 마음뿐이었다.

뜨끔.

황무성은 시선을 아래로 늘어뜨렸다.

심장 어림에 박혀 있는 비수.

털썩.

황무성이 그대로 앞으로 무릎을 꿇은 채 주저앉았다. 그의 목 위에 호운의 칼이 얹혔다.

"우억!"

호운이 고개를 돌리고 핏물을 뱉어냈다. 그의 손발은 바람에 이는 대나무처럼 하염없이 흔들리고 있었다. 서 있는 것만 해도 다행이라고 할 정도였다.

"크웩!"

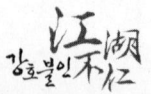

이번에는 황무성이 고통으로 일그러진 얼굴로 핏물을 게웠다. 하지만 선혈은 힘없이 턱밑으로 주르르 흘렀다.

하지만 황무성은 억지로 입술을 샐쭉거렸다.

그만이 지을 수 있는 그 비릿한 미소였다.

"혈광귀, 봤느냐? 천무제의 아들이라는 놈 말이다. 영락없는 천무제 아니더냐? 천무제 그 늙은이의 목을 베는 것처럼 통쾌했다. 크크크."

호운이 슬쩍 난장판이 된 주변을 돌아보았다.

죽어 있는 세 명의 도장, 그들을 바라보고 있는 일행, 그리고 누군가 버린 물건처럼 아무렇게나 뒹굴고 있는 머리 하나.

호운은 그 머리를 본 순간 머릿속이 하얗게 비어갔다.

황무성의 말은 사실이 아니었다.

이지용의 모습은 사부와 전혀 닮지 않았다.

유난히 까만 살결은 사부의 신기할 정도로 새하얀 살색과 달랐고, 눈초리가 망울져 여성스러워 보이는 눈맵시는 사부의 그것이 아니었다. 사부의 눈초리는 검날처럼 쭉 뻗은 강인한 눈매였다. 또 두툼한 입술은 사부의 여성처럼 얄팍한 입술과도 맞지 않았다.

이지용의 얼굴 위로 사부가 아닌 자신이 알고 있던 어느 한 얼굴이 겹쳐 보였다. 사부에게 맺힌 이십오 년의 원한을 잊지 않았던 사내.

아니다. 그럴 순 없다.

호운은 고개를 세차게 흔들었다.

"우읍."

토악질처럼 계속 올라오는 핏물을 다시 황무성이 뱉어냈다. 그 바람에 호운은 냉정을 되찾을 수 있었다.

"왜 심장까지 박지 않았느냐?"

호운이 검에 힘을 주었다. 목에 점점 깊숙이 박혀가는 검신을 타고 핏물이 주르르 흘러내렸다. 황무성의 입가에 핀 비릿한 미소는 더욱 짙어졌다.

왜였을까.

무엇이 심장을 비켜나게 했을까?

호운은 천천히 검을 거뒀다.

황무성이 미소를 거두고 호운을 올려다보았다. 그 눈을 후벼 팔 듯 호운이 뚫어지게 바라보며 한 자 한 자 내뱉었다.

"너를 죽이면 사부가 너무 불쌍하다는 생각이 들어. 아무리 개새끼라도 자식은 자식인 법이잖아. 이 개새끼야!"

"크하하하! 쿨럭쿨럭."

웃다가 핏물을 뱉다 한차례 몸을 떨던 황무성이 겨우 진정하고 키득거렸다.

"난 애비 복이 없다. 친아비는 나를 버렸고, 천무제로서는 그의 아들을 죽였으니 내가 원수겠지. 형산에서 눈물 질질 짜며

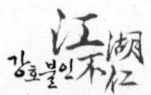

천무제가 내 아버지라고 읊어댄 게 미안해지는구나. 크크크."

"개새끼."

"크크크. 개새끼가 사람한테 하나만 묻자. 마지막 수법이 무엇이었느냐? 천무제 그 늙은이가 네게만 알려준 것이더냐? 네 사형들을 깨부수라고?"

호운은 대답할 말이 없었다.

그 자신도 몰랐다. 황무성의 검이 날아오는 순간 사부의 말처럼 온몸의 내력을 흩날리는 눈처럼 풀어놓았을 뿐이었다. 그러자 자신의 몸이 흐릿해졌고, 검은 어느새 황무성의 심장을 향해 날아가고 있었다.

그가 의지대로 한 것은 심장을 비껴 찌른 것 뿐이었다.

그러나 지금 그따위가 중요한가.

호운은 돌아섰다.

일순 휘청했지만 신형을 바로잡고 이지용에게로 갔다. 핏기가 다 빠져나가 분을 바른 것처럼 새하얀 얼굴.

호운은 잠시 어찌해야 할지 망설였다.

이 머리를 들고 사모를 찾아가야 하는가. 가서 무슨 말을 해야 되는가. 대체 무슨 말을 할 수 있단 말인가.

"그냥 그대로 놔둬요. 제발……."

낯선 목소리.

덜컹.

호운은 심장이 내려앉는 것 같았다.

다섯 장 정도 떨어진 거리에서 오십대 중반쯤 되는 여인이
서 있었다. 입성은 허름했지만 촌부에게서는 볼 수 없는 어떤
기품이 서려 있는 고운 여인이었다.

여인은 천천히 호운 쪽으로 걸어와 이지용 앞에 털썩 무릎
을 꿇었다.

여인은 이지용의 창백한 양 볼을 손바닥으로 감싸 자신의
품에 안았다. 울음도 슬픔도 떠오르지 않는, 그저 평온해 보
이는 얼굴이었다. 마치 늘 죽음을 달고 사는 중환자가 막상
닥친 죽음을 맞이했을 때 느끼는 포기와 같은 평화.

잠시 후, 여인은 시선을 돌렸다.

세 도장.

여인은 호운에게 말했다.

"좀 도와주시겠어요? 저분들의 시신 좀 옮겨주셨으면."

호운은 수많은 말들이 입 안을 맴돌았으나 꿀꺽 삼키고 고
개를 끄덕였다. 그것을 보고 있던 삼인조가 나서서 세 도장의
시신을 수습하기 시작했다. 동필호는 명유 도장의 품에 안겨
있는 명호 도장을 가볍게 들다가 흠칫 놀라고 말았다.

"아직 살아 있네!"

"누가?"

명경 도장의 시신을 정리하던 안욱이 재빨리 동필호를 돌

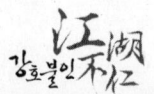

아봤다. 동필호는 서둘러 명호 도장의 웃통을 벗기고 혈을 짚은 다음, 단전에 장심을 대고 내공을 밀어 넣고 있었다. 서로 다른 내공이지만 명호 도장이 낯선 기운에 깨어나길 바라는 마음이었다.

일행들은 모두 명호 도장의 주위를 둘러쌌다. 여인도 명호 도장의 머리맡에서 이지용의 머리를 부둥켜 안고 초조하게 지켜보고 있었다. 아까 전의 그 무심한 얼굴이 아니었다.

그렇게 반 각이 지난 후, 명호 도장이 크응 하는 신음을 내며 다시 한 모금의 선혈을 입가로 흘리기 시작했다. 그제야 일행들은 안도의 한숨을 내쉬었다.

"휴, 급한 고비는 넘겼네. 어서 빨리 치료를 받아야지."

동필호가 여인에게 집을 묻더니 명호 도장을 안고 쏜살같이 달려가기 시작했다. 일단은 안정을 취하게 할 모양이었다.

여인은 일행들에게 가볍게 고개를 숙여 고마움을 표시하고는 황무성을 바라보았다. 황무성은 가슴에 박힌 비도를 잡고 그대로 앉아 여인을 보고 있었다.

여인은 황무성을 가만히 바라보았다.

그녀는 다시 무심한 표정으로 돌아와 있었다. 한참을 응시하다가 여인은 다시 호운에게 시선을 돌렸다.

"명진 도장님이 안 보이세요."

"내가 찾아보겠소."

이정명이 시냇물을 건너 동구 밖으로 날아갔다.

여인은 이지용의 머리를 들고 일어나 마을 쪽으로 걸어가기 시작했다. 호운은 말없이 목이 없는 이지용의 몸을 들었다. 몸 상태도 말이 아닌 그가 들기에는 그것도 버거웠지만 호운은 이를 악물고 휘청대면서 여인의 뒤를 따르기 시작했다.

뒷산 중턱에 네 개의 무덤이 만들어졌다.

여인은 아무 말 없이 동네 사람들의 도움을 받아 장을 치렀고, 일행들은 약속이나 한 것처럼 그들의 장례에 참가하지 않았다.

여인은 결코 울지 않았다. 아들을 잃었음에도 결코 몸가짐이 흐트러지지 않았다.

그러나 일행들은 알고 있었다. 가끔씩 아들이 묻힌 산을 바라보는 여인의 눈 속에서 자꾸만 흩어지는 영혼을. 순식간에 집을 덮친 산사태에 묻힌 것처럼, 도저히 어찌할 수 없는 환란에 묻혀 버린 그 절망이란 것을.

장례식이 진행되는 동안 무슨 생각인지 삼인조와 이정명, 마칠이 나서 사라진 흙다리를 놓고 있었다.

나무를 베고 흙을 나르고 하는 일들은 보통 사람들보다 무

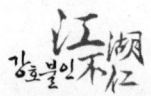

공을 익힌 그들이 나았는지 삼 일 만에 얼추 비슷한 다리가
만들어졌다. 이전보다 다리의 맵시는 덜했지만 튼튼하다는
것을 강조라도 하는 듯 그 위에서 발을 구르며 서로의 신법을
자랑하기도 했다.

그리고 다리가 완성된 날.

그믐달의 흐릿한 달빛을 밟으며 한 흑의인이 다리를 건너
마을로 들어섰다. 그 사내는 종이에 먹이 스미듯 도형촌의
어둠 속으로 스며들었다. 온통 검은 무복에, 쓰고 있는 죽립
마저 검게 옻칠을 해 기괴해 보이기까지 하는 중년 사내였
다.

장례가 끝나고 며칠이 지났지만 여인은 호운이 누구인지,
무슨 일이 있었는지 묻지 않았다. 애써 참는 것이 아니라 전
혀 관심이 없는 얼굴이었다. 그녀는 묵묵히 명호 도장만 간호
하고 있었다.

명호 도장은 그날 마칠이 등촌현 내까지 가 데려온 의원의
치료에 조금씩 기력을 회복하고 있었다. 하지만 온몸의 기맥
이 가닥가닥 끊어져 다시는 무공을 회복할 수 없는 몸이 되고
말았다.

호운도 방에 틀어박혀 어깨에 난 상처를 치료하고, 하루 종
일 운기만 하고 있을 뿐 아무도 만나지 않았다. 아무도 방 안
에 들이지 않았다. 송정파는 그의 방문 앞에서 멍하니 앉아

망연한 시선으로 하늘만 보고 있었다.

야왕도 말수가 줄어들었고, 가끔 먼산바라기하며 시간을 보내고 있었다. 눈치 빠른 갈혜군도 별반 말이 없었다.

이 마을의 유일한 독재자는 죽음 같은 침묵이었다.

칠 주야가 지난 어느 날, 호운은 방문을 나섰다. 그리고는 명호 도장이 머무는 방으로 몰래 스며들었다.

명호 도장은 잠에 빠져 있었다. 노인의 얼굴 같지 않게 대춧빛으로 붉게 물들어 있던 그의 안색은 생사의 갈림길에서 색이 바래 옅은 홍조만이 남아 있었다.

호운은 조용히 그 앞에 무릎을 꿇었다.

호운이 한참을 석상처럼 그러고 있을 때 명호 도장의 눈이 서서히 뜨였다.

"일어나게. 자네 잘못이 아닐세."

명호 도장이 힘없이 중얼거렸다. 영락없이 기력 없는 늙은 이의 목소리였다. 호운은 고개를 번쩍 들었다.

"천무제의 잘못이지. 따지고 보면 그 사람이 안 죽고 살아서 제자를 세상에 내보낸 게 잘못이야. 모자는 그저 잊힌 사람들이었는데, 그냥 이대로 살다 가면 된 거였는데…… 쿨럭 쿨럭."

온몸을 쥐어짜듯 기침을 토하던 명호 도장이 손으로 호운

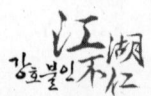

을 불렀다.

"잠깐 나 좀 일으켜 주게."

호운이 그의 상체를 반쯤 일으킨 다음 그 밑으로 베개를 받쳐 주었다. 이불을 젖힌 그의 몸에는 하얀 면포가 둘둘 감겨져 있었다.

호운은 명호 도장의 상처가 황무성의 천검회회로 인한 상처임을 알았다. 그 수법에서 살아남은 것은 기적에 가까웠다.

새삼스럽게 황무성을 살려 보낸 것이 과연 잘한 일인지 회의가 일었다. 그러나 명호 도장의 말처럼 모든 것이 사부의 잘못일지 모른다는 생각이 더욱 가슴을 짓눌렀다. 사부가 의도했든 의도하지 않았든 간에 결과는 결국 비극으로 끝나고 말았다.

"자네도 앉게나."

호운이 의자를 끌어다 침상 앞에 앉는 동안 명호 도장은 머리맡에 놓인 검은색의 환약을 입에 털어 넣고 물로 넘겼다. 잠시 눈을 감고 호흡을 고르던 명호 도장이 눈을 번쩍 떴다. 병자의 그것이 아닌 무인의 눈처럼 형형했다.

"누워서 참으로 많은 생각이 들었네. 생각 같아선 천무제를 대신하여 자네를 천 갈래 만 갈래 찢어죽이고 싶으나 이제 이 몸으로는 불가능한 일. 난 다른 방식을 생각했네."

단순히 내뱉는 말이 아니었다. 내공이 담기지 않은 목소리였음에도 불구하고 말 한 올 한 올에는 시퍼런 원한이 서려 있었다.

그래도 호운은 다행이라고 생각했다. 사모가 보여준 그 철저한 무관심보다는 차라리 그의 멱살을 잡아 흔들고 서리서리 원한 서린 저주라도 퍼부어주는 것이 오히려 마음이 편했다.

하지만 마지막 말이 탁 걸렸다. 국수를 후루룩 들이키다 목에 탁 걸리는 고명이나 고깃점처럼 즐겁고 달콤한 것은 아니었다.

"그자가 자네의 사형이었던가?"

"…그렇습니다."

"천무제 그자가 결국 자신의 제자로 자신의 오점을 지운 셈이군."

호운은 정신이 번쩍 들었다.

오점?

당황한 얼굴로 자신을 쳐다보는 호운을 보며 명호 도장이 꾸짖는 듯한 어투로 말을 꺼냈다.

"천무제 그자가 어떻게 부인을 만났는지 아나? 남의 아내를 납치해서 강제로 취한 것일세."

"예?"

"왜, 믿기지 않는가? 자네 사부는 그런 놈이었네. 자기 욕정을 채우기 위해 남에게 고통을 주는 더러운 놈이었지."

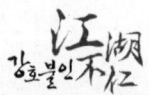

"그, 그게……."

호운은 머릿속이 텅 비는 느낌에 순간 의자에서 미끄러질 뻔했다. 그에 아랑곳없이 명호 도장은 계속 말을 이어갔다.

"부인은 원래 정주 밑 신밀(新密)에서 조그만 의원을 하던 한 사람의 아내였다. 어느 날 의원이 잠시 정주로 약재를 구하러 간 사이 한 사람이 들이닥쳤지. 등에 자상을 입은 그자를 의원이 없어 부인이 잠시 돌봐줬는데, 그자가 그 부인에게 흑심을 품고 납치를 했네. 그자가 바로 네 사부, 천무제 그놈이다."

"믿을 수 없습니다!"

단호하게 외쳤지만 호운의 말은 떨려 나왔다.

믿을 수 없는 사실이었다. 늘 올곧고 방정했던 사부가 남의 아내를 납치했단 말인가? 원한에 사무친 복수 얘기를 빼고는 늘 정당한 삶을 살라고 훈육하던 사부였다.

"네가 믿든 안 믿든 이미 일어난 사실이다."

"도장의 말씀은 더 이상 듣지 않겠습니다!"

호운이 벌떡 일어났다.

"껄껄껄. 쿨럭!"

명호 도장이 웃다가 다시 기침을 토했다.

"사죄한다는 놈치고는 영 자세가 글러먹었구나. 쿨럭."

"도장의 말씀은 사실이 아닙니다. 사부는 절대……."

"천무제 그놈은 인간으로서 해서는 안 되는 천인공노할 짓까지 저질렀다. 그때 부인은 의원의 아이를 잉태하고 있었다. 그러나 부인이 아이를 낳자 제 자식이 아니라며 부인과 아들을 내팽개쳐 버렸다. 그래서 그들이 어떻게 되었느냐? 이십오 년 동안이나 인질이 되어 유배 아닌 유배 생활을 하게 되었다."

"사, 사부의 아들이 아니라고 하셨소?"

"더욱이 그 아들이 죽었다는 소식을 듣자마자 천무제 그놈은 그 일을 핑계 삼아 천하에 대전을 일으켰다. 지가 버린 자식을 핑계 삼아 수많은 목숨들을 빼앗아갔다. 자기 욕심을 채우기 위해 그들을 이용한 것이지. 이런 천하의 위선자가 어디 있느냐? 이런 위선자가 세상에 또 어디 있단 말이냐! 이젠 그것도 모자라 제자를 보내 그 자식마저 진짜로 죽였다. 이 찢어 죽일 놈! 하늘이 있다면, 지옥이 있다면 그놈은 사지를 갈기갈기 찢겨져 그곳에 갇혀 있을 것이다!"

털썩.

관자놀이가 쑤시기 시작하면서 엄청난 고통이 찾아들었다. 마음의 고통을 지금 머리가 대신 표현해 주고 있었다. 그 고통을 안겨준 것은 차곡차곡 담긴 명호 도장의 시퍼런 말들이었다.

제 아들이 아님을 알고 헌신짝처럼 내던지곤 천하를 향해

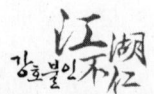

서는 아들의 복수를 한답시고 형산의 싸움을 일으킨 위선자.

"천하의 내가 이 모양 이 꼴로 형산에 틀어박혀 정처없이 죽음
이나 기다리는 것도 다 정파 위선자들의 간계에 휘둘린 탓이니
내 백발을 쥐어뜯을 뿐, 누구를 원망하겠느냐. 다만 너희들은 이
늙고 어리석은 사부의 마음을 헤아려 복수해 주기만을 바랄 뿐
이다."

누가 위선자인가?

마지막 사부의 카랑카랑한 목소리가 명호 도장의 말 속에
끼어들었다.

"괴롭더냐? 괴로울 테지. 사부란 자가 그런 위선자였으니.
암암, 괴로워야 사람이지. 크허허허. 쿨럭쿨럭!"

그나마 희미하게 들어오던 달빛마저 사라진 방 안에 명호
도장의 득의만만한 웃음과 고통스런 기침만이 가득 메우고
있었다. 그렇게 한참을 웃음이 주는 고통 속에 머물던 명호
도장이 돌연 웃음을 뚝 멈추었다.

"나는 형제들을 잃었고, 아들 같던 지용이를 잃었다. 사문
에서 내침을 당한 후 방황하던 우리 형제들에게 가장 커다란
위안을 준 것은 지용이었다. 그 아이가 있었기에 우리는 검과
쓰라린 배신감을 버리고 괭이를 들고 쇠스랑을 들 수 있었다.

네가 지금 내 비통한 심정을 아느냐? 네가 아무리 괴롭다 한들 지금 내 심정보다 더하겠느냐? 자식을 잃은 부인의 심정보다 더하겠느냐?"

그러나 명호 도장은 산 사람들을 잃었지만, 그 순간 호운은 죽은 사람을 다시 한 번 잃고 있었다. 호운은 목숨 같은 사부의 영혼을 잃어버리고 있었다.

"사부는 절대 그런 분이 아니오! 아니란 말이오!"

호운은 저도 모르게 소리를 버럭 질렀다. 인간은 어쩔 수 없이 남의 고통보다는 자신의 고통에 민감한 법이었다. 호운도 그런 인간이었다.

"이사형이 이곳에 오라고 사부가 시켰단 말이오? 나는 사부의 가족에 대해서 단 한 톨도 듣지 못했소. 여기까지 온 것은 내 불찰이지 사부 탓은 아니었소."

"끄끄. 그럼 네놈이 사죄하는 의미로 내 형제와 지용이의 무덤 앞에서 칼을 물고 죽거라. 그래야 이 원통함이 조금이라도 가시겠구나."

그때였다.

"도장님, 그만두세요."

힘없이 속삭이는 듯한 소리가 들리며 여인이 들어서고 있었다.

"부인은 억울하지도 않으시오! 크허헉!"

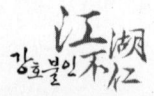

명호 도장이 미친 듯이 소리를 질렀다. 그 바람에 내상이 다시 도졌는지 선홍빛 기혈을 입가로 주르르 흘렸다.

"그만 말하세요."

여인은 서둘러 받쳤던 베개를 빼고 명호 도장을 도로 뉘었다.

"쿨럭쿨럭."

명호 도장은 머리를 베개에 대고서도 계속 기침을 해댔다.

"좀 도와주세요."

호운은 마치 윗사람의 명령에라도 따르는 듯 명호 도장의 혈도 몇 곳을 짚어 기혈을 진정시켰다. 어느 정도 기침이 진정되자 여인이 재빠르게 말했다.

"수혈을 짚어요."

호운은 두말없이 그대로 따랐다. 이윽고 명호 도장은 다시 잠 속으로 빠져들었다. 여인은 소매 안에서 손수건을 꺼내 명호 도장의 입가에 묻은 피를 닦았다.

그동안 호운은 말없이 서 있었다. 사모인, 그러나 명호 도장의 말대로라면 그저 사부에게 인생을 유린당한 한 중년 여인과는 첫 대면이었다.

여인은 조용히 탁자로 가 앉았다.

"난 당신을 원망하지 않아요. 그리고 그 사람도."

자신의 말을 증명이라도 하듯 그녀의 말에는 아무런 감정도 담겨 있지 않았다. 하지만 호운은 그 무감한 여인의 말에서 명호 도장의 말이 사실임을, 그것이 진실임을 깨달았다.

호운은 자꾸만 넘어지려는 몸을 지탱하려 탁자 귀퉁이를 꽉 잡았다.

부스스.

그러나 이내 호운의 손에 실린 경력에 탁자 모서리가 가루가 되어 부서져 내렸다.

"사부가 정녕 그런 분이셨습니까?"

"……."

"대답해 주십시오."

"당신은 예의를 모르는 사람이군요."

물기 촉촉한 여인의 말에 호운은 정신이 번쩍 들었다.

여인이 눈물을 흘리고 있었다. 지금까지 단 한 올의 슬픔의 가닥도 풀어놓지 않았던 그녀였다. 그런 여인이 지금 눈물을 흘리고 있었다. 눈물은 호운에 대한 꾸짖음이었다.

"이제 떠나주세요."

"…마을을 떠나서야 합니다. 의천맹에서 또 올 것입니다."

"……."

"제가 안전한 곳까지 모셔 드리겠습니다."

"……."

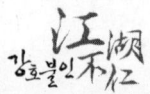

"……."

문득 여인의 시선과 마주쳤다.

고저없는 말보다 더 무심한 눈이었지만 그 속에서 어떤 의지가 일렁거렸다. 남아 있겠다는, 그래서 뒤에 닥쳐올 어떤 환란도 고스란히 받아들이겠다는 의지였다.

"알겠습니다."

호운은 불길한 예감에 몸을 떨었지만 순순히 그 의지 앞에 굴복을 했다.

의자에서 일어난 호운은 바닥에 엎드려 길게 절을 했다. 그가 절을 마치고 일어나자 여인도 일어나 가볍게 허리를 숙이고는 방을 나갔다.

호운은 잠시 어찌할 바를 모르고 그대로 서 있었다. 그리고 문득 질문 하나를 끝까지 못했음을 깨달았다. 그러나 굳이 하지 않아도 이미 답을 알고 있는 질문 하나.

이지용의 얼굴에 겹쳐 보이던 그 사내의 모습.

흑면공.

사부에게 씻을 수 없는 원한을 가진 사내.

차라리 저승에서라도 만나 원한을 갚고 싶어 순순히 죽음을 받아들였던 그 노인.

호운은 이지용의 친부를 죽였고, 황무성은 그의 아들을 죽였다. 그들은 천무제의 제자들이었다. 호운의 오금이 저절로

굽혀지며 그만 무너져 내렸다.

　　호운은 홀로 뒷산으로 올랐다.
　　어둠 속에 잠긴 마을은 평화로워 보였다. 마치 아무 일도 없었다는 듯이.
　　호운은 오랫동안 마을을 지켜보았다.
　　그리고 어둠 속을 더듬어 한곳을 찾기 시작했다. 송정파가 머물고 있는 곳이었다.
　　그녀가 잠든 방문을 열고 몰래 들어가 그녀의 창백한 얼굴을 한참 동안 응시했다. 혁련의가. 그녀의 저주를 풀 유일한 단서인 그곳을 그녀의 귓가에 나지막이 속삭였다.
　　이제 됐다.
　　저주는 그녀만이 받은 것이 아니었다.
　　사부의 제자가 되었다는 것, 그것이 저주였다. 자신이 든 칼은 사부의 원수들뿐만이 아니라 사부의 가족과 사형제와 그 스스로를 찌르고 있었다. 너무 아픈 고통, 심장이 터질 것 같은 이 고통에 사랑이란 것은 한낱 사치에 불과했다.
　　호운은 몸을 돌렸다.
　　그 뒤에는 갈혜군이 앉아 있었다.
　　갈혜군은 호운이 자신에게 뭘 원하는지 알고 있는 듯 호운이 말을 꺼내기도 전에 순순히 나정부가 있는 곳을 말했다.

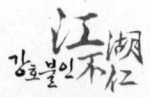

모든 것을 들은 호운의 신형이 희끗해지며 어둠 속으로 사라졌다. 그 뒤를 검은 죽립을 쓴 그림자 하나가 몰래 뒤따르기 시작했다.

　그 사실을 아는지 모르는지 갈혜군의 악에 받친 목소리가 울려 퍼졌다.

　"야 이 새끼야, 혈도는 풀어주고 가야지!!"

第二章

江湖不仁
강호불인

1

달빛이 축축하게 깔린 산길을 전노평이 또깡또깡 앞서 가고 있었다. 그의 뒤를 따르는 임헌과 우승 일행의 표정은 장례 행렬을 따라가는 이들처럼 축 처져 있었다. 영 내켜하지 않는 걸음들이었다.

전노평이 멈춘 곳은 산 중턱배기의 한 장원이었다.

은검림.

전노평은 묵색창윤한 현판을 보며 고개를 끄덕거렸다.

"드디어 찾았군. 십 년 전에는 팔공산 자락에 있던 것을 석파산으로 옮겨놨으니 헤맬 수밖에."

"여기는 어딥니까?"

전노평은 임헌의 물음에도 대답없이 안으로 쓱 들어가 버렸다.

"제기랄 것."

범천이 들으라는 듯 대놓고 툴툴댔다.

"이거 뭐 사람 놀리는 것도 아니고 매일 이곳저곳 끌고만 다니니 원. 우리가 지금 한가하게 회남 구경하게 생겼나?"

구박덩어리 범천이 한 말이었지만, 말인즉슨 옳았다.

회남에 도착한 지 이틀.

까닭은 알려지지 않았지만 혈광귀는 이미 하남 쪽으로 이동했다는 소식이 들려왔다. 그를 잡기 위해 전 문도가 나선 거해방 쪽에서 나온 소식이니 제법 믿을 만했다.

그럼에도 전노평은 가타부타 말도 없이 회남에 머물며 이곳저곳 그들을 끌고 다녔다. 회남은 말이 현이지 제법 큰 도회였고, 따라서 일행은 모두 피곤했다.

그렇다고 딱히 따지거나 연유를 물을 수도 없었다. 아쉬운 것은 그들이었고, 물어도 방금처럼 대답없이 고개를 돌려 버리기 일쑤였다.

그만큼 전노평은 오만하고 불친절했다.

"아니, 지가 잘났으면 얼마나 잘났기에 사대금강을 무시한단 말이야? 나는 괜찮아, 내가 여기서도 돼지 새낀데 뭐. 하지

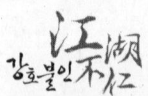

만 우리 잘난 범우는 그게 아니잖아! 범우야, 너 이렇게까지 무시당하면서 같이 다닐래?'

"……."

전노평과 늘 그를 인간 말종 취급하던 우승을 싸잡아 비난하는 말이었지만 우승은 그저 범천을 한 번 돌아봤을 뿐 말이 없었다. 범천이 입만 열면 불뚝불뚝 성부터 내던 우승의 이런 태도는 그도 불만이 크다는 것을 반증하고 있었다.

"어쩌겠소. 모로 가든 혈광귀만 잡을 수 있다면 된 것 아니오."

임헌이 범천을 다독였다.

거침없이 장원을 가로질러 가던 전노평은 중정과 후원을 연결하는 월동문을 지나자마자 걸음을 멈췄다.

후원 마당에 한 사내가 등을 보인 채 서 있었다.

적발의 사내.

그는 가만히 서 있기만 했는데도 주변의 공기가 바싹 말라 있었다. 다습한 달빛마저 모래 알갱이처럼 푸석거렸다. 그만큼 그가 만드는 분위기는 사막처럼 황폐하고 메말라 보였다.

전노평을 뒤따르던 임헌 일행도 저도 모르게 걸음을 멈추었다.

대막을 제압하는 태양 아래 던져진 기분. 적발이 만든 공간
으로 들어서면 금세 목내이처럼 뿌드득 말라붙을 것 같은 황
량함에 그들은 잠시 몸을 떨었다.

　　"흐음."

　　탄성 비슷한 침음을 내며 전노평이 앞으로 한 발 나섰다.
단지 그것뿐이었는데 바싹 마른 공기가 물러나고 청량한 공
기가 밀려들어 왔다. 그제야 임헌들은 목에 딱 걸려 있던 텁
텁한 가래 같은 한숨을 내뱉었다.

　　사내가 사막이라면, 전노평은 녹주(綠洲)였다.

　　전노평의 몸에서 내기가 스멀스멀 피어 나와 사내가 만든
사막으로 밀려들어 가고 있었다. 마치 모래 위에 뿌려진 물이
스며들 듯 점점 메마르고 건조한 사내의 공간을 잠식해 들어
갔다.

　　어느 순간 푸른 물기는 적발의 사내 반 장 어림 앞에서 멈
추었다. 둘의 내력은 서로 상극이어서 두 내기가 마주친 곳은
물과 기름의 경계처럼 선명하게 보일 정도였다.

　　적발의 사내는 여전히 미동도 없이 서 있었다. 그저 내력으
로 전노평의 기운을 막고 있을 뿐이었다.

　　"몸뿐만 아니라 주위까지 뜻대로 둔다. 꽤 괜찮은 발상이
구나. 홍야숙이 만든 무공이더냐? 아니면 내가기공에서는 그
나마 발군이었던 음양장문의 당승패가 만든 것이냐? 황폐함

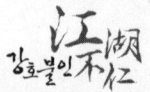

을 도드라지게 한 것을 보면 감숙 천외등룡문 조광상까지 가세했더냐?"

그 말에 적발사내의 내기가 일순 꿈틀거렸다.

"나름 애는 썼다만 혈광귀가 나서면 딱 삼 초짜리다. 겨우 삼 초짜리가 저리 어깨에 힘을 주다니. 어린놈이 겉멋만 잔뜩 들었구나. 진정한 강자를 만나보지 못한 것일 테지. 쯧쯧."

명백한 비웃음.

적발의 사내가 돌아섰다.

일행의 눈을 사로잡은 것은 그의 핏발 선 눈이었다. 눈물을 흘리거나 분노 같은 격앙으로 충혈된 눈이 아니었다. 그것은 늘 살기가 머물러 있기에 가능한 눈빛이었다.

무공이 제일 약한 상무군이 오싹 몸을 웅숭그리며 한 발 뒤로 물러나 임헌 뒤로 숨었다.

"그래, 혈광귀의 무위가 어떻다고?"

전노평의 뜬금없는 물음이 의아했지만 임헌은 선선히 대답했다.

"검강에 빙기를 담아 뿌리더군요. 최소한 삼 장은 그의 영역이었습니다."

"내가 잘못 말했다. 삼 초가 아니라 딱 일 초다. 네놈이 뿌리는 기운은 빙기에 쩡 얼어붙을 테고, 네 머리 위로 들이닥

79

치는 천검매개. 허, 그거 맞고 살아 있는 놈은 없었지."

"누구냐?"

사십쯤 되는 적발의 사내가 처음으로 입을 열었다.

"건방진 놈. 말도 짧구나."

"후후후."

적발의 사내가 비소를 흘리더니 손을 들었다.

순간, 임헌들은 갑자기 좁은 공간 속에 갇힌 느낌에 고개를
휙 돌렸다. 어느새 오십 명은 되어 보이는 검은 옷의 사내들
이 그들을 에워싸며 유령처럼 후원 담장을 따라 쭉 늘어서 있
었다. 그들이 뿜어내는 황량한 기운은 적발의 사내 못지않았
다.

"이제 늙은이 네가 누군지 들어볼까?"

"허허허. 그놈 참 본데없이 배워먹은 놈이구나. 저런 허깨
비 같은 것들을 세워놓고 좋아죽는 꼴이라니. 이봐, 헌이."

"예, 전 노야."

"이곳은 홍야숙이란 자의 장원이라네. 아, 그것보다는 왜
혈광귀의 뒤를 안 쫓고 이곳을 찾았는지 궁금하겠지?"

"그렇습니다."

"제천회라고 있다네."

"제천회요?"

전노평의 입에서 제천회라는 말이 나오자 적발의 사내가

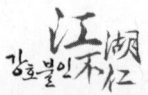

움찔했다. 그의 핏발 선 눈에서는 살기가 더욱 짙어지고 있었다.

"천무제에게 패한 자들이 모여서 만든 거지. 그자들이 누군지는 지난번에 내가 말했으니 생략하세. 아마 자네가 잡으려 했던 왕귀염은 제천회와 관계가 있을 거야."

"제천회가 뭐 하는 뎁니까?"

"후후후. 놀라지 말게. 강호를 지배하고자 만든 곳이라네."

"예? 그게 무슨 말씀입니까?"

"말 그대로일세. 천무제에 패한 자들이 모여 온정균의 강호를 그들의 강호로 만들려고 만든 단체야. 천무제에게 패한 것을 보상받으려는 한심한 자들의 졸렬한 짓거리지."

믿을 수 없는 말에 어리둥절하던 일행을 구원해 준 것은 적발의 사내였다. 그는 전노평의 말이 사실이라고 도장을 찍어주었다.

"늙은이가 우리에 대해 아는 것이 많구나."

"늙은이가 쓸모있는 건 아는 게 많아서다. 그리고 어른들 말씀하시는 데 끼어들지 않았으면 좋겠구나. 버르장머리없는 놈."

전노평은 적발을 비웃고는 다시 말을 이어나갔다.

"왕귀염을 만난 혈광귀는 회남으로 왔네. 왜 하필 회남으로 왔을까? 분명 왕귀염은 누군가를 언급했고, 그자는 회남에 살고 있다는 거지. 그가 바로 홍야숙일세. 혈광귀는 홍야숙을 만나러 온 거네. 홍야숙은 회남 여기 은검림에서 생활했지. 왜냐면 그는 창천문 출신이었거든. 정든 산천이라고 회남이 좋았던 게지. 건방진 놈. 내 말이 맞느냐?"

"후후, 마치 직접 보고 들은 것처럼 말하는군."

"노부가 십여 년 전에 홍야숙을 만났다. 바로 여기 회남에서. 홍야숙이 자신들은 천하를 꿈꾸기로 했다고 동참할 생각이 없냐고 물었다. 싸가지없는 놈아, 노부가 바로 전노평이다."

"전노평? 무명검 전노평?"

적발사내의 눈에서 살기가 일순 흐트러졌다.

"이제 좀 후회가 되느냐? 홍야숙도 감히 내게 함부로 하지 못했거늘. 허허허."

'크음.'

임헌은 속으로 침음을 삼켰다. 전노평의 말을 들으니 이제야 뭔가 일목요연하게 정리가 되는 기분이었다. 그것은 우승도 마찬가지인 듯 임헌을 보며 고개를 끄덕이고 있었다.

'왕귀염은 천무제를 독습했네.'

'그 독습을 조종한 자들은 천무제에게 패한 자들이었고.'

'그들은 제천회를 만들었고.'

임헌과 우승은 이심전심으로 깨진 도자기의 파편들을 붙

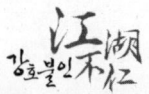

여 나가듯 그동안 들었던 단편적인 자투리들을 주워 모아 하나의 형체를 만들어가기 시작했다.

제천회.

그들이 천하를 노리고 있었다.

그렇다면 그들은 필연적으로 의천맹과 격돌할 것이고, 정사대전 같은 거대한 싸움이 다시 한 번 일어날지도 모를 일이었다. 의천맹이 앉아서 그들의 손에 강호를 넘겨줄 리는 없었다.

강호에 부는 피바람.

왕유가 왕귀염을 구하라는 이유.

'아차!'

구방건.

둘은 그를 빠뜨린 것을 상기해 냈다. 그의 이름이 왕유가 남긴 책자에 있었다. 그는 전노평의 말에 의하면 제천회에서 빠졌다고 했다.

왕유는 제천회를 알고 있는 게 분명했다.

구방건을 아는데 제천회를 모를 리 없었다.

다시 임헌과 우승의 눈이 마주쳤다.

만약 자신들이 왕귀염을 혈광귀보다 먼저 잡았다면 분명히 제천회의 존재를 알게 되었을 테고, 결국 홍야숙을 찾으러 회남으로 오게 되었을 것이다.

결국 왕유가 막으라고 한 것은 혈광귀가 아니라 바로 제천회였다. 왕유는 왕귀염을 구함으로써 강호에 이는 피바람을 막아주길 바란 것이다. 오히려 혈광귀를 막는 것은 부차적인 문제였다.

그러나 그것은 이치에 맞지 않았다.

그들이 짜 맞춘 자투리들은 온전한 도자기의 모양이 아니었다.

임헌과 우승은 서로를 보며 고개를 저었다.

그들은 불완전하게 맞춰진 도자기를 깨뜨리고 다시 조각들을 맞추기 시작했다.

'혈광귀는 왕귀염을 잡음으로써 제천회에 대해서 알게 되었을 거야. 즉, 제천회가 사부의 원수라는 것을 알게 된 거고, 지금 제천회를 상대로 피의 복수를 시작하고 있네. 홍야숙은 첫 번째 복수 대상인 셈이지.'

'그렇다면 혈광귀는 피바람을 일으키는 자가 아니라, 장차 제이의 정사대전을 막는 구원자 아닌가? 혈광귀가 원하든 원하지 않든 그는 복수를 함으로써 결과적으로 피바람을 막는 방풍벽이 될 수밖에 없네.'

'그렇지. 그러고 보면 혈광귀가 의천맹으로 바로 쳐들어가지 않는 이유도 설명되는군. 칠인회도 그렇고, 이번 육대문파를 도륙한 것도 그렇고, 먼저 혈광귀가 칼을 겨눈 것은 아니

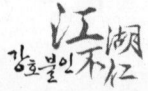

었네. 의천맹은 우연히 끼어들었고, 그는 그들을 무너뜨리며 넘어가고 있을 뿐이지.'

'맞네. 그런데 왜 왕유 어르신은 혈광귀를 막으라고 했을까?'

'왜?'

'왜?'

전노평의 말이 불현듯 뇌리를 스쳤다.

"자네들이 속은 걸세."

"왕유 그 자신을 실패하게 만든 의천맹을 무너뜨리고 싶은 것 아니겠나?"

깔끔하게 정리해 나가던 임헌과 우승의 머리는 다시 난마처럼 얽혀 버렸다. 애써 맞춘 도자기는 다시 산산조각나 버리고 말았다.

대체 뭐가 진실인가? 누가 옳은 것인가?

왕유는 왜 천무제의 셋째를 막았던가? 과연 강호가 피에 젖기를 바라지 않기 때문에? 아니면 강호가 피에 잠기는 것을 혈광귀가 막을 수 있기 때문에?

왕유는 정말 강호가 피에 잠기는 것을 막으려는 것인가?

오히려 혈광귀를 막음으로써 강호가 피에 젖기를 바랐던

것은 아닌가?

혈광귀, 피에 미쳐 있는 사람은 호운인가? 아니면 왕유인가?

전노평의 말은 사실인가? 아닌가?

"전노평이 무슨 말을 하든지 믿지 말거라. 무슨 말이든지! 너에게 그는 오로지 셋째를 죽이기 위한 수단임을 잊어서는 안 된다. 절대로 믿어서는 안 된다."

임헌과 우승은 저도 모르게 전노평의 곁에서 한 발 뒤로 물러났다.

2

전노평이 의구에 차 있는 눈으로 물러서는 둘을 힐끗 보고는 적발의 사내에게 다시 말을 건넸다.

"넌 홍야숙의 제자냐?"

"맞소."

전노평이란 이름을 확인한 적발의 사내는 순순히 대답을 했다. 말투도 제법 공손하게 바뀌어 있었다. 그러나 여전히 살기는 누그러지지 않고 있었다.

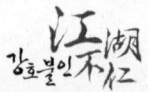

"홍야숙은?"

"돌아가셨소."

"혈광귀겠지?"

"맞소."

"허, 천무제에게 당하더니 이제 그의 제자한테도 당했구나. 죽어서도 창피해서 어찌 얼굴을 드누? 불쌍한 늙은이. 쯧쯧."

"크하하하하!"

갑자기 적발의 사내가 대소를 터뜨렸다. 갑자기 공기가 쑥 밀려들어 귓전에서 꽝꽝 터지는 듯한 느낌에 임헌 일행은 서둘러 내공을 끌어올렸다.

"음공?"

전노평이 손을 태극 모양으로 두어 번 휘저었다. 그가 일으킨 기막에 놀랍게도 사내의 웃음소리가 부딪치면서 펑펑 퍼져 나갔다.

퍽. 퍼억. 퍽!

"흐음, 이건 좀 낫구나."

전노평이 손을 거뒀다. 그는 적발의 웃음에 별다른 영향을 받지 않았음에도 표정은 조금 굳어 있었다. 그만큼 적발의 사내가 보여준 소리의 힘은 놀라웠다.

"소리에 내력을 실어 상대를 상해한다는 음공의 실마리는 찾은 모양이구나. 좋다. 이걸 쓴다면 혈광귀에게 조금은 더 버틸 수가 있겠다. 십 초로 정정하마."

"혈광귀는 내 손으로 찢어 죽일 것이다!"

적인걸은 실제 사람의 팔을 잡고 찢듯이 허공을 움켜쥐고 잡아당겼다. 그의 분노가 어찌나 거센지 눈에서 뻗어 나온 핏발 선 살기가 달빛마저 붉게 채색할 정도였다.

그의 행동은 일견 이해될 만한 일이었다. 사부 홍야숙은 물론이고 그의 동생인 이공자마저 혈광귀에게 죽임을 당한 것이다. 혈육과 스승의 죽음은 천붕의 슬픔에 결코 못지않았다.

"큰일은 못할 놈이군."

자신이 던지는 말 한마디에 즉각적으로 감정을 표출하는 적발의 사내를 보며 전노평이 혼잣말처럼 중얼거렸다.

적발의 사내가 핏발 선 눈을 전노평에게 돌렸다.

"그런데 노인장은 우리에 대해서 너무 많은 걸 알고 있소. 더욱이……."

이번에는 적발의 사내의 시선이 임헌 일행에게로 옮겨갔다.

"쓸데없는 놈들까지도 말이오."

"후후, 그래서 살인멸구라도 하고 싶은 거냐?"

"죽은 자가 산 자보다 잘하는 것은 침묵이오."

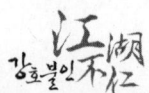

"허허. 오냐, 네 손에 곱게 죽어줄 테니 한 가지만 묻자. 혈광귀의 다음 행선지가 어디더냐? 그놈이 네 사부를 만났다면 제천회의 다른 사람들을 찾아가겠지. 이 나이에 다리품 팔며 혈광귀 꽁무니나 따라다녀야 쓰겠느냐? 먼저 가서 기다리다가 만나려니 경로의 마음으로 좀 알려줬으면 하는구나."

전노평의 말에 적발의 사내의 고개가 외로 꼬였다.

"노인장이 왜 혈광귀를 쫓소?"

"잡아 죽이려고."

"왜?"

"네 까짓 게 그런 거 알아서 뭐 하느냐? 죽은 자가 산 자보다 좋은 점은 인생을 망치기 일쑤인 호기심이란 게 없다는 것이다."

"노인장, 이곳 산 이름이 뭔지 아시오? 바로 북망산이오."

"녀석. 여덟이 달라붙어도 천무제 하나 감당 못하던 자들에게 배운 주제에 하늘 높은 줄 모르는구나. 이보게, 범우."

우승이 눈에 든 의구를 떼버리고 즉각 대답했다.

"말씀하십시오."

"저 싹수머리 없는 놈에게 대소림의 지고한 무공을 한번 보여줄 생각 없나? 사대금강이 셋이나 모였으니 버릇 한번 제대로 고쳐 놓아보게."

"전 노야가 나서시면 몇 수에 불과하지만 우리가 나서면 좀 길어질 것 같습니다. 밤도 깊었으니 빨리 끝내고 가서 쉬었으면 합니다."

"살쾡이 한 마리 잡는 데 굳이 호랑이가 나설 필요가 있나? 늑대면 되네."

전노평이 유들유들 우승의 말을 받아넘기며 한 발 뒤로 빼려다가 저도 모르게 눈살을 찌푸렸다. 범천이 소리를 지르며 유령처럼 서 있는 사내들을 덮쳐 나가고 있었다.

"본좌가 바로 대소림의 사대금강 범천이다!"

펑!

범천이 유령 같은 사내들 사이로 뛰어듦과 동시에 폭음이 터졌다. 그 비대한 몸과는 달리 표일한 움직임이었다.

"위대한 소림의 대윤회겁륜장이다! 아니, 그걸 피하다니? 그럼 대소림의 지고한 무공인 금강지를 받아랏! 크하하. 어, 피했어? 크하하! 싸울 맛이 나는구나. 무상각, 이것도 피해봐라!"

전노평이 들으라는 듯 부러 외치는 것 같았다. 수련도 아닌데 무공명을 외치며 호들갑을 떠는 이유가 어디 있을까.

전노평의 얼굴이 조금 일그러지기 시작했다. 범천은 그간의 불만을 이런 식으로 에둘러 표출하고 있었다.

"사대금강 중에서 둘이 남아서 좀 힘들겠습니다. 저희가 저 허깨비들을 치울 테니 전 노야께서 저 버르장머리 없는 놈

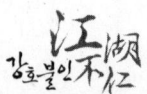

을 가르쳐 주십시오. 타앗!"

말과 함께 우승이 승표를 날리며 유령들에게 뛰어들었다. 범중도 전노평을 보며 씩 웃더니 우승을 뒤따랐다.

"위대하고 지고한 소림의 십팔로항마장법이다!"

"항마연환신퇴! 관음십팔족! 이게 바로 진짜 위대하고 지고하고 또 위대한 대소림의 무공이다!"

우승과 범중도 범천과 마찬가지로 연방 무공명을 외쳤다. 오히려 범천보다 더 과장되게 외치고 있었다.

"헌이, 저들이 내게 불만이 많았던 모양이네."

"그럴 리가요. 간만에 싸우니 신명이 오르나 봅니다."

"허허허. 꿈보다 해몽이 좋구먼."

임헌의 대꾸에 전노평은 선웃음을 치면서 앞으로 나갔다. 그 와중에서도 적발의 사내는 무심하게 사대금강과 싸우는 부하들을 보고 있었다. 그의 부하들을 믿지 않으면 나올 수 없는 태도였다.

그의 믿음은 근거가 있었다.

홍야숙이 키운 정예가 삼백. 그중에서 홍야숙과 함께 혈광귀에게 죽은 백여 명의 부하들보다 더 강한 정예 중의 정예가 바로 흑의인들이었다. 현재의 창천문을 무너뜨리고 홍야숙의 문파를 세울 때 가장 앞장서서 싸울 이들이 그들이었다. 적인걸이 자신한 것처럼 부하들은 일사불란하게 조를 이뤄

사대금강들을 하나씩 고립시키며 검을 날리고 있었다.

그 와중에서도 범천의 입은 쉬지 않고 열려 있었다.

"아이, 니미럴! 왜 안 맞아? 왜 안 맞아! 좀 맞아라!! 위대한 소림의 만보신권이다!!"

그러나 저들도 명색이 사대금강.

몇 명씩 상대하면서도 한 치도 밀리지 않고 있었다. 아니, 범중은 부하들을 압도하고 있었다.

"자, 이제 겉멋은 그만 부리고 네가 배웠던 것들을 한번 쏟아내 봐라. 내가 알뜰하게 품평해 주마. 그나저나 네놈의 이름이 뭐냐?"

전노평의 말에 적발의 사내가 입술을 샐그러뜨렸다.

"적인걸."

"참 야릇한 이름이로다. 오랑캐 적에 인걸이라니, 천생 난세를 만들 놈이구나."

"알아주니 고맙소."

적인걸의 미소가 서서히 짙어져 갔다. 그와 동시에 저절로 뽑혀 나온 그의 검을 받아 횡으로 쓰윽 그었다. 그의 검에 실린 황량한 내기가 전노평을 향해 쑥 밀려왔다.

"어설퍼. 이 정도는 삼궁합벽만으로도 막을 수 있다."

합벽이란 내기를 몸 밖으로 뽑아내 말 그대로 벽을 쌓는 수법을 의미했다.

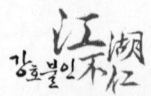

앞에 붙은 숫자는 그 벽의 겹 수를 나타냈다. 이 합벽의 수법 중 가장 경지에 이른 것이 아홉 겹을 쌓는 구궁합벽이었다.

전노평의 몸에서 푸른 내기가 나타나더니 세 겹의 벽을 쌓았다. 적인걸의 내기는 그 벽 앞에서 요동을 쳤지만 그 벽은 요지부동이었다.

"하앗!"

적인걸이 빠르게 뛰어들며 재차 검을 그었다.

타앙!

좌악!

전노평이 쌓은 내기의 벽 중 가장 바깥쪽 벽에 검이 부딪치면서 안으로 파고들었다. 처음에는 쇳소리가 나더니 안으로 파고들수록 연한 비단을 잡아 찢는 듯한 소리가 들렸다. 마치 비단옷 위에 갑주를 찬 것처럼 전노평의 벽도 그런 모양이었다.

"호, 삼궁합벽의 약점을 알고 있었구나? 그렇다면 구궁합벽은 어떠냐? 낱낱의 비단은 약하지만 겹쳐 놓으면 쇠보다 더 강한 법!"

사락사락.

전노평의 몸에서 옷자락이 스치는 소리가 들리며 내기가 뭉클 피어올라 다시 벽을 쌓았다.

퍽!

퍽!

전노평이 자신한 것과 같이 적인걸의 검은 벽을 뚫지 못하고 방망이로 두터운 솜이불을 두들기는 소리만 계속 내고 있었다.

적인걸이 검을 물렸다.

"후후후. 천무제는 이 구궁합벽을 가볍게 뚫었지."

"이 방법을 썼겠지, 늙은이."

적인걸이 다시 짓쳐들었다. 가득 여유를 담고 있던 전노평의 눈가에 실주름이 잡히기 시작했다.

적인걸의 검에서 쑥 밀려 나오는 검강.

"휴우!"

전노평이 얼른 구궁합벽을 거두면서 옆으로 반보 내딛었다. 순간, 그의 몸이 몇 개의 잔영으로 나눠지더니 흐릿해졌다. 그 순간 그가 있던 자리에 적인걸의 검강이 휘익 지나갔다.

쾅!

적인걸이 빙글 몸을 돌리며 돌아섰다. 전노평은 어느새 그의 뒤에 서 있었다.

"이형환위인가?"

"어설픈 이형환위다."

"대단해. 사부와 사숙들께서 전노평을 조심하라는 얘기가 이해되는군."

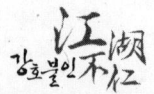

"후후, 애송아 지금부터 진짜 조심해야지."

전노평이 손가락을 쫙 펴고 앞으로 내밀었다. 그의 손끝에서 갑자기 강한 내기가 송알송알 맺히더니 푸른 구슬이 만들어졌다

"싸가지없는 놈아, 어디 한번 이걸 받아보아라."

전노평이 손을 앞으로 내밀자 다섯 개의 구슬이 전광처럼 적인걸의 다섯 대혈을 노리고 날아갔다.

"야합!"

적인걸이 괴성을 지르며 온몸의 내기를 폭사시켰다. 그의 몸에 쌓여가는 아홉 개의 벽. 전노평이 보여준 구궁합벽이었다.

펑! 펑!

푸른 구슬은 합벽에 부딪치면서 폭음을 내며 터져 나갔다.

벽을 뚫지 못하고 있음에도 전노평은 여유가 있었다. 이번에는 왼손을 치켜들고 앞으로 내밀었다. 그의 장심에서 아기 주먹만 한 푸른 환(環)이 뭉클 만들어지더니 구궁합벽을 향해 날아갔다.

위이잉.

푸른색의 환이 공기를 진동시키며 날아오자 적인걸의 눈이 커졌다.

"합벽을 풀고 환영회류를 밟아라!"

그때, 쩌렁쩌렁한 목소리가 담장 너머에서 울렸다.

적인걸은 망설일 것도 없이 합벽을 풀면서 몸을 빙글빙글 돌리며 막 몸을 침탈하려는 환을 벗어났다.

환은 그대로 앞으로 쏘아나가 담장과 부딪쳐 버렸다.

쿠앙!

쾅!

"허, 신경 좀 썼는데 아쉽군."

전노평이 투덜거리며 담장 쪽을 바라보았다. 담장을 넘어서 네 인영이 날아와 전노평의 앞에 사뿐 내려섰다.

한 노인과 이십 후반쯤 되는 세 명의 젊은 사내였다.

납죽한 얼굴에 눈초리가 위로 치켜져 맹호의 눈을 연상시키는 중키의 노인이 전노평을 보며 방글 웃었다.

"전 형, 어린 사람에게 너무 과한 수를 쓰는 것 아니오?"

"허, 이게 누구요? 나 각주 아니시오?"

3

그 순간, 치열하게 싸우던 사대금강들과 유령들도 싸움을 멈췄다. 유령들은 망설임없이 원래의 자리인 담장에 붙어 도열했다.

"허허, 각주라니요. 환영비각 현판이 떨어진 지가 언제요?"

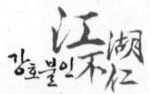

"현판이야 다시 달면 되는 것 아니겠소?"

노인이 바로 환영비각의 각주였던 나정부였다.

정사대전 이전 하남의 패자였던 환영비각.

그들의 독문절기는 환영보라는 보법과 환영비류라는 신법이다. 이 두 보법과 신법이 함께 펼쳐지면 너무도 빨라 환영처럼 보인다고 해서 붙은 이름이었다.

그들은 이 보법과 신법 위에 도법을 곁들였다.

환영삼도(幻影三刀)라 불리던 도법은 그다지 강맹한 맛은 없었지만 보법과 신법이 결합되어 펼쳐지면 아무도 막을 자가 없었다. 그들이 소림이 들어앉아 있는 하남에서 패자로 군림한 것은 단순히 운이 아니었다.

하지만 각주였던 나정부가 사라진 후 비각 내의 내분으로 흔들리다가 때마침 불어 닥친 정사대전의 폭풍에 휩쓸려 환영비각은 강호에서 영영 사라지고 말았다.

"그나저나 동정호 군산에서 우리가 의형제 결연할 때 참석해 주신 이후 십일 년 만이구려."

"허, 벌써 그렇게 됐소? 그래, 나머지 형제들은 다 잘들 계시오?"

"혈광귀 때문에 조금 복잡하구려. 홍 아우도 죽고."

"의백님, 잠시만 비켜주십시오. 저 늙은 놈을 오늘 죽여야 합니다."

"갈!"

쩌렁.

공기가 요동을 쳤다. 나정부가 분노한 얼굴로 적인걸을 꾸짖기 시작했다.

"네놈이 정말 천방지축이구나. 전 형은 우리들도 감히 함부로 대하지 못하거늘, 네놈이 이렇듯 치기를 보인단 말이냐? 나이 사십 헛먹었구나!"

"저 늙은 놈이 사부와 그 형제 분들을 욕보였습니다. 사부님을 천무제에게 당하고, 또 그 제자에게도 당한 불쌍한 늙은이라고 조롱했습니다! 참아야 합니까?"

적인걸도 지지 않고 핏대를 세웠다.

"무명검이라면 네 사부를 그렇게 평할 충분한 자격이 있다!"

그 말에 적인걸이 할 말을 잃었는지 전노평을 노려보았다. 방금 나눈 한 수만 보더라도 전노평은 사부와 동수이거나 더 높아 보였다. 인정할 수밖에 없었다.

"저자는 회에 대해서도 소상히 알고 있습니다."

"인걸아, 전 형은 우리가 모시려 했던 분이다. 당연히 알고 있는 게 옳다. 그리고 강호에서 가장 입이 무거운 사람이 바로 전 형이시다. 그렇지 않았다면 십 년 전에 벌써 회에 대한 모든 것들이 강호에 다 알려졌을 것이다. 그렇지 않소?"

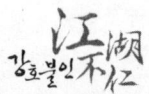

그들의 과거에 비추어보면 나정부의 말은 사실이었다. 하지만 지금 이 순간, 그들은 이정명이 온정균에게 이미 서찰을 보냈다는 것을 모르고 있었다.

"허, 그건 맞소이다. 그리고 홍 형을 폄하한 것은 사과하리다. 저 아이가 너무 건방져서 나도 모르게 심한 말을 한 것 같소. 진심이 아니었소."

"사과하신다니 그저 받을 수밖에 없구려. 안 그러면 전 형이 쑥스러워하실 것 아니오? 허허허."

"고맙소. 역시 나 각주는 화통해서 좋소이다."

"하지만 난 저들은 살려 보낼 수 없소."

나정부의 눈길이 임헌 일행으로 향했다.

갑자기 달빛이 팽팽하게 부풀어 올랐다.

"저들은 너무 많은 걸 알게 된 것 같소. 회에 몸담고 있는 나로서는 결코 바람직하게 볼 수만은 없을 것 같소. 내 전 형의 하해와 같은 양해를 구하리다."

죽이겠다.

나정부의 의중은 그거였다.

임헌 일행은 나정부의 등장으로 싸움이 진정되자 쉽게 이 자리를 벗어날 수 있다고 여기다가 갑자기 나정부의 말이 바뀌자 일순 당황했다. 늑대를 피하려다 범을 만난 격이었다.

"이보시오, 나 각주. 그들은 내 일행이오. 내가 불가피하게 회에 대해서 언급했지만 저들은 관심도 없소. 우리들은 그저 혈광귀란 놈만 잡으면 되오."

"나야, 전 형을 믿소. 하지만 저들은 믿을 수 없소."

"이거 섭섭해지는구려. 지금 대놓고 나를 무시하자는 것이오?"

"전 형은 혈광귀를 잡으면 그뿐 아니오? 밖에서 내 그렇게 들었소."

"혈광귀는 내 손으로 죽입니다!"

적인걸이 다시 소리를 질렀다. 나정부의 말처럼 사십이 주는 연륜은 없어 보일 정도로 감정에 대한 절제가 없었다.

"네 이놈!"

퓨앙!

느닷없이 적인걸을 향해 나정부가 각을 날렸다. 발끝에 걸린 바람이 소용돌이를 칠 정도로 맹렬한 한 수였다.

적인걸은 흠칫 놀라 두 팔을 교차해 머리를 노리는 나정부의 각을 막았다.

푸악!

"크억!"

파바박.

적인걸이 십자로 막은 그 자세 그대로 일 장 길이의 깊은

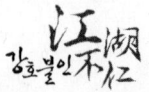

도랑을 파며 뒤로 쭉 미끄러졌다. 놀랍게도 적인걸의 발목까지 땅속에 잠겨 있었다.

"한마디만 더 나서면 네 사부가 죽은 이곳에 너마저도 묻겠다."

"자자, 집안싸움은 나중에 하고, 그러니까 나 각주는 결국 나까지 죽이겠다는 것이오?"

"그렇게 여긴다면 뭐 그런 것 아니겠소?"

나정부가 빙긋 웃었다.

"뭐 믿는 구석이라도 있는 모양이구려."

"역시 전 형이오."

나정부가 손가락을 튕기자 담장 위로 백의의 사내들이 쓰윽 올라오더니 나정부의 뒤에 나란히 도열했다.

서른두 명.

"우리 회에서 심혈을 기울여 만든 만상팔괘진이라는 게 있소. 만왕검부의 황해승 아우와 음양장문(陰陽掌門) 당승패 형님이 진의 틀을 잡고, 합공의 묘리는 천수종가의 구방건, 그 배신자가 만든 것이오."

다시 손가락을 튕기자 백의인들이 학 날개 모양으로 전노평을 감싸더니 급기야 그를 중심에 놓고 원형으로 포위했다. 그때까지 전노평은 알 수 없는 미소를 지은 채 가만히 있었다.

이윽고, 백의인들이 서서히 내공을 끌어올리자 진 안에 갇힌 전노평의 모습이 희끗해지기 시작했다.

"어째 좀 대단해 보이지 않소?"

"허, 벌써 온몸을 눌러대는 압력이 상당하오."

대수롭지 않게 말했지만 전노평의 얼굴에는 미소가 가시고 있었다.

"후후후. 그런데 말이오, 혈광귀는 이걸 깼소."

"혈광귀가? 과연 천무제구려. 하긴 허투루 가르칠 사람은 아니지."

"그렇소. 하지만 이건 알아두길 바라오. 혈광귀가 상대한 자들은 그다지 뛰어난 자들이 아니었소. 그러나 지금 전 형을 상대하는 아이들의 실력은 내가 일일이 손을 봤소. 그만큼 자부할 수 있소."

"그러길 빌겠소. 무군아!"

전노평이 상무군을 불렀다. 병아리처럼 임헌의 뒤에 숨어 있던 상무군이 깜짝 놀라서 대답을 했다.

"예엣?"

"가지고 있는 창을 던져라. 어서!"

전노평은 아무런 무기도 가지고 있지 않았다. 그래서 권과 장을 주로 쓰는 줄 알았는데 뜬금없이 창을 빌리고 있었다.

상무군은 지체없이 전노평의 머리 위로 창을 던졌다. 전노

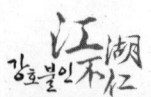

평이 손을 뻗자 창은 그의 손으로 빨려 들어갔다. 허공섭물이
었다.

"헌이, 자네들을 도울 수 없을 것 같네. 알아서 살아남으시
게."

전노평은 창을 수평으로 나란히 잡았다. 단지 그것뿐이었
는데도 그의 기도는 일순 바뀌어 서른두 명이 뿜어내는 내기
를 막아섰다.

"행운을 빌겠소."

나정부가 한 걸음 뒤로 물러섰다.

"행운은 이자들에게 빌어야 할 거요."

전노평이 냉소를 흘리더니 창을 앞으로 내밀었다. 그와 동
시에 그의 모습이 희끗한 어둠 속으로 묻혀 버렸다.

"뒤로 가라."

늘 휴대하던 창을 던져 주고 심심한 손을 비비던 상무군의
목덜미를 범중이 잡아채서 등 뒤로 돌렸다.

나정부가 시물거리며 임헌 일행에게 다가오고 있었다. 그
뒤를 세 젊은 사내가 따랐다. 그들 앞에 멈춰 선 나정부가 손
가락으로 임헌과 우승을 가리켰다.

"자네들이 왕귀염을 찾아 항주를 들쑤셨다는 임헌과 범우
겠구만. 왜 그를 찾았는지 묻고 싶네. 물론 말하지 않아도 좋

다네."

"할 일도 없고 심심해서."

우승이 심드렁하게 대답했다. 하지만 그의 눈은 어느 때보다도 긴장으로 넘치고 있었다.

"하긴 심심할 만도 하겠지. 정파 세상이 된 다음부터 강호가 너무 조용하니 말일세."

"그래서 평지풍파를 일으켜 보시려고 회인가 뭔가를 만드셨소?"

"곧 죽을 사람들과 별로 긴 얘기 하고 싶지 않구먼."

"아이 쌍, 웬만하면 그냥 가쇼. 몸도 무거운데 이리저리 움직이려니 힘들어 죽겠소."

범천이 투덜거렸다.

"걱정 말게나. 힘들기 전에 끝내겠네."

그의 말이 끝나자 젊은 사내들이 그와 나란히 섰다.

"내 제자들일세."

세 사내 중 두 명은 쌍둥이인 듯 얼굴이 똑같았고, 나머지 한 명도 쌍둥이들과 많이 닮아 있었다. 셋 모두 한 핏줄에서 나온 형제들처럼 보였다.

"정말 환영비각 현판을 다시 달 모양입니다?"

"환영비각은 없네. 다시 현판을 쓴다면 환환도영문이지."

"환환도영문?"

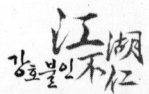

임헌이 고개를 갸웃했다. 환환(幻幻)이란 글자가 들어간 것을 보면 그들의 신법은 유지할 모양이었다. 하지만 도영(刀影)이란 뭐란 말인가.

"보면 이해될 걸세."

타앗!

나정부의 말이 끝나기가 무섭게 세 사내가 허공을 튀어 올라 도를 그어댔다. 그리고 도영의 의미에 대한 임헌의 의문은 해소되었다.

그들의 머리 위에 쏟아지는 도들의 잔영들.

극쾌와 극변의 묘리가 뒤섞인 무서운 수법이었다. 도가 여러 개의 잔영으로 나뉘고, 거기다가 환영비각 특유의 환영보로 인해 몸마저 여러 개로 보이니 수십 개의 도가 일행을 공격하는 셈이었다. 예전에 단순히 보법과 신법으로 상대를 현혹하던 환영비각의 수법보다 진일보한 것이었다.

여하튼, 세 사내의 공격으로 이내 임헌 일행의 머리 위에는 도들로 빼곡 찼다. 저 촘촘한 도의 빗줄기를 피하기는 힘들어 보였다.

"비켜!"

범중이 빠르게 앞으로 나서면서 주먹을 쳐 올렸다. 그의 주먹에는 윙윙대는 내기가 맺혀 있었다.

펑!

팡!

도영과 범중의 검기가 부딪치며 폭음을 냈다. 하지만 도영
들이 모두 사라진 것은 아니었다. 아직도 십여 개의 도영이
짓쳐들고 있었다.

"타합!"

"으랏차!"

우승과 범천이 기합을 지르며 백보신권을 연달아 날렸다.
그들의 주먹에도 권기가 맺혀 있었다.

허공에 가득 찬 권영과 도영.

마침내 그것들은 허공의 한 점에서 만나 연달아 터져 나가
기 시작했다. 이내 허공은 폭음으로 얼룩져 있었다.

팡! 팡! 팡!

폭음이 점점 가시면서 도영과 권영이 걷히고 장내의 상황
이 드러났다. 우승의 가사는 여기저기 찢어지고, 범중과 범천
의 옷도 너덜거렸다. 이에 반해 세 사내의 모습은 처음과 다
를 바가 없었다. 하다못해 숨소리마저 평온했다.

잠시 잠깐의 공방이었지만 소림승들이 한 수 밀렸다고 볼
수 있었다. 소림승들의 얼굴은 눈에 띄게 굳어져 있었다.

"야, 이거 우리가 약해진 거냐? 저 새끼들이 강한 거냐? 우
리 사부가 방금 우리가 밀린 거 알면 노발대발하겠다."

범천이 너덜해진 옷들을 완전히 찢어내며 투덜거렸다.

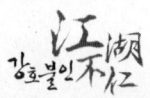

"빌어먹을 놈의 소림은 들먹거리지도 마!"

범중이 외치며 한 발 앞으로 나갔다. 오랜만에 투기를 되찾은 그의 눈은 짐승의 눈처럼 번들거렸다.

"환환도영문이라 이름 지을 만하오."

"그렇지? 자네들은 환환도영문의 첫 번째 제물이 될 걸세. 영광인 줄 알게나."

"껄껄. 사대금강을 너무 가벼이 여기는 거 아니오?"

나정부는 그저 피식 웃는 전노평 쪽으로 등을 돌려 버렸다. 다시 세 사내가 비릿한 미소를 지으며 나섰다.

"제기랄, 한 놈씩 잡고 붙자. 이거 자존심 상해 못살겠다. 어엇! 야 이 새끼들아, 말할 기회를 줘야지! 에이 쌍!"

범천의 말처럼 세 명이 빠르게 소림승들을 스쳐 지나가며 도를 날렸다. 이번에는 환영비각의 자랑이었던 환영비류에 아까의 도영들이었다.

촤악!

옷이 찢기는 소리가 들리며 범천이 뒤로 물러섰다. 우승과 범중은 아까 그가 했던 말대로 하나씩 잡고 싸움을 벌여 나가기 시작했다. 그의 앞을 막은 자는 쌍둥이가 아닌 젊은이였다.

"좋아, 이 새끼야. 니들이 사대금강을 물로 봤다 이거지? 내가 살생을… 어어!"

촤악!

"아휴, 이 빌어먹을 새끼!"

촤악!

"개새끼. 너 죽고 나 죽자!"

범천이 수십 개로 갈라지는 도영 숲으로 뛰어들었다.

펑! 펑!

4

임헌은 상무군을 몸 뒤에 숨긴 채 사대금강의 싸움터에서
조금씩 물러섰다. 나정부가 믿고 맡길 정도의 실력을 가진 제
자들을 상대로도 밀리지 않을 정도로 소림승들은 최선을 다
하고 있었다. 그만큼 그들의 싸움은 강맹했다.

임헌은 나정부와 적인걸이 그를 신경 쓰지 않는 것에 안도
감을 느끼고 있었다. 그들은 나란히 서서 뭔가 소곤거리며 전
노평의 싸움만을 구경하고 있었다. 사대금강과 임헌은 그들
에게 안중에도 없었다.

희끗한 어둠 속에 묻힌 전노평.

그 안에서는 계속 폭음이 들려오고 있었지만 그들이 싸우
는 모습은 보이지 않았다.

그때, 검은 옷의 유령들 중 십여 명이 사르륵 움직이더니

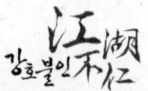

임헌 쪽으로 오기 시작했다. 임헌은 얼른 후원에 있던 오래된 측백나무 밑으로 몸을 날리고는 나무를 등지고 섰다. 최소한 원형으로 포위되는 것은 막으려는 시도였다.

아까의 싸움을 통해서 봤지만 이들은 강했다. 임헌 스스로도 자신할 수 없는 싸움에 상무군이라는 혹까지 달고 있는 상태였다.

"죄송해요, 죄송해요."

상무군도 자신이 짐이란 것을 알았는지 연방 울먹이며 사과를 했다.

"지금은 그런 말 할 때가 아니다. 빨리 여기를 벗어날 생각만 하거라."

빠르게 주의를 준 임헌은 선공을 펼쳤다. 그의 자랑인 운룡칠검 중 유운비룡과 풍운뇌룡를 펼쳐 들어갔다. 그의 검에서 용솟음처럼 검기가 솟아올라 유령들을 쓸어갔다.

탕!

탕!

유령들의 몸놀림은 신속했다. 그들은 임헌이 공격하는 순간 어느새 조를 이뤄 임헌을 에워싸고 있었다. 임헌은 그들의 진 안에 들어가지 않도록 얼른 몸을 뒤로 물렸다.

그런데 느낌이 이상했다.

임헌은 검을 날리며 빠르게 고개를 돌렸다.

없었다.

상무군이 없었다.

탕!

탕!

"우욱!"

퍽!

순간의 방심에 검에 실린 내력이 흔들리면서 임헌이 나무에 등을 부딪쳤다.

"무군아! 무군아!"

대답이 없었다. 검은 옷의 유령이 그를 채간 것도 아니었다. 그냥 사라진 것이다. 그의 목소리는 잃어버린 아들을 찾는 아비의 그것처럼 애절하게 들렸다.

"무군아아!"

그때였다.

임헌의 바로 옆에 육 척의 노인이 쓰윽 나타났다.

"허억!"

임헌은 침음을 삼키며 저도 모르게 뒤로 물러섰다.

"구방건일세. 들어봤겠지? 그 젊은이는 우리들이 데려갔네. 걱정 말고 뒤로 물러나 여길 빠져나가게. 뒤에 우리 아이들이 기다리고 있을 테니까."

노인은 빠르게 말을 마치고 양팔을 높이 쳐들면서 손가락

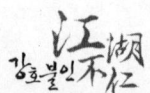

을 오므렸다가 한꺼번에 활짝 펼쳤다.

피융!

피피융!

그의 손에서 바늘처럼 가느다란 지풍이 일더니 검은 유령들을 그대로 관통해 버렸다.

"으악!"

"케엑!"

임헌과는 그 수준이 달랐다. 단 한 수에 검은 옷의 사내들이 그대로 미간이 뚫리면서 밑동 잘린 나무처럼 그대로 나가 떨어지고 있었다.

"어서! 사대금강도 곧 보낼 테니 안심하고 가게."

임헌은 노인의 솜씨를 보고는 망설일 것도 없이 나무 뒤로 돌아서 담장을 뛰어넘어 갔다.

"사대금강은 듣게!"

노인이 크게 외쳤다.

그 소리에 고개를 돌리던 나정부의 눈이 갑자기 커졌다.

"아니, 구 가주?"

"사대금강은 싸움을 멈추고 뒤로 물러서게!"

노인은 나정부를 무시하고 다시 외쳤다.

"노인은 누구요?"

범천의 소리가 들려왔다.

"난 천수종가의 구방건이다. 어서 물러나라!"

"구방건?"

우승의 목소리였다.

"빨리 뒤로 물리고 여길 빠져나가게. 나머진 내가 알아서 하겠네! 호남의협은 이미 몸을 피했네!"

펑! 펑! 펑!

폭음이 세 번 연달아 들리면서 소림승들이 뒤로 훌쩍 몸을 빼냈다. 그들의 몸은 엉망이었다. 이미 너덜너덜해져 있던 우승의 가사는 이미 옷이라고 보기 힘들 정도로 찢겨져 나갔고, 실금이 간 몸에서는 선혈이 흘러내리고 있었다. 범중과 범천도 사정은 매한가지였다.

"어서 움직이게."

"믿고 가겠습니다."

눈치가 빠른 우승이 말 한마디를 남겨둔 채 뒤도 안 돌아보고 몸을 날렸다. 범천이 바로 뒤따랐지만 범중만은 그대로 있었다.

"자넨?"

"아무 이유 없이 도움받기 싫소."

"야 이 새끼야, 지랄하지 말고 빨리 와!"

뒤에서 범천이 소리를 쳤지만 범중은 오히려 자신과 겨루었던 사내를 향해 한 발 더 나아갔다.

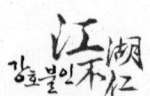

"끝장을 보자."

욱하며 앞으로 튀어나가려는 제자의 어깨를 잡은 것은 바로 나정부였다. 그의 얼굴에는 득의의 미소가 가득 피어 있었다.

"아니, 이게 누구요? 십 년간 그리 찾아도 없더니 이렇게 제 발로 찾아주시다니 기쁘기 한량없소."

십 년 전.

나정부를 포함한 칠 인이 제천회를 결성할 때, 구방건은 홀로 반대하여 그들 사이에서 배신자로 낙인이 찍혔다. 그때부터 제천회에서는 그를 죽이기 위해 강호 전역을 뒤졌지만 구방건의 흔적을 찾을 수 없었다.

그런데 그가 지금 홍야숙의 장원에 나타난 것이다. 나정부로서는 앓던 이를 뺄 좋은 기회였다.

"난 나 각주만큼 그리 반갑지 않구려."

"자신을 죽이려는 사람을 보고 반가우면 그게 더 이상하지 않겠소?"

"......"

"......"

나정부와 구방건은 서로를 응시한 채 입을 닫았다. 나정부의 눈빛은 시종 번들거리고 있는 데 반해 구방건의 얼굴에는 뭔가 복잡하고 착잡한 감정이 떠올라 있었다.

한때, 천무제란 거대한 산의 험난함을 탓하며 서로 밀고 끌며 오르던 동료였다가 이제는 서로의 목숨을 노리는 상대로 변해 있었다.

"어디 강호를 집어삼킬 만큼 실력이 늘었나 봅시다."

"구 가주도 놀고 있지는 않았을 테지요?"

"맞소."

구방건이 입술 끝을 천천히 말아 올렸다.

자신감.

나정부는 적인걸을 향해 말했다.

"넌 장원 밖에 있는 자들을 처리하거라. 혼자 온 게 아닌 모양이니. 단 한 사람도 살려 보내지 말거라."

"알았습니다, 의백님."

적인걸이 손을 들어 검은 옷의 유령들을 불러 모은 다음, 측백나무 뒤쪽으로 서둘러 몸을 날렸다.

밖에는 삼십 명의 사내들이 진을 이룬 채 서 있었다. 그 한 쪽에 상무군이 땅바닥에 엉덩이를 댄 채 고개를 숙이고 있었다. 그의 전신에서 자괴감이 물씬 풍겼다.

임헌은 상무군을 보고 안도감을 느꼈다. 마음 같아서는 그의 옆에 같이 쪼그려 앉아 어깨라도 두드려 주고 싶었지만 그럴 상황이 아니었다.

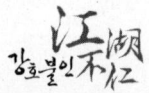

마음이 급했다.

"고맙소."

임헌은 사내들의 수장쯤 되는 고리눈의 중년에게 간단하
게 감사만 표시한 뒤 서둘러 한쪽으로 자리를 피한 뒤 품 안
의 책자를 끄집어내었다.

구방건.

그가 나타났다.

왕유의 책자에는 여관일 다음에 구방건이 있었다. 왕유의
계획대로라면 지금 구방건이 나타날 시점이 아니었다.

찌이익!

봉합을 찢어내고 펼치려는 순간, 우승이 옆으로 왔다.

세필로 정성스럽게 쓴 내용이 눈에 들어왔다.

구방건은 천수종가의 가주였다. 백여 년에 걸친 천수종가에
서 제일가는 무재였다는 평가를 받은 인물이었다. 그만큼 스스
로에 대한 긍지가 드높았다.

아마 그는 지금 낭인처럼 헤매고 있을 것이다. 왜 그가 그런
상황에 처했는지 자세한 설명은 생략하마. 아마 전노평이 그 까
닭을 설명해 주었을 터.

"구방건은 제천회에 반대했다고 했지."

"그래서 저들에게 쫓기는 거고."

임헌과 우승은 마주 보며 얼굴을 굳혔다.

그들의 짐작대로 왕유는 제천회에 대해서 알고 있었다.

아니, 너무 잘 알고 있었다. 그렇지 않다면 전노평과 구방건 이들의 행적까지 다 알 수는 없는 일이었다.

여관일을 만났을 테지? 그가 너의 부탁을 들어주었느냐? 아니더냐? 행여 무슨 다른 일이 생긴 것이냐? 전노평은 죽었느냐? 살아 있느냐?

이 글을 적으면서도 정말 궁금하구나.

내 생각대로 흘러가기를 바라지만 세상이 어디 그러더냐? 하지만 이것만은 자신할 수 있다. 예상치 못한 일이 생겼다 하더라도 내가 세운 계획의 큰 줄기에서 크게 벗어나지는 않았을 것이다.

간략하게 말하마.

내가 예상하건대 구방건을 만났다면 그는 너에게 놀라운 제안을 할 것이다. 그 제안이란 다름 아닌 천무제의 셋째를 도와야 한다는 것이다. 구방건을 만나기 전이라면 사뭇 놀랍기도 한 제안을 넌 지금쯤 그럴 수도 있다고 여기고 있을 것이다. 전노평이 네 마음에 심어놓은 의문의 씨앗은 어느새 네게 그늘을 만들어 줄 정도로 자라 있겠지.

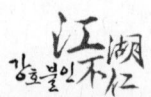
강호불인 江湖不仁

구방건의 말은 무조건 거부해라.

구방건은 전노평과 한통속이다.

그리고 혹시라도 네가 아직껏 전노평과 함께 있다면, 이제 그를 버리거라. 그와 결별한 다음 윤모생을 찾거라. 그는 서안 북망산 기슭에 산다.

그를 만나보면 자세한 얘기를 해줄 터.

전노평이 말하는 제천회에 대한 진실과는 전혀 다른 진실과 셋째를 막을 방법을 알려줄 터이다. 그에 대해서는 그의 이름이 적힌 부분을 열어보면 알 것이다.

이미 이승을 떠나 구천에 떠도는 내가 네 의문에 답해줄 수 없어 지금 이것을 적으면서도 답답한 마음 금할 길 없다. 하지만 진실은 누추하지만 늘 그 모습을 세상에 드러내게 마련이다. 황금이 땅속 깊이 묻혀 있지만 언젠가는 그 황홀한 빛을 지상에 뿌리듯 말이다.

글이었지만 전혀 알 수 없는 내용을 적어놓은 흑화(黑話:암호) 같았다. 아직 못 들었지만 셋째를 도와야 한다는 구방건의 제안에선 그다지 거부감이 느껴지지 않았다. 강호에 불어닥칠 피바람을 막을 자는 혈광귀일지도 모른다는 의문이 그들의 마음속에 자리 잡고 있는 까닭이었다.

하지만 두 번째의 말은 뭐란 말인가. 또 누구를 만나야만 진실을 알게 된다는 것인가? 임헌은 왕유가 사랑을 가장하면서 구박하는 계모처럼 느껴졌다. 왕유의 말은 지금껏 아무것도 밝혀주지 않았다. 그저 의문과 의문의 연속.

오히려 왕유의 책자에 적힌 말들은 왕유 자신의 진실을 가리기 위한 장황한 언사처럼만 느껴졌다.

치밀어 오르는 짜증을 애써 억누르며 임헌은 앞으로 가 여관일이라고 적힌 부분을 찢어냈다.

여관일은 천무제 제자 중 첫째다. 그는 복수 따위는 안중에도 없을 것이다. 이 부분을 열었을 때쯤이면 여관일은 아마 사천의 청천이나 산서 태원에 있을 것이다.

네가 이 봉합을 열었다면, 헌이 너는 최악의 경우에 처해 있겠지. 내가 예상하건대 네가 처한 상황은 이럴 것이다.

셋째는 여전히 혈해 속을 달릴 것이고, 둘째가 전노평을 죽이는 데 아마 실패했을 것이다. 아마 둘째가 전노평에게 당하지는 않겠지만, 설령 그렇다 해도 둘째는 다시 전노평을 쫓지는 않을 것이다.

더욱 최악의 상황은 너는 나 왕유를 의심하며 전노평과 함께하고 있는 것이다. 전노평은 네게 나를 의심할 말들을 계속 홀리면서 너를 현혹할 것이고, 너는 전노평의 말을 조금씩 믿기 시작

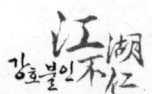

했다는 것이다.

내가 옳은 것인지, 전노평이 옳은 것인지 끊임없는 번뇌와 갈등이 너를 찾고 있을 것이다. 그러나 헌아, 너와 내가 안 지 몇년이더냐? 강호를 구하는 일이다. 절대 네가 흔들려서는 안 된다!

제천회라는 데는 알겠지? 아마도 전노평이 말해주었을 것이라고 확신한다. 그는 나를 믿지 못하는 인간이니까.

제천회를 왕유가 알고 있다는 것이 추측이 아니라 눈으로 직접 확인되는 순간이었다. 임헌과 우승은 급속도로 책자의 내용에 빨려 들어갔다.

전노평이 살아 있다면, 그리고 그와 함께하고 있다면 너는 당장 그와 헤어져 여관일을 찾거라. 그를 찾아가 나, 왕유와 약속한 부탁을 지키라고만 말하라. 그 부탁은 바로 제천회와 관계된 일이다.

나에 대해 의구가 많듯이 제천회에 대해서도 의구가 많겠지? 하지만 여관일을 만나면 깨끗이 풀릴 일이다. 전노평이 네 마음에 심은 의혹의 잡초를 말끔히 뽑아내 줄 것이다.

헌아, 나를 믿어라.

헌아, 네가 생각하기에 예상치 못한 일이라고 여겼을 때 구방
건의 장을 열어보거라.

"이런 제기랄! 대체 뭐야? 또 만나봐야 안다는 거야!! 여관
일을 만나야 알고, 윤모생을 만나야 알고!! 이번에는 또 뭐가
불쑥 튀어나오려고!"

우승이 소리를 버럭 지르며 왕유의 책자를 땅바닥에 확 패
대기쳐 버렸다. 그 소리에 구방건의 수하들이 그를 바라보았
다. 우승은 서둘러 자신의 실수를 깨닫고 손을 내저었다.

"아무것도 아니외다."

"무슨 짓인가!"

임헌이 우승을 나무라면서 왕유의 책자를 집어 흙을 털었다.

"뭔데 그래? 나도 좀 알자."

범천이 그들 사이에 끼어들더니 왕유의 책자를 기웃거렸다.

"저리 가, 인마!"

"인마, 나도 한 손 보태고 있잖아. 알 권리가 있어!"

임헌은 우승을 제지하며 범천에게 간략하게 설명해 주었
다. 이미 왕유의 책자에 대해서는 함구하라고 단단히 당조짐
을 받아놓은 터였지만 거듭 강조를 하면서 왕유의 책자를 보
여주었다.

"이런 제기랄! 이게 무슨 말이야? 뭐가 이리 복잡해?!"

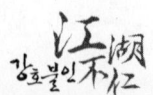

범천도 우승처럼 소리를 꽥 질러 버렸다.

그때, 장원 쪽에서 폭음이 들려왔다. 고리눈의 수장이 다급하게 임헌을 불렀다.

"저들이 오고 있소. 빨리 피해야 하오."

임헌과 우승이 보니 적인걸과 함께 검은 옷의 유령들이 장원 담을 넘어 그들 쪽으로 오고 있었다.

"제길."

임헌은 책자를 품에 넣고 고리눈을 향해 다가갔다. 고리눈은 오십 명의 사내들에게 뭔가 지시를 내리고 있다가 임헌 등을 향해 한쪽을 가리켰다.

"지금부터 전력으로 질주해서 저 숲길로 가시오. 그 끝에는 절벽이 있을 것입니다. 거기서 잠시 우리 일행들을 기다려 주시오."

"구 가주님은요?"

"걱정 마시오. 저들쯤이야 쉽게 물리치실 것이오. 믿고 가시오."

임헌이 고개를 끄덕였다.

"알겠습니다."

임헌은 순순히 인정을 했다. 어떤 복안이 있기에 이렇듯 온 것이 분명했다.

임헌과 우승, 그리고 범천과 상무군은 빠르게 숲길을 내달려 가기 시작했다. 거친 싸움이 있었던 듯 숲길 양쪽의 나무들이 쓰러진 것도 보이고, 땅이 파인 곳도 있었다. 무엇보다도 그들의 눈길을 사로잡은 것은 바로 쓰러져 있는 시체들이었다.

빙기에 얼어 있는 시체들.

임헌은 신법을 늦추면서 시체들을 살폈다.

"혈광귀."

"전 노야의 말이 맞았군. 여기에 혈광귀가 왔었어."

우승이 대꾸하며 주변을 살폈다. 나무 이곳저곳에 월륜들이 박혀 있었다. 임헌은 침음을 삼키며 속도를 내기 시작했다. 얼른 빨리 이 위험을 모면한 다음 왕유의 책자를 봐야 했다.

5

임헌 일행의 모습이 어둠 속으로 사라지자 고리눈이 빠르게 명령을 내렸다.

"준비!"

적인걸이 그들 앞에 내려오는 순간, 고리눈이 크게 외쳤다.

"지금이다!"

고리눈이 크게 외치자 그들을 둘러싼 나무 위에서 수없는

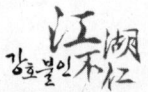

암기들이 쏟아져 내리기 시작했다. 그뿐만 아니라 장내에 있던 삼십 명의 사내들도 손을 마구 흔들며 암기들을 쏘아대기 시작했다.

달빛마저 가리며 쏟아지는 암기들은 말 그대로 빗발치듯 적인걸과 그의 부하들을 쓸어갔다.

"으윽!"

"크흠!"

"억!"

날아오던 검은 옷의 유령들이 암기에 맞아 털썩털썩 떨어져 내리기 시작했다. 그러나 큰 부상을 입은 것 같지는 않아 그들은 금세 일어났다. 적인걸이 자부할 만한 신위들이었다.

"갈!"

적인걸이 쏟아져 내리는 암기를 향해 손을 내뻗었다. 그러자 그의 양 손바닥에서 메마른 경기가 흘러나와 암기들을 휘감기 시작했다.

타타타타탕!

콩 볶는 소리를 내며 암기들이 떨어져 내리는 순간, 고리눈이 다시 소리쳤다.

"뒤로!"

그의 말과 동시에 장내에 있던 사내들이 뒤로 신속하게 빠져 임헌들이 사라진 길로 내달리기 시작했다.

"쥐새끼들. 잡아라!"

적인걸이 낮게 외치며 앞장서서 그들 뒤를 쫓기 시작했다.

"고혼일검?"

구방건은 빛살처럼 자신을 갈라오는 도를 보며 외쳤다. 영락없는 홍야숙의 고혼일검이었다. 아니, 도로 펼치고 있으니 고혼일도라고 해야 했다.

구방건은 얼른 환영비각의 절기인 환영보를 밟아 그 도세를 피하기 시작했다. 그의 몸이 마치 이형환위처럼 흐릿해지며 뒤로 쭉 밀려 나갔다.

쾅!

"허허, 환영보는 나보다 더 잘 펼치는군."

역시 환영보를 펼쳐 그의 뒤를 바짝 따라붙은 나정부가 말했다.

그의 말속에는 쓸쓸함이 담겨 있었다. 천무제에게 패한 후 그들은 서로의 무공 내력을 모조리 털어놓고 천무제를 꺾을 새로운 무공을 만들기 시작했다.

나정부는 물론 그의 절기인 신법과 보법을 내놓았고, 다른 이들의 절기를 배울 수 있었다. 고혼일검도 그렇게 배운 것이었다.

그런 결과로 구방건도 환영비각의 절기인 환영보를 펼칠

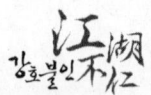

수 있었다. 그때만 해도 천무제를 꺾는다는 불타는 호승심과 복수심에 서로 절기들을 나눴지만, 지금 서로 칼을 맞대야 하는 상황에서 서로의 절기를 펼치며 목숨을 탐하고 있는 것은 그다지 기분 좋은 일이 아니었다.

"무재는 자네보다 내가 훨씬 나았지. 이거 한번 받아보게나."

구방건이 뒤로 물리던 몸을 갑자기 멈추더니 다시 앞으로 쾌속하게 나아가며 두 손을 마구 털어냈다.

그의 두 손에는 하얗게 강기가 서려 있었다.

그의 두 손은 이미 천변만변해서 어떤 것은 권으로, 어떤 것은 지로, 어떤 것은 장으로 수십 개의 수영이 허공을 가득 메웠다.

만변천화수.

천수종가의 절기였다. 그 수법과 운용의 묘리는 구방건이 풀어 알고 있었지만 제천회 형제들 중 구방건만큼이나 펼칠 수 있는 이가 없었고, 막아내기도 버거워했던 무공이었다.

마주 오던 나정부가 얼굴을 굳히며 다시 도를 들어 허공에 두어 차례 그었다. 그의 도에서 다시 한 번 고혼일도가 펼쳐졌다.

하지만 홍야숙의 그것과는 사뭇 달랐다. 홍야숙의 검이 한 번의 쾌검에 변화를 가미했다면, 나정부의 도는 천무제의 천

125

검매개와 흡사하게 도깨비 같은 도들을 만들어냈다.

물론 도강은 기본이었다.

콰르르릉!

쇠와, 관과 장이 서로 부딪치며 폭음을 내었다. 구방건과 나정부는 서로 교차해서 지나가며 수십 차례 손속을 교환했다.

폭음이 걷히며 용호상박을 펼치던 둘의 모습이 뚝 떨어졌다.

나정부의 어깻죽지에는 지풍에 맞은 듯 손가락 하나 크기의 구멍이 나 있었다. 하지만 구방건의 모습은 겉으로 봐 멀쩡했다.

"크음!"

나정부가 침음을 뱉으며 한 발 뒤로 물러섰다.

"자네도 부지런히 뭔가 하고 있었나 보군."

"그럼. 내 이렇게 열심히 무공을 익힌 적은 없었네. 천무제를 꺾기 위해 자네들과 있을 때보다 더했지. 난 하나고 자네들은 일곱이나 되지 않는가? 그보다 마지막 수법은 천무제의 천검매개와 얼추 비슷하군. 자네들도 진전을 이룬 모양이지?"

"허허, 그럼 어찌 빈둥빈둥 놀면서 천하를 갖겠다고 할 수 있나? 그거야말로 도둑놈 심보 아닌가?"

"그건 그렇지. 하지만 그거야말로 헛된 꿈이고, 늙은이들

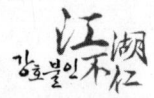

의 노욕일세. 천무제를 보게나. 그는 천하에 관심을 두지 않아서 천무제가 될 수 있었네. 그에게 그렇게 당하고도 아직 그걸 깨우치지 못했나?"

"껄껄껄. 천무제를 독습하자고 할 때 홍야숙과 함께 제일 먼저 앞장섰던 자네가 할 소리는 아니군."

"허허허. 그래서, 그 오점 때문에 이렇듯 낭인처럼 떠돌고 있는 것 아니겠나? 실수는 한 번으로 족하다네."

"지금이라도 늦지 않았네. 우리 형제들과 함께 천하를 품어보세. 자네도 천수종가를 다시 일으켜 세워야 하지 않나?"

나정부의 말에 구방건의 얼굴에 씁쓸한 미소가 떠올랐다.

가주마저 버리고 천무제를 꺾기 위해 나섰던 길. 그 대가로 구씨 가문의 백 년 가업이 지상에서 사라지고 말았다.

아무리 변명한다 해도 가업을 망쳐 버린 자신의 죄는 용서받을 수 있을 것 같지는 않았다.

하지만, 그 가업을 이루기 위해 다시 시체의 산을 쌓을 수는 없지 않은가.

펑! 펑!

폭음이 들렸다.

전노평 쪽이었다.

전노평은 아직도 만상팔괘진 안에 갇혀 있었다.

하지만 그가 불리한 것 같지는 않았다. 그 증거로 아까까지

127

는 희끗한 어둠 속에 잠겨 있던 그의 모습이 서서히 실제의 모습으로 되돌아오고 있었고, 언뜻 보이는 그의 얼굴에는 득의의 미소가 서려 있었다.

긴장했던 처음의 모습과는 영 딴판이었다. 싸우면서 진의 파훼에 재미를 붙인 모양이었다.

"빨리 끝내시구려! 전 형!"

"조금만 기다리시오. 이거 아주 재밌는 진이구려!"

전노평이 창을 회전시키면서 대꾸했다.

"그럼 믿고 가겠소이다. 흔적을 남길 테니 따라오시면 될 것이오. 간만에 술 한잔해야지 않겠소."

"그럽시다. 하압!"

전노평은 다시 싸움에 몰두하기 시작했다.

구방건은 슬쩍 옆으로 이동하면서 측백나무 쪽으로 걸음을 옮겼다. 나정부는 굳이 막지 않았다.

지금은 구방건보다 전노평과 싸우고 있는 수하들이 더 문제였다. 천하제일의 진법이라 자부했던 만상팔괘진이 위태위태했다.

"구 가주, 정녕 우리를 막을 텐가?"

"날 죽이려고 눈에 불을 켜던 자네가 이제 와서 할 말은 아닌 것 같네만."

"뭐, 상황에 따라 행동하는 것이 사람 아니던가?"

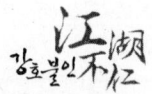

"객쩍은 소리 그만 하세. 이만 가세."

구방건이 옆에서 타오르는 눈으로 그들을 보고 있던 범중을 향해 말했다.

범중은 그의 말처럼 끝장을 보려고 남았으나 구방건과 나정부의 싸움만 정신없이 보고 있었다. 그 싸움은 자신의 투지마저 잠재울 정도로 휘황한 싸움이었고, 문득 자신의 무공에 대한 자괴감을 가지게 만들었다.

범중이 고개를 끄덕이고는 측백나무를 돌아 사라지자 구방건도 그 뒤를 따라 측백나무를 넘어 어둠 속으로 모습을 감췄다.

"물러나라!"

구방건이 사라지자 나정부가 만상팔괘진를 펼치는 수하들에게 소리를 질렀다.

생각 같아선 수하들을 도와 전노평을 거꾸러뜨리고 싶었지만 진의 묘리상 그가 참여할 수 없었다. 서로의 격체전공을 통해서 내력을 주고받는 틈 속에 그가 들어가 보았자 오히려 방해만 될 뿐 득이 될 게 없는 것이다.

나정부의 외침에 빠르게 수하들이 뒤로 확 밀려났다.

그가 짐작한 바대로 그들의 모습은 별로 성한 곳이 없어 보였다. 시뻘겋게 달아오른 얼굴과 여기저기 찢긴 옷들로 보건대 큰 낭패를 당하고 있었던 모양이다.

전노평이 창을 세우고는 나정부를 차갑게 응시했다.

"왜? 끝장을 보시지?"

"오늘만 날이겠소. 그보다 혈광귀를 잡으러 간다 하지 않으셨소? 바쁘실 텐데 어서 가시구려."

나정부가 어깨를 으쓱했다.

전노평이 나정부를 향해 뚜벅뚜벅 걸어왔다.

"이대로 가면 내가 손해지 않소? 얻는 것도 없이 애꿎은 힘만 낭비했으니 말이오."

"내가 보기에 향후 천무제란 소리를 들을 사람은 전 형 같구려. 전 형이 천무제요. 제천회를 대표해서 내가 이 정도로 인정하면 전 형도 마음이 좀 풀리지 않으시오?"

"껄껄, 기분은 좋구려. 하지만 실속이 없소이다. 전 강호가 인정하는 것도 아니고 겨우 나 각주가 인정하는 천무제 따위에는 솔깃하지 않구려."

"혈광귀는 나를 찾아올 것이오."

"어째서?"

"홍야숙이 부리던 계집이 하나 있었는데 혈광귀가 데려갔소. 그 계집이 알고 있는 것은 나뿐이오. 이제 실속도 채워 드렸으니 이만 물러감이 어떻겠소."

전노평이 갑자기 살기를 발산했다.

"좋소. 하지만 오늘 일은 내 잊지 않겠소."

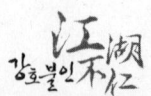

"잊으라고 강요는 않겠소. 혈광귀나 잘 잡으시구려. 전 형 덕분에 나도 근심 하나 덜어봅시다."

전노평이 슬쩍 발을 구르자 뒤에서 누가 잡아당기기라도 한 것처럼 그의 모습이 측백나무 뒤쪽으로 빠르게 사라졌다. 앞도 아니고 뒤로 신형을 물리는 수법이 참으로 고절했다.

"실속은 내가 없었군."

나정부가 씁쓸하게 웃었다.

사실 그가 오늘 이룬 바는 하나도 없었다. 전노평도 어쩌지 못했고, 임헌 등도 죽이지 못했다. 조그마한 성과라면 전노평의 무위를 가늠할 수 있었다고나 할까. 아니, 구방건도 있었다.

나정부는 뒤에 서 있던 세 명의 제자에게 빠르게 명령을 내렸다.

"너희들은 가서 인걸이를 데려오너라."

6

파앙!

피융!

적인걸은 짜증이 버럭 났다. 대체 이자들은 이런 엄청난 암기들을 어디서 만들어왔단 말인가. 더욱이 저들은 뒤로 물러

서며 계속 암기들을 쏘아댈 뿐 직접적으로 손속을 마주쳐 오
지 않았다.

더 짜증이 나는 것은 조무래기들이나 상대해야 하는 자신
의 처지였다. 의숙들 사이에 그 명성이 알짜한 전노평을 상대
로 배웠던 검을 펼쳐 보이고 싶었지만 나정부에 의해 막혔다.
순순히 물러나긴 했지만 나이 사십이 다 된 그를 아직도 어린
애 취급하는 나정부에게 더욱 짜증이 치밀어 올랐다.

적인걸은 끓어오르는 짜증을 억누르며 옆으로 손을 뻗었
다.

그의 손에 빙기로 얼어붙은 흑의인의 시체가 잡혔다. 그의
사부 홍야숙이 개인적으로 키우던 수하들이었다. 하지만 지
금 적인걸에게는 단순한 방패에 불과했다. 적인걸은 손에 시
체가 들어오자 신속하게 머리 위로 쏟아지는 암기들을 향해
내던졌다.

팅!

팅!

암기가 딱딱한 얼음덩이에 부딪쳐 튕겨져 나갔다.

"짜증나는 쥐새끼들!"

크게 외치며 적인걸은 암기를 쏟아 붓고 있는 나무 위를 향
해서 어검술로 검을 날렸다.

슈각!

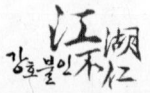

잎이 무성한 나뭇잎 속을 파고들며 뭔가를 벤 듯한 소리가 들리며 목 하나가 툭 떨어져 내렸다. 비명을 지를 사이도 없었다. 적인걸의 검은 허공을 빙 돌아 반대편 나무 위로 날아들어 가고 있었다.

투악!

이번에는 어른 팔뚝만 한 나무줄기가 툭 떨어져 내렸지만 기대하던 목은 없었다. 이미 암기를 쏟아 부은 놈들은 물러난 모양이었다. 적인걸은 돌아오는 검을 받으며 앞으로 쏘아갔다. 그의 몸에서 뿜어지는 황량한 기운에 숲은 생기를 잃고 시들해졌다.

그때 적인걸의 신형이 허공에 뚝 멈췄다.

그의 몸을 향해 쏟아져 내리는 수영들. 적인걸은 생각이고 뭐고 할 새도 없이 뒤로 몸을 빼며 검을 수없이 내리그었다.

타타타타탕!

"으음."

적인걸이 탁한 신음을 뱉으며 흔들리는 몸을 바로 세웠다. 그의 앞에 구방건이 서 있었다.

이제야 그를 공격했던 수법이 생각났다. 천수종가의 절기였던 만변천화수였다. 적인걸은 한순간에 짜증이 증발해 버리는 듯한 시원함을 느꼈다. 의숙이 치켜세우던 그 절기와 마주할 기회가 생긴 것이다.

하지만 이번에도 적인걸의 바람은 이루어지지 않았다.

"구 가주, 그놈은 내게 맡겨주시오."

멀리서 울려오는 듯싶은 목소리는 어느새 적인걸의 옆에서 들려왔다. 적인걸은 반사적으로 옆으로 몸을 옮겼다.

전노평이 시물거리며 창을 내려치고 있었다.

'어억!'

적인걸은 속으로 침음을 삼키며 환영보를 펼쳤다. 전노평이 단순히 내려치는 창에는 엄청난 내공이 들어 있는 듯했지만 신기하게도 소리가 나지 않았다. 소리마저 창에 실린 내력의 통제를 받고 있는 것으로밖에는 설명할 길이 없었다.

그렇다면 그 위력은?

쾅!

그가 서 있던 자리가 화약이라도 터진 듯 움푹 파였고, 그 경기의 여파는 환영보를 펼치며 쾌속하고 절륜하게 물러서는 적인걸의 신형을 강타했다.

"우웃!"

적인걸의 몸이 휘청거렸다. 마치 세찬 바람에 휘둘리는 나무같이 발을 땅에 심고서 그렇게 견디고 있었다.

"건방진 놈."

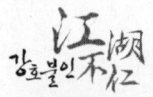

전노평이 비릿한 미소를 머금으며 한 발 앞으로 다가섰다.

그때, 구방건이 전노평을 막아서고 나섰다.

"전 형, 그냥 보내주시오. 저렇게 성정이 포악하고 급한 놈은 살려둬야 외려 이득이오. 저런 놈은 늘 자신을 망치고 조직을 망치지 않소."

적인걸에게는 굴욕적인 말이었다.

적인걸이 욱하며 전노평에 맞서려는 순간, 나정부가 보낸 세 제자가 그의 옆에 떨어져 내렸다.

"적 사형, 사부님께서 돌아오시랍니다."

"이익!"

전노평도 어쩐 일인지 창을 거뒀다. 하지만 적인걸을 보는 그의 얼굴에는 조롱과 비웃음이 가득 담겨 있었다.

"내 오늘은 그냥 보내주마. 가서 어서 제천회가 젠 체하는 회인가를 말아먹으려무나."

적인걸은 한 발 뒤로 물러났다.

모든 것이 엉켜 있었다.

왕유가 예견한 대로 사건은 흘러가지 않았다.

아직 전노평이 혈광귀를 잡기도 전에 새로운 사건들이 일어났다. 여관일을 만나는 것도 이뤄지기도 전에 구방건이 툭 튀어나왔고, 뭘 어떻게 해야 할지 모르게 모든 게 오 리(里)에

퍼진 안개에 갇히고 말았다.

　무엇보다도 가장 심란한 점은 아무도 믿을 수가 없게 되어 버렸다는 것이었다. 왕유도 믿을 수 없었고, 또 그만큼 전노평도 믿을 수 없었다.

　엄밀히 따지면 정말 믿을 수 없게 된 것은 왕유였다. 그는 의문의 덩어리였고, 안개를 피워내는 중심이었다.

　믿을 수 없으니 앞날을 대비할 아무런 수단이 없었다.

　왕유를 믿고 이대로 차근차근 책자에 적힌 대로 밟아갈 것인가, 아니면 전노평의 말에 담긴 저의처럼 그만둘 것인가.

　곰곰이 생각해 보니 전노평이 왕유에 대해 말한 의도는 단순했다. 왕유의 진실은 모른다. 그래서 굳이 그의 말을 따를 필요는 없다는 뜻이었다.

　임헌은 손에 든 책자를 살며시 넘겼다. 이제 밀봉을 뜯지 않은 부분은 네 개가 남아 있었다.

　윤모생

　박무웅.

　운중호.

　조수형.

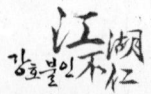

임헌은 구방건의 다음에 적힌 윤모생 장을 만지작거렸다. 열어볼 것인가? 열어보면 또 어떤 미혹이 튀어나올 것인가?

왕유의 책자는 이미 임헌에게 앞날을 대비하는 지침서가 아니라, 미궁으로 자꾸만 이끌어가는 불온한 서물이었다.

마치 앞날을 다 안다는 듯이 이 글을 적고 있었을 왕유의 모습이 떠올랐다.

그 고고한 모습이 느닷없이 역겨워 보여 임헌은 얼른 눈을 깜박거려 그 영상을 서둘러 지워 버렸다. 불순하게도, 아무것도 밝혀진 것은 없지만 그는 지금 왕유의 모든 것을 부정해 가고 있었다.

임헌은 손끝으로 책 끝을 훑어대기만 반복했다.

임헌은 한참 후 책을 탁 덮었다.

열어볼 이유가 없었다.

어차피 사건이 꼬여 있는데 새로운 의문을 구태여 만들 필요는 없지 않은가. 먼저 이 꼬인 사건을 가지런히 정리해 왕유의 계획대로 재배열해 놓는 게 우선일 듯싶었다. 그다음에 열어봐도 늦지 않았다.

그렇게 정하니 한결 마음이 놓였다.

열어봐야 한다는 강한 압박감이 조금씩 가시기 시작했다.

"후홋! 타핫!"

여름인데도 아침 바람이 싸늘했다. 그 바람 끝을 타고 들려 온 기합 소리에 임헌은 상념에서 깨어나 그 불온한 책을 얼른 품에 넣었다.

임헌은 걸터앉았던 바위에서 일어나 이 소리의 진원지를 향해 걸어갔다. 장원 밖 빈 공터에서 놀랍게도 범천이 진지 한 얼굴로 권각을 놀리고 있었다. 더 신기한 것은 범천을 벌 레 보듯 피하던 범중이 그 옆에서 소림의 절기를 펼치고 있 었다. 그들의 흠뻑 젖은 옷으로 봐서 한 시진은 지난 듯싶었 다.

지금 임헌들이 머물고 있는 곳은 회남 외곽의 별장이었다.

임헌 일행들이 절벽에 도착해서 절벽 밑으로 늘어뜨려 놓 은 줄을 타려는 순간에 전노평과 구방건이 합류했다. 적인 걸은 그냥 보내준 모양이었다. 그리고 거기서 구방건의 안 내로 바로 이 별장으로 오게 되었고, 그로부터 이틀이 지났 다.

임헌은 잠시 범천과 범중의 수련을 보다가 장원 쪽으로 걸 음을 옮겼다. 임헌은 모르겠지만 지금 그들이 머물고 있는 곳은 바로 의원이 호운에게 내주었던 별장이었다. 지금 임헌 이 걷고 있는 그 길도 바로 호운이 송정파와 산책하던 소로 였다.

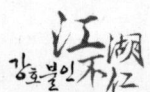

막 장원 안으로 들어선 임헌의 시선을 끈 것은 상무군이었다. 그는 담 위에 엉덩이를 걸치고 앉아 회하(淮河)에서 밀려오는 아침 안개를 망연하게 보고 있었다. 그의 전신에는 안개만큼이나 톱톱한 자괴감으로 덮여 있었다.

임헌은 몸을 날려 상무군 옆에 앉았다.

"그만 돌아가는 게 어떠냐?"

"무슨 말씀이세요. 칼을 뺐으면 호박이라도 찔러봐야죠……."

상무군의 말은 펄펄 뛰고 있었지만 얼굴은 시무룩했다.

"네 나이가 열여덟이다. 그 나이에 너만 한 무위를 갖는 것도 그다지 흉이 되는 일은 아니다."

"위로하려고 하신 말씀이라면 하지 마세요."

"위로? 위로는 내가 받고 싶다. 나이 사십에 호남의협이란 별호까지 받은 나도 늘 누군가의 도움을 받아 위험을 벗어나지 않느냐? 넌 젊기라도 하다지만 나는 일가를 이룰 나이다. 내가 느끼는 쓸쓸함은 너랑 비교할 바가 아니다."

"그래도 전 임 대협만 한 무위라도 있다면 신나게 싸워보기라도 하겠습니다. 그저 창을 겨누기도 전에 먼저 오금이 저려 오는데……."

상무군이 말끝을 흐리며 울먹였다. 소매로 눈물을 싹 닦아내는 모습이 꾸중 들은 아이의 모습과 같았다. 덩치는 자랄

만큼 자랐지만 아직은 마음마저 다 자라지 못했다. 청춘은 역시 새싹이 돋아나는 때일 뿐 여무는 시절은 아닌 것이다.

"그런데 네 신법은 누구한테 배운 것이냐? 신법만은 일절이라 할 만하였다."

임헌의 말처럼 상무군의 신법은 고절한 맛이 있었다. 지금까지 상무군이 그들을 따라다니면서도 뒤처지지 않을 수 있었던 것은 신법에 의지한 바가 컸다.

"아버지요."

"아버지가 대단하신 분이구나."

"대단하긴요. 무공 익힌다고 열두 달 중 열 달은 밖에서 보내신 분입니다. 어느 날에 와서 이거 하나 남기고 골골하다가 죽고 말았는데요."

"그건 아버지 잘못이 아니다. 무공이란 게 다 그렇지. 무공의 기본은 바로 호승심이지. 무공에 발을 들여놓으면 죽을 때까지 그 욕심이 채워지지 않는 법이다. 늘 남들보다 더 강한 것을 탐하게 되는 것이 무공을 익힌 자의 숙명이다. 너 또한 그러지 않느냐?"

"전 다만 제 한 몸 지키고 싶을 뿐입니다. 아니, 다른 이의 보살핌을 받지 않고 저 홀로 당당하게 설 수 있기만을 바랄 뿐입니다."

"처음에는 다 그렇게 생각하지. 하지만 제천회 그 사람들

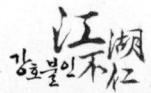

을 보거라. 그들은 충분히 강한 무인들이었지만 결국 천무제보다 더 강해지기 위해 발버둥 치지 않았더냐? 그 호승심이 결국 제천회라는 잘못된 탐욕으로 변질되고 말았지 않느냐. 그들이 처음 무공을 익힐 때 과연 지금처럼 될 것이라고 생각이나 했겠느냐."

상무군을 위로하려 꺼낸 말이었지만 임헌은 그 위로의 말을 통해 어느 정도 제천회 사람들의 마음을 이해할 수 있을 것 같았다. 정말 그들도 여기까지 올 것이라고 상상이나 했을 것인가.

하지만 그들의 심정을 이해한다는 것과 용서한다는 것은 별개의 문제였다. 제천회에 생각이 닿자 마음이 답답해져 임헌은 상무군을 달래고 있다는 자신의 목적마저 잠시 잊은 듯 멍하니 안개만을 바라보았다. 그들의 발밑에서 살랑거리던 안개가 점점 그들의 전신을 덮어가고 있었다.

잠시의 침묵이 흐른 뒤 임헌이 본연의 모습으로 돌아왔다.

"그런데 이름 좀 얻고 싶어서 나를 따르겠다고 하지 않았느냐? 지금 네 말을 듣고 보면 생각이 변한 것 같구나."

"처음이야 그랬죠. 하지만 지금 이 실력으론 이름은커녕 목숨 하나 얻기도 힘들 것 같습니다."

"허허허. 하긴 그렇다. 그러지 말고 사대금강들에게 무공 좀 알려달라고 매달려 보지 그러느냐? 그들은 이미 파문을 당

한 몸이라 소림의 비전을 전수하는 것에 얽매이는 게 없어 잘
하면 알려줄 것도 같은데?"

"좀스럽게 주먹이나 날리고 발길질이나 하는 건 싫습니다.
사나이는 역시 창 같은 장병이죠. 전 노야 보세요. 그냥 아무
것도 안 들었을 때는 그냥 촌로 같지만 제가 드린 창을 잡자
확 달라지잖아요. 대장부의 모습이 바로 그거죠. 폭풍처럼 주
위를 제압하는 모습."

"허, 네가 아직 고생을 덜했구나. 무공이 어찌 겉모습에서
나오느냐?"

"보기 좋은 떡이 먹기도 좋잖아요."

"적절한 비유는 아니구나."

"아무튼 뭐……. 저, 임 대협님."

"왜?"

"전 노야께 무공 좀 가르쳐 달라면 응해주실까요?"

"응? 전 노야에게?"

"예."

상무군의 얼굴에 미소가 피어올랐다. 기대감에 푹 젖은 미
소였다. 외출한 아버지의 손에 들린 군입거리를 기대하는 아
이의 순수한 기대감이었다.

"같은 일행이니까 제자 정도는 아니더라도 몇 수 정도는
알려주지 않을까요?"

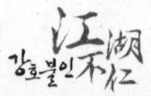

임헌의 낯빛이 순식간에 굳었다.

왠지 모를 배신감이 안개처럼 가슴에 스며들었다.

처음 상무군을 받아들인 것도 아비 같은 심정 때문이었다. 지금껏 그 마음으로 솔개의 발톱에서 병아리를 지키는 어미 닭의 심정으로 그를 보호해 왔다. 하지만 상무군은 그게 아니었던 모양이다.

하필 전노평이라니.

믿어야 될지 말아야 될지도 모르고, 결정적으로 이 일이 끝나면 그를 죽여야 할지도 모르는 임헌의 입장으로서는 절대 안 될 일이었다.

친절하게 전체적인 형국과 형편은 알려주지 않았지만 전노평에 대한 그들의 마음은 어느 정도 짐작할 만한 상무군이 대놓고 이런 말을 한다는 것이 문득 노여웠다. 강한 자에게 쏠리는 철없는 아이라고 이해해도 임헌의 입장을 생각하지 않는 그 마음이 노여웠다.

또 그가 상무군에게 소림의 무공을 배워보라는 말 이면에는 내심 추오가 남긴 창법을 넘길까 하는 기대였다. 어차피 우승의 말처럼 소림의 무공과 상무군이 익힌 창이 서로 달라 그 진수를 배우기는 어려울 터였다.

두 가지에 대한 임헌의 기대를, 그러나 상무군은 무참하게 깨뜨려 버렸다.

"안 되겠죠?"

"실망이구나."

"예? 뭐가요? 제가 뭐 실수라도……?"

임헌은 대꾸없이 몸을 벌떡 일으키더니 별장 건물 쪽으로 몸을 날렸다.

"임 대협님! 임 대협님!"

상무군이 몇 번을 불렀으나 임헌은 뒤돌아보지도 않은 채 숙소의 문을 꽝 닫아버렸다.

상무군은 고개를 갸웃했다. 자신의 말이 그렇게 노여운 말이었던가. 임헌의 행동에 대한 까닭을 알 수 없는 상무군은 손으로 탁 자신의 입을 쳤다. 뭔지는 몰라도 자신의 입방정이 임헌을 노하게 만든 것은 사실이라고 생각했다.

"후흡!"

범천이 공중에 연방 무상각을 날리고는 숨을 골랐다. 공간을 서른여섯 방위로 나누고 그 방위마다에 발을 꽂아놓는 소림의 비전 절예 무상각.

하지만 범천의 얼굴은 그다지 밝지 않았다. 파문당한 후 주지육림에 묻혀 지내기 전에 자신이 펼쳤던 무상각과 지금의 무상각은 쾌속한 맛과 위력 모두 떨어졌다.

"병신 같은 놈."

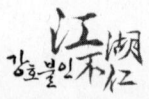

범중도 손발을 정리하며 한마디 툭 내뱉었다. 범중이 봐도 범천의 무상각은 소림의 그것이 아니었다. 범중이 그나마 벌침 같은 말 한마디라도 건넨 것은 장족의 발전이었다. 아마 홍야숙의 장원에서 있었던, 전노평에 대한 범천의 도발 탓이리라.

"새끼야, 나도 알아!"

범천이 범중을 향해 쏘아붙이고는 땅바닥에 그대로 주저앉았다. 일문의 문주답지 않게 늘 헤실헤실 웃는 그로서는 보기 힘든 심각한 표정으로 턱을 괴고 골몰히 뭔가를 생각하는 모습이었다.

"살을 빼, 오쟁이 새끼야."

범중이 또 한마디 내뱉었다.

"알어, 인마."

범천이 대답했다.

"알았으면 바로 해라, 말종 새끼야."

"할 거야, 인마."

범천이 또 대답했다. 그렇다고 범중을 보는 것도 아니고 뭔가 골몰하게 생각하며 건성으로 하는 대꾸였다.

"오쟁이, 무슨 생각하냐? 마누라 생각하냐?"

불쑥 장내를 들어서던 우승이 물었다. 범중보다 더 범천을 소 닭 보듯 하던 그가 범천에게 먼저 말을 건넸단 것도 신기

한 일이었다. 그 또한 홍야숙의 장원에서 범천이 전노평에게
한 방 먹인 게 통쾌했던 모양이었다.

범천이 힐끗 우승을 보더니 한숨을 푹 내쉬었다.

"그래, 새꺄. 보고 싶어 환장하겠다. 우리 소소도 눈에 아
른거리고……."

"오입질하고 싶어 환장하겠지. 남경으로 꺼져! 돼지 새
끼."

"저 새끼하고는 얘기가 안 돼. 야, 범우야. 넌 내 심정 알
지? 너도 봤잖아. 우리 마누라랑 새끼들. 아우!"

범천이 그리움에 진저리를 쳤다. 피둥피둥한 살집이 파도
를 출렁 만들어냈다.

"하여간……. 그래도 넌 행복한 놈이다."

우승이 바위 위에 걸터앉았다.

"넌 그리워할 사람이라도 있지 않냐……."

"역시 범우 넌 인마, 사람이 됐어. 남의 심정을 헤아릴 줄
아는 것부터가 바로 깨달음의 시작이다. 넌 진짜 크게 될 놈
이다."

"범광이는 잘 있을까?"

우승이 중얼거렸다.

"아, 새끼. 잘나가다 초치네. 여기서 그놈 얘긴 왜 나와?"

"범광이는 저 새끼가 죽인 거다. 찢어 죽일 놈."

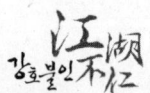

범중이 범천을 노려보더니 그 자리에 풀썩 주저앉았다.

"내가 뭘 인마. 난 그놈 먹여주고 재워준 죄밖에 없다."

"그러면 다냐? 개새끼."

"그럼 뭘 더 해야 되는데? 내가 범광이 부모냐? 아니면 범광이 사부냐? 책임은 범광이 사부 장경각주 정해 스님이 져야지! 아니, 형산으로 내몬 소림이 져야지!"

"소림 얘기는 그만 하자."

"뭘 그만 해, 새꺄. 다 해. 여기서 다 해보자. 니들은 그럼 뭐 했는데? 니들은 범광이 죽을 때까지 뭐 했냐?"

"……."

"……."

"니들이 대체 뭘 했는데? 나는 옆에서 범광이 그놈 매일 괴로워하는 거 보면서 다 들어줬어. 풍 맞은 늙은이 병수발 들듯 내가 다 들어줬어. 괴로워하는 거 다 지켜보면서 같이 마음이라도 아파했어, 새끼들아. 개새끼들이 나는 마음 편한 줄 알어?"

"……."

"좌우지간 저 새끼하고는 상대하고 싶지 않아."

범중이 벌떡 일어나더니 다른 곳으로 횡하니 가버렸다.

"어딜 도망가, 인마!"

범천이 소리를 질렀으나 범중은 뒤돌아보지도 않았다. 우승은 범중의 그 마음을 알 것 같았다. 그도 범중처럼 딱히 할 말이 없었다.

"괜히 범광이 얘긴 꺼내가지고⋯⋯. 내가 죽일 놈이다."

우승이 자책 겸 푸념을 하며 일어섰다.

"안개가 자욱한 걸 보니 오늘도 날이 맑겠구나. 오늘쯤은 다시 길을 나서야지. 안 그러냐, 범천아?"

"몰라, 인마."

"범천아, 말라깽이 네 마누라들은 솔직히 별론데 늦둥이 소소인가 하는 애는 예쁘더라."

범천이 고개를 번쩍 들었다. 그의 눈은 벌써 초롱초롱 빛나고 있었다.

"그치? 예쁘지? 그게 내 마지막 작품이다. 내가 잘 키워서 천하제일미로 만들 거다. 우훼훼훼."

"단순한 놈."

우승이 가볍게 핀잔을 주면서 자리를 벗어났다. 우승의 입가에도 가느다란 미소가 금처럼 가 있었다.

7

"편히 앉게. 잘 쉬었는지 모르겠네."

아침을 먹은 후, 구방건은 일행을 불러 모았다. 그들을 별

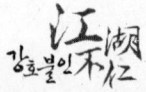

장에 안내만 한 후 수하들과 함께 어디론가 사라진 다음에 처음 모습을 드러낸 그였다.

임헌 일행이 자리에 앉자 구방건이 툴툴 웃었다.

"여기가 혈광귀가 잠시 머물던 곳이라네. 홍야숙을 죽인 다음, 여기에 잠시 머물며 같이 다니는 옥수공의 부상을 치료했다고 하더군."

그 말에 상무군이 실내를 둘러보았다. 장식도 없고, 오채영롱한 칠도 없는 검박하고 수수한 곳이었다.

임헌이 대표로 물었다.

"혈광귀는 지금 어디 있습니까?"

"자네들도 들었지 않나? 하남 대별산 쪽으로 갔다고 하지 않았나. 그쪽에 뭐가 있어서 간지는 모르지만, 최소한 제천회와는 상관없는 모양이야."

온정균의 말처럼 천무제의 부인과 아들이 살아 있다는 것은 극비의 사실인 모양이었다. 이들 또한 그들이 살아 있다는 사실을 모른 듯했다. 당연히 호운이 그들을 만나러 대별산을 넘었다는 것도 모를 터였다.

"뵙지 못해서 고맙다는 말도 못 드렸군요."

"허허. 별거 아니었네. 그보다 나에 대해서는 여기 전 형한테 대충 들었을 터, 잡스런 얘기는 각설하고 단도직입적으로 말하세. 자네들은 왕유를 믿나?"

순간적으로 임헌과 우승이 전노평을 돌아봤다. 그러자 전노평이 왕유에 대해서 자신이 말했다는 듯이 고개를 끄덕였다.

구방건이 강하게 다시 한 번 물었다.

"믿나?"

우승이 자신의 민머리를 손바닥으로 쓱 쓰다듬었다.

"무슨 의도로 묻는지를 모르겠습니다. 갑자기 왕유 어르신 얘기가 왜 나오는 건지?"

"아주 중요한 문제일세. 자네들이 앞으로 갈 길을 정하는 문제니까."

"왜 구 가주께서 우리들의 앞길을 걱정하는지 모르겠습니다. 그저 인사치레로 하신 말씀이라면 고맙습니다만."

"터놓고 말함세. 자네들은 혈광귀를 쫓으면 안 되네."

그 말에 심드렁하게 앉아 있던 범중과 범천이 흥미를 보였다. 그들은 지금까지 임헌과 우승의 결정에 따를 뿐 가타부타 자신의 의견을 내보인 적이 없었다.

소림에 있을 때부터도 워낙 생각하기를 싫어하는 그들이었다. 사대금강 시절에도 우승과 신중한 범광이 결정을 내리면 그대로 따르곤 했었다.

"왜입니까?"

반문은 했지만 임헌의 마음에는 어느덧 왕유에 대한 의심

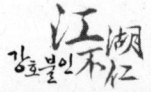

이 무럭무럭 자라 짙은 수풀을 이루고 있었다. 그런 까닭에 어쩌면 전노평에게 채근하지 않고 미적미적 이곳에 머물고 있었는지도 몰랐다.

"자네들도 어림짐작하고 있듯이 강호의 피바람은 제천회로부터 몰아칠 것이네. 정사대전까지는 아니더라도 큰 싸움이 벌어지겠지. 그걸 막는 게 이치에 맞지 않은가?"

구방건은 이어 혈광귀가 제천회를 상대하고 있음을 강조했다. 임헌들도 그 점에 대해서는 수긍할 수밖에 없었다. 사실이었으니까.

"사실 지금 의천맹 시절이 강호에서 가장 평화로운 때라고 생각하네. 사파들이 몰락함으로써 불필요한 살육도 없어지고, 하다못해 녹림의 무리나 황하와 장강의 수적 무리들도 자취를 감추었네. 이만하면 좋은 세상 아닌가?"

구방건은 말을 잠시 멈췄다. 임헌 등에게 나름 생각해 볼 시간을 주는 것 같았다.

기실 구방건의 말이 틀린 것은 아니었다. 의천맹이 들어서고 나서부터 불필요한 다툼이 없어졌고, 세상은 너무나 조용해 오히려 싱거웠다.

"의천맹이 잘못을 해서 강호가 혼란스러운 것도 아닌데 제천회 사람들이 천하 운운하는 것은 명분도 없는 그저 단순한 땅따먹기, 권력욕일 뿐일세. 그에 비하면 혈광귀의 복수는 정당하면서도 강호인들의 통념에 부합되는 행동일세. 사부의 복수, 얼마나 순수한 무인의 자세인가. 내가 굳이 천수종가를 다시 세울 뜻을 접은 것도 바로 이런 점 때문일세. 내가 천수종가를 다시 세우려는 순간 지금 있는 비룡방과 부닥칠 수밖에 없고, 피를 뿌릴 수밖에 없네. 나 하나를 위해 많은 사람의 피를 볼 수는 없는 거지."

"구 가주님의 말씀은 이해되나 한 가지 놓치고 있는 점이 있습니다. 혈광귀가 지금 제천회를 상대하고 있다고는 하나, 결국 종착지는 의천맹이 아니겠습니까?"

임헌이 속마음을 털어놓았다.

"그건 막아야 하겠지. 하지만 제천회와 의천맹의 싸움만큼 많은 피야 흐르겠는가? 무엇이 대의고, 무엇이 사사로운 일인지는 어린아이가 봐도 쉽게 판단할 수 있네."

"자네들은 뭔가 하나를 놓치고 있네. 아니, 자네들 탓이라고 할 수는 없지. 왕유가 끊임없이 자네의 눈을 흐리게 만들고 있는 거니까."

그때, 전노평이 특유의 시물거리는 웃음을 지으며 좌중에게 말을 툭 던졌다.

"눈을 흐리다니요?"

우승이 사뭇 도전적인 말투로 반문했다.

"자네는 사천에서 일어난 일들에 대해 여기 오다가 듣지

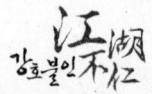

않았나?"

"사천에 사파의 무리가 발호해서 중소문파들을 깨나가고 있다는 소식 말입니까?"

"맞네. 그런데 왜 갑자기 그들이 나타났을까? 들어보니 형산에서 패한 무리들로 보인다는데 말일세. 그들이 혈광귀가 나타나자 이에 호응하여 일어났다고 보는가? 아니지, 아니야. 사파들의 습성 중의 하나가 강력한 구심점이 없으면 뭉치기 힘들다는 것이네. 형산 싸움이 가능했던 것도 천무제가 그들을 소용돌이처럼 중심으로 빨아들였기 때문이었지. 그런 그들이 지금 일사불란하게 사천을 휘저으면서 북상하고 있네. 누군가가 아마 그들의 구심점이 되었을 것이네. 그가 누굴까?"

전노평이 씩 웃었다.

"천무제의 제자가 셋이 있다고 했지? 혈광귀를 빼면 둘. 분명 둘 중의 하나일 걸세. 아마 둘 중에서도 야심이 가장 큰 자일 가능성이 많지. 일부러 보란 듯이 그렇게 세를 몰아가는 것을 보면 사파들을 하나로 만들려는 속셈이니까."

"전 노야 말씀을 들어보니 그렇군요. 제 생각에는 첫째인 것 같습니다. 이름이 여관일이라고 하더군요."

임헌은 왕유의 책자에 나온 그 이름을 순순히 말했다.

"아니, 그가 누구인지는 별로 중요치 않네. 오히려 더 중요

153

한 것은 피의 양일세. 지금 그들이 문파를 깨부수면서 뿌린 피가 혈광귀보다 더 많을걸? 그럼에도 왕유는 오직 혈광귀만 막으라고 하고 있다네. 사천도 빼고 제천회도 빼고 오직 혈광귀만."

"……."

"……."

"자네들은 혈광귀에 얽매여서 미처 그것까지는 생각해 보지 못한 것이지. 아마 왕유가 거기까지 생각할 여유를 주지 않았을 것이네."

'크음.'

임헌과 우승은 침음을 삼켰다.

전노평의 추론은 빈틈이 없었고, 또한 옳은 말이었다.

둘도 차라리 전노평의 말이 전적으로 옳음을 인정하고 그대로 따랐으면 좋겠다는 생각이 들었다. 하지만 이런 일이 생길 것이라는 사실을 짐작이나 한 듯이 여관일에 대한 얘기를 적어놓았다.

임헌과 우승은 마치 왕유와 전노평 사이에 끼어 있는 존재들 같았다.

그들을 놓고 왕유와 전노평이 서로 밀고 당기는 줄다리기를 하고 있는 것 같았다. 왕유의 책자를 보면 그들은 왕유 쪽으로 쏠렸고, 전노평의 말을 들으면 그가 잡아당기는 대로 어

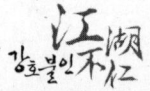

쩔 수 없이 끌려갔다.

"거 참, 복잡하네. 쉽게 갑시다. 그러니까 우리가 어떻게 했으면 좋겠습니까?"

범천이 잔뜩 짜증이 낀 목소리로 끼어들었다. 그 말에 모두 범천에게 왹 시선을 돌렸다. 범천이 이런 일에 나서는 것은 처음이었다.

"난 말입니다, 제천회든 뭐든 천무제의 제자가 무슨 지랄을 하든 우리가 나설 일은 아니죠. 뭐, 나도 처음에는 강호를 구하는 일이라는 거창한 말에 따라나섰지만 사실 우리가 뭐 대단한 놈들도 아니고, 강호의 안위까지 걱정해야 할 이유는 없다고 봅니다. 우리는 그저 왕유의 말대로 혈광귀만 잡고 조용히 찌그러지면 되는 것 아닙니까?"

일면 맞는 말이었다.

처음 아무것도 모르고 왕귀염의 뒤를 쫓을 때부터 혈광귀만을 상대하던 때와는 너무나 달라진 상황이었다.

혈광귀만 잡으면 강호의 풍파를 잠재울 수 있다고 나선 길이었다. 하지만 지금은 깜냥에 버겁게 강호의 거대한 소용돌이 속에 들어서 있었다.

이대로 관둘 것인가.

아니면 어차피 밝혀진 진실 앞에 승복하고 앞으로 나아갈 것인가.

155

임헌은 혈광귀의 출도로부터 비롯된 거친 이 사태의 궁극을 보고 싶은 마음이 마음속에 일었다.

가보자.

가서 누가 옳은지, 무엇이 진실인지 밝혀내 보자.

"좋습니다. 혈광귀를 만나 그를 돕겠습니다. 그가 우리를 어떻게 받아들일지는 모르겠습니다만."

임헌은 구방건의 말에 동의했다.

왕유의 말을 전면으로 거부한 것이다. 왕유의 말이 맞지 않을지도 모른다는 의문을, 그 정당한 의문에 임헌은 몸을 맡겨 보기로 했다.

사실 지금껏 왕유의 책자대로 된 일은 없었지 않았는가? 하다못해 여관일을 만나기도 전에 구방건을 만나고 있었다.

왕유 그가 예상한 미래보다는 현재가 더욱 진실성이 있어 보였다.

임헌은 우승과 일행들을 건너다보았다. 물론 일부러 상무군은 쳐다보지 않았다.

우승은 임헌이 구방건의 제안을 순순히 받아들이자 다소 의외인 듯 눈을 가늘게 뜨고 임헌을 보고 있던 중이었다.

"일이 참 이상하게 꼬이는구먼. 서로 죽이지 못해 안달이다가 이젠 그를 도와야 한다니."

"결과적으로 그렇게 되는 것 같네. 어찌할 텐가."

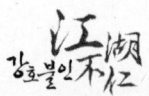

"흠, 난 자네의 의견에 따름세."

"고맙네."

"범중 스님은?"

"난 범우의 결정을 믿소."

이번에는 임헌을 대신해 우승이 범천에게 물었다. 아니, 일방적인 통보에 가까웠다.

"넌 돌아가라. 어차피 처음 말한 강호행과 지금부터의 강호행은 달라졌으니까."

"그, 그래도 되냐?"

우승은 고개를 끄덕거렸다.

"돼지 새끼. 뭐? 범광이의 인생을 대신해? 주둥이만 발랑까져서."

범중이 대뜸 비난을 퍼부었다.

"인마, 남경으로 꺼지라며?"

"그래! 꺼져, 새꺄."

"알았어, 꺼지면 될 거 아냐!"

범천이 벌떡 일어나더니 밖으로 나가 버렸다.

지켜보고 있던 구방건이 어깨를 으쓱했다. 우승은 아무 일도 아니라는 듯이 구방건을 향해 말을 건넸다. 그다지 평온한 안색은 아니었다.

"이제 길은 정해졌으니 구체적인 방도를 말씀해 보시지요."

157

"그러세. 내가 제천회에 쫓기면서도 나름대로 이런 날을 대비해서 적은 수이지만 수하들을 키웠네. 홍야숙의 장원을 빠져나올 때 같이 있던 아이들이 그들일세. 그리고… 들어오게."

구방건이 밖을 향해 외치자 중년의 사내와 젊은 사내 하나가 들어왔다. 중년의 사내는 바로 홍아휘의 아버지인 의원이었고, 젊은 사내는 호위였다.

호위는 이전과는 다르게 등에 검을 매고 있었다.

구방건이 둘을 일행에게 소개했다.

"이 사람은 의원으로 있는 홍명조라고 하네. 천수종가 시절 우리 세가에서 의원으로 있던 적이 있어 지금까지 나랑 인연이 이어지고 있다네. 그리고 이 아이는 내 제자라네. 내가 정말 작심하고 키운 아이지. 인사들 하게."

그들과 가볍게 인사를 나누자 구방건이 홍명조와의 인연을 부연 설명했다.

홍명조는 젊은 시절 천수종가에 몸을 의탁했고, 구방건은 그의 재능을 높이 사 중용했다. 그 후 천수종가가 사라지면서 홍명조는 고향인 회남으로 돌아왔는데, 구방건은 그를 찾아와 잠시 머물면서 제자를 키워냈다.

그 제자, 소경인(蘇敬人)은 제천회에 대항하기 위해 구방건이 공들여 가르친 사내였다. 구방건이 제천회의 사람들과 어

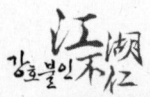

울려 서로 무공을 내놓고 취합하며 새로운 무공을 만들 때 얻은 새로운 무공을 아낌없이 그에게 전수해 줬다.

천수종가는 수 자가 들어간 것처럼 손을 위주로 한 무공이었다. 그러나 소경인은 손뿐만 아니라 검까지 가지고 있었다.

"청출어람일세. 내 장담하건대 천무제의 제자들과 비견할 만하다고 생각하네."

이번에는 홍명조가 나서 혈광귀와의 인연을 얘기하기 시작했다. 옥수공을 치료한 얘기며 홍아휘 얘기, 그리고 하남으로 떠나기 전까지의 얘기.

"결론적으로 말하자면, 혈광귀를 만나 제 얘기를 한다면 어느 정도 마음을 여실 수가 있을 것입니다. 여기 경인이가 제가 보낸 그 증거겠지요."

일행들의 고개가 끄덕거려졌다.

하지만 의외의 반대는 전노평에게 나왔다.

"구 가주, 난 혈광귀를 만나면 그를 죽일 것이오. 그건 구 가주의 목적과 무관하게 내 개인적으로 왕유에게 빚을 갚는 것이니까."

"그럼 제천회를 없앤 다음에 해도 되지 않겠소?"

"공짜로 부려먹겠다는 거요? 구 가주의 말대로 하면 나도 내 뜻과는 무관하게 제천회랑 싸워야 하는데 내가 왜 그 중노

동을 해야 한단 말이오."

"그럼 빠지시오."

갑자기 화기애애하던 실내의 분위기가 험악해졌다. 구방건은 간단명료하게 전노평을 일행에서 제외해 버렸다.

"내가 하겠다면?"

"난 막을 것이오."

"허, 이거 참……."

"전 형의 행동은 어폐가 있소. 전 형은 왕유를 믿지도 않으면서 어찌 이젠 죽은 자의 말대로 하겠다는 것이오?"

"그에게 진 빚이 있으니 갚을 뿐이오."

"그것은 전 형의 편협한 생각이오. 어찌 산 자보다 죽은 자의 부탁이 우선이라는 말이오."

"구 가주의 아집은 아니오? 난 강호가 어떻게 흘러가든지 그냥 놔두었으면 좋겠소. 하늘도 어질지 않다는데 별의별 잡다한 인간들이 뭉쳐 사는 강호가 하물며 어질겠소? 몇 사람이 나선다 해서 바뀔 것이라고 보지는 않소."

전노평과 구방건의 눈이 허공에서 부딪쳤다.

마치 잘 달군 쇠를 두드리듯 날카로운 기세가 허공에서 불꽃처럼 튀어 올라 일행들의 눈을 따갑게 만들고 있었다.

임헌들은 감히 나설 생각을 하지 못했다. 조금만 움직여도 뭔가 터져 버릴 것 같은 일촉즉발의 상황이었다.

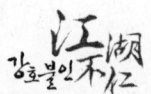
강호불인 江湖不仁

아니, 임헌은 외려 둘이 부딪치기를 속으로 바라고 있었다. 전노평은 이렇게 된 마당에 더 이상 같이 행동할 아무런 이유가 없었다. 차라리 이 기회에 전노평이라는 혹 덩어리를 떼버리고 싶기도 하였다.

"할 수 없구려. 따로 움직입시다. 지금 군이 대적하지 않아도 어차피 혈광귀를 만나 그때 서로 외면해도 되지 않겠소?"

구방건이 천천히 입을 열었다.

"그럽시다, 그럼."

전노평이 특유의 시물거리는 웃음을 지으며 일어나 밖으로 나갔다. 느릿느릿한 촌로의 걸음걸이로.

일행들은 그의 뒷모습만 그저 지켜보고 있었다.

그때였다.

"임 대협님."

상무군이 뒤가 급한 사람처럼 벌떡 일어나 주저하는 모습으로 임헌을 불렀다. 그러나 임헌은 그저 한 번 힐끗 봤을 뿐 고개를 돌려 외면해 버렸다. 상무군은 그 쌀쌀한 임헌의 반응에 오히려 용기를 얻었는지 또박또박 자기의 속을 내비쳤다.

"임 대협님, 죄송하지만 전 전 노야를 따르고 싶습니다."

"무슨 소리냐?"

우승이 상무군의 말에 미간을 잔뜩 좁히고 되물었다.

"네가 왜 전 노야를 따라?"

"그게 저… 솔직히 말씀드리겠습니다. 전 강해지고 싶습니다. 그래서 천하에 이름을 남기고 싶습니다. 그 소망을 이뤄 줄 분은 전 노야이십니다."

"아니, 이놈이……. 너 지금 그걸 말이라고 하느냐?"

우승의 목소리에는 활활 타는 노화(怒火)가 담겨 있었다. 그에게서는 보기 힘든 모습이었다.

서로 구박하고 퉁으로 되받아치며 함께한 몇 개월 동안 한껏 정이 들 만큼 든 사이였다. 그런데 돌연 이제는 적이 될지도 모르는 전노평과 함께하겠다니, 결단코 있을 수 없는 일이었다.

"절 욕하셔도 좋습니다. 그동안 많은 신세를 져서 죄송할 뿐입니다. 그럼 이만."

그러나 상무군은 우승의 노화에 자기 할 말만을 하고 빠르게 뒤돌아 나가 버렸다.

"거기 서! 거기 서라! 무군아!"

우승이 막 상무군을 뒤따르려는 순간 임헌이 우승의 팔을 잡아 제지했다.

"이거 놓게."

"그냥 보내주게나. 저 아이는 저 정도 그릇밖에 안 되는 놈인가 보네."

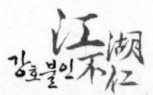

"아니, 그래도……."

"배신감은 나도 자네 못지않네. 하지만 사람의 형상만 띠었을 뿐 사람의 마음을 갖지 않는 놈과 보낸 세월이 그저 한스러울 뿐."

임헌의 얼굴에 서린 짙은 자괴감과 허한 목소리에 우승이 털썩 주저앉았다. 그때까지 흥미로운 눈으로 광경을 보고 있던 구방건이 임헌의 어깨를 다독였다.

"옛말에 머리털 검은 짐승은 믿지 말라는 말이 있잖은가. 맘 편히 하게."

밖에서 범천의 큰 목소리가 들려왔다. 남경으로 떠난다고 나갔지만 마음이 바뀐 모양이었다.

"갈 거면 아침 선선할 때 빨리 가자!"

"저 친구 말이 맞네. 서두르세. 거해방보다는 한 걸음 빨리 혈광귀를 만나야지."

일행들이 그 말에 무거운 심신을 채근하며 일어섰다.

第三章

江湖不仁
강호불인

호운은 남양(南陽)의 어느 객잔으로 들어갔다.

남양에서 여양, 등봉을 거치면 낙양이었다. 남양에서 낙양까지는 칠백여 리 남짓 되는 거리였다.

해시 무렵의 객잔은 취객들로 떠들썩했다.

부러 붐비는 객잔으로 들어간 보람이 있었다.

혼자 있기가 싫었다. 혼자 있으면 생각이 많아지고 그 끝은 꼭 누군가와 닿아 있었다. 덩달아 마음이 아리고 망설여졌다.

그게 싫었다.

도형촌을 떠나면서 견고한 벽을 세워놓았음에도 조그마한

틈을 통해 끊임없이 스며드는 그녀. 호운은 다시 한 번 진흙처럼 각오를 짓이겨 그 틈을 사정없이 발라 버렸다.

그녀만 아니라면 그의 마음은 홀가분했다. 아무것도 모르는 순진한 아이의 그것처럼 마음속에는 한 점 티끌도 묻어 있지 않았다.

그의 전부였던 사부를 잃어버리고 나니 그의 마음에는 아무것도 남아 있지 않았다. 사부에 대한 추억은 어느샌가 기억으로 바뀌어 있었다.

형산의 모든 것은 이제 기억이었다. 역설적으로 의미가 없어진 과거는 그에게 자유를 가져다주었다.

무망무애.

잃음으로써 호운이 얻은 자유의 경지였다. 이제는 누구를 위해서 길을 가는 것이 아니라 언덕을 내려가는 수레바퀴처럼 그렇게 그냥 굴러가고 있었다. 굴러가면 될 뿐이었다. 그러나 왜 낙양으로, 잃어버린 사부의 유언대로 굴러가는지는 스스로에게 묻지 않았다. 호운 그 스스로도 알지 못했고, 알고 싶지도 않았다. 그냥 뭐라도 하지 않으면 안 될 것만 같았다.

호운은 일단 방을 잡고 음식을 시켰다. 자리도 제법 거나하게 취해 떠들썩하게 떠들고 있는 네다섯의 무인들 곁에다 부

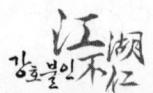

러 잡았다.

이십대 중반쯤으로 보이는 호운 또래의 사내들이었는데 가슴에는 철혈이라는 글자가 박혀 있었다. 남양의 제일 문파인 철혈문의 문도인 모양이었다.

호운은 마음에서 끓는 소리를 덮어버리는 술 냄새 찐득한 그들의 소리에 감사했다. 그러나 그 내용은 그다지 귀맛 나는 소리는 아니었다. 혈광귀에 관한 내용이었다.

"혈광귀 그놈이 대별산을 넘었대. 지금 하남의 무인들이 이쪽으로 몰려들고 있어."

"그게 문제가 아냐. 거해방이 이미 대별산 밑에 거의 와 있대. 그들이 대별산을 넘을 모양이야."

"한쪽에서는 백무방에서 정예들을 보내 길을 안내한다고 하던데."

"왜? 백무방은 지난번 안휘 싸움에서도 빠졌잖아."

"낸들 알아? 생각이 변했나 보지 뭐."

"근데 너무 과한 것 아냐? 혈광귀 일행이라고 해봤자 옥수공 포함해서 달랑 여섯인가 된다던데."

"단신으로 백오십여 명의 각 문파 정예들을 뭉개고도 멀쩡한 놈인데 그다지 과하다고는 할 수 없지. 이번 기회에 확실히 잡으려는 의도도 있겠지."

"그보다는 말이야."

남들보다 유난히 불콰해진 얼굴에 왼쪽 입가에 칼자국이 나 있는 사내가 허리를 숙이고 낮은 목소리로 말했다.

　　"난 솔직히 그자가 부러워. 사부의 복수를 위해 전 강호를 상대로 외롭게 싸운다. 독보강호. 이거야말로 우리들의 꿈이 잖아."

　　"사실 그렇긴 해."

　　넙데데한 얼굴의 사내가 역시 은밀한 목소리로 맞장구를 쳤다.

　　"거기다가 엄청나게 미인인 여자와 함께 있다니 생각만 해도 난 마음이 떨려."

　　"이 자식들, 큰일 날 소리들 하고 있네. 명색이 정파 출신 놈들이 사파를 동경하는 게 말이 돼?"

　　"인마, 말이 그렇다는 거지. 뭘 동경까지 해?"

　　"야 됐어. 저 자식은 남아(男兒)의 야망을 몰라요. 야, 술이나 마셔!"

　　칼자국이 술병을 들어 잔을 따르는 순간 갑자기 객잔 입구가 쾅 열리며 호안(虎眼)의 중년 사내가 소리를 질렀다.

　　"야, 거기 너희들!"

　　호안이 가리킨 것은 바로 지금까지 떠들던 젊은 무인들이었다. 젊은 무인들은 갑자기 불에 덴 것처럼 벌떡 일어났다.

　　"삼당주님!"

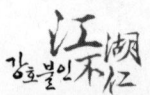

"이놈들이 지금 때가 어느 땐데 술이나 처먹고 앉아 있어! 니들은 오늘 죽었다고 생각해라! 다들 나와!"

젊은 무인들이 화들짝 놀라며 정신없이 객잔 밖으로 튀어 나갔다. 그들의 행동만 봐도 호안이 여간 무서운 자가 아닌 것 같았다.

그들이 빠져나간 다음 호안은 객잔을 한 바퀴 쓰윽 휘둘러 보았다. 그의 시선이 닿을 때마다 객잔 안의 취객들이 슬쩍 고개를 돌렸다.

남양을 지배하고 있는 문파는 철혈문이었다.

이곳의 특이한 점은 하남의 아랫녘 지방이고 숭산의 지배 영역임에도 불구하고 섬서의 백무방과 친밀한 관계를 유지하 고 있다는 점이다.

숭산과 휘하의 문파들이 대부분 소림과 아미처럼 권과 장, 곤봉과 같은 쇠붙이를 사용하지 않는 무공을 가진 반면에 철 혈문은 백무방처럼 도와 도끼 같은 제반의 무기들을 사용한 다는 점이 크게 작용한 바가 컸다.

철혈문이 백무방과 밀접한 관계를 가졌다고 해서 숭산파 를 거부하는 것도 아니고, 오히려 다른 문파들보다 알뜰히 떠 받는 데가 있어 숭산파도 크게 그들을 제어하거나 막아서지 않고 있었다.

호안의 사내는 이런 철혈문의 삼당주를 맡고 있는 막곽이었다.

백무방에서 도를 쓰는 자들이 모인 도당(刀堂)에서 나름대로 고개 빳빳이 들고 다니던 치였지만, 항명이란 사고를 치고 평소 문주와 친분이 있던 이곳 먼 하남 땅 철혈문으로 쫓겨와 몸을 의탁하고 있다는 사내였다. 그런 만큼 무위도 어지간한 데다가, 한 성깔 부리는 인물이라 사람들은 어지간하면 그를 피하고 있었다.

"빨리들 들어가는 게 좋을 거요. 오늘 자시 초부터 통금이 있을 예정이오."

"거 무슨 일이오? 통금이라니?"

한쪽에서 제법 많은 요리를 쌓아놓고 술을 치던 사십 줄의 사내가 반문을 했다. 한눈에도 무인보다는 돈 냄새가 풀풀 풍기는 사내였다.

"남양상방 고 대인이구려. 말 그대로요. 혈광귀가 대별산을 넘었다 해서 각 지역마다 색출이 한창이오."

막곽은 대꾸는 연방 하면서도 눈은 여전히 객잔을 훑고 있었다. 그러다 문득 그의 눈에 확 들어오는 한 사내를 발견하고는 이채를 띠었다. 온통 검은 무복에 죽립을 쓴 사내였다. 그런데 죽립마저도 옻칠을 해서 검게 만들어 쓰고 있었다.

바로, 도형촌에서부터 호운의 뒤를 따르던 그 사내였다.

"이거 큰일이구려. 내일 정오에 낙양으로 목면포를 옮겨야

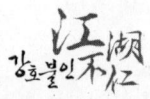

하는데 가는 곳마다 다 이럴 것 아니오."

"무슨 걱정이오. 설마 밤중에 움직일 것은 아니잖소."

"밤에도 통금을 행하는데 낮이라고 가만있겠소. 오가는 사
람들을 살피고 검문할 것은 당연지사. 귀찮은 일만 생길 게
빤하지 않소."

막곽의 얼굴이 짜증으로 일그러졌다.

"그럼 안 가면 될 거 아니오."

그때, 흑의의 사내가 천천히 일어서 이층 계단으로 올라갔
다. 막곽의 호안이 유난히 번들거리며 그 사내의 뒤를 쫓아갔
다. 이윽고, 이층에서 그의 모습은 사라졌다. 이층은 하룻밤
묵어가는 방들이 모여 있는 곳이었다.

막곽의 미간이 잠시 좁혀졌다가 서서히 펴졌다. 그의 입
술 끝이 살짝 까닥거렸다. 그 사내의 정체를 알고 있는 듯했
다.

"이거 거물이 납셨군. 남양 이 촌구석에 뭔 일이 있는 건
가?"

잠시 혼자 중얼거리던 막곽의 눈이 대단한 것을 발견한 마
냥 번쩍했다가 서서히 그것과는 대극에 서 있는 두려움이 차
오르기 시작했다.

막곽은 딱 한 번 백무방 내 귀빈들을 모시는 후원에서 그를
본 적이 있었다. 정사대전 이전에 이미 강호에 이름을 떨치던

사내였다. 그를 머리를 몸통 위에 달고 본 것만 해도 그는 일생의 행운을 누린 것이나 마찬가지였다.

심장을 두드리는 두려움에 막곽은 한 발, 두 발 천천히 물러났다.

"막 당주! 잠깐만 서 보시오!"

'저, 빌어먹을 새끼.'

고 대인이라는 자가 숫제 일어서서 조용히 물러나려는 그를 붙잡았다.

"안 가면 될 거라니? 아무리 막 당주라지만 너무 말을 함부로 하는 것 아니오? 우리 상방에서 철혈문에 도움을 준 것이 얼만데 이거 너무 섭섭하외다."

"하하하. 그리 들렸다면 고 대인께서 혜량해 주시구려. 긴장한 탓인지 제가 말이 많았나 봅니다."

허랑한 말을 내뱉으면서도 막곽은 계속 뒤로 물러나고 있었다.

"그럼 난 이만 할 일이 있어서 가보겠소. 열심히 드시구려."

'처먹다 급체로 뒈져 버려!'

막곽은 마음속으로 저주를 퍼붓고는 객잔을 빠져나갔다. 돌아보니, 누가 뒤따라오는 기색은 없었다.

막곽은 안도의 한숨을 내쉬며 철혈문 쪽으로 바삐 움직

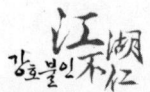

였다.

하지만 그는 이내 누군가에 의해 곧 막혀 버렸다.

이당주, 양개였다. 작달막한 키지만 다부진 몸매를 자랑하는 그는 어른 주먹만 한 도끼 두 자루를 쓰는 자였다.

"어딜 급하게 가나? 빚쟁이라도 만난 표정으로."

"어, 양 당주. 문에서 오는 길인가?"

"그래."

"문주는 계시겠지?"

"아니. 백무방의 칠장로께서 오셔서 접대차 화양루에 가셨네."

"칠장로라면 그 주연풍 대협 아니신가? 백무방 개파 공신. 근데 그분이 웬일로 이런 구석진 촌구석까지 오셨지?"

"촌구석?"

양개의 미간이 순식간에 좁혀졌다. 양개는 철혈문의 공신이었다. 그런 만큼 그에게 남양과 철혈문은 자랑거리였고, 인생의 역작 같은 자부심이 서린 곳이었다.

"미안, 말이 헛나왔네."

"흠흠. 조심하게. 칠장로께서 오신 이유야 빤하지 않은가? 다 혈광귀 그놈 때문이지."

"쳐 죽일 놈. 왜 하남으로 넘어와서 우릴 고생시키는지 모르겠군."

"그런데 자넨 어딜 가는가?"

"문주님을 뵈어야겠네. 급히 아뢸 일이 있고, 칠장로님도 한번 뵈어야지."

"아뢸 일이라니?"

"별거 아닐세."

막곽은 굳이 말해주지 않았다. 흑의의 사내를 여기서 발견했다는 것은 자못 혈광귀를 발견한 일보다도 더욱 중대한 일이기도 했다. 그런 일을 굳이 양개랑 나눠서 공까지 나눌 필요는 없었다. 촌구석까지 밀려 나온 이상 최소한 이인자까지는 올라야 면목이 서지 않겠는가.

의심적은 눈초리를 보내는 양개를 뒤로하고 막곽은 서둘러 골목으로 걸음을 옮겼다. 화양루로 가는 지름길이었다.

그러나 그는 이내 커다란 담 밖으로까지 뻗어 나온 커다란 측백나무가 있는 곳에서 자신도 모르게 걸음을 멈추었다. 전신을 거미줄처럼 감싸오는 살기 때문이었다.

막곽은 옆구리에 찬 검을 서둘러 빼 들어 자신을 감싸고 있는 거미줄을 걷어냈지만 천잠사처럼 질기게도 거미줄은 더욱 몸을 옥죄어왔다.

"어, 어느 고인이시오?"

목소리가 떨려 나왔다.

"알고 있으면서 묻는 이유는?"

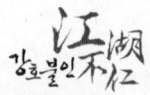

측백나무 속에서 어둠에 잠긴 목소리가 들려왔다.

"정말 제가 알고 있는 그분이십니까?"

"맞겠지. 너는 지금 어디로 가느냐?"

"그, 그냥 백무방의 칠장로가 오셨다기에 인사나 드릴까 해서……. 헉!"

말하는 순간, 정확히 거짓말을 하고 있는 순간 살기가 더욱 옥죄어와 막곽은 말을 잇지 못하고 다급하게 헛바람을 삼키며 뒤로 물러섰다.

"살고 싶으냐?"

"예? 예예, 그렇습니다."

"그럼 두 가지 일을 해줘야겠다. 해줄 수 있느냐?"

"당연합니다. 당연하지요."

막곽이 서둘러 검을 집어넣고 측백나무를 향해 명을 받드는 모양으로 자세를 취했다.

침상에 누워 잠을 청하려던 호운은 밖의 부산한 움직임에 몸을 일으켰다. 적어도 수십은 되어 보이는 무인들이 은밀하게 객잔으로 접근하고 있었다.

'나를 알아본 것인가.'

낮에 그의 옆에서 수다스럽게 떠들던 젊은 무사들을 쫓아낸 호안의 중년 사내가 떠올랐다.

'잠을 자기는 틀렸군.'

군이 저들과 싸울 필요는 없었다. 여기서부터 소란을 일으키며 가기에는 낙양까지 먼 길이었다. 호운은 객잔의 창문을 열고 밖을 살핀 다음 허공을 향해 날아올랐다. 그의 뒤에서 한 무인의 외침이 들려왔다.

"저기다! 수상한 놈이 도망간다!"

호운은 신경 쓰지 않고 반대편 누각의 건물을 찍은 다음 다시 허공을 질주했다. 최대한 빠른 신법을 전개했다. 뒤쪽에서 부산하게 무인들이 움직이는 소리가 들렸으나 점점 멀어지기 시작했다.

호운은 남양을 빠져나와 관도 옆의 숲길을 따라 낙양 쪽으로 움직이기 시작했다. 한 시진쯤 지난 후, 호운은 신형을 멈추고 전방을 주시했다. 이백 호 남짓 되어 보이는 커다란 마을이 앞에 있었다.

"이 정도 마을이면 사당이라도 있을 텐데."

호운은 나무 위로 훌쩍 뛰어올라 주위를 살펴보았다. 그의 예상은 맞았다. 저 정도의 마을 규모라면 반드시 마을을 수호하는 사당은 존재했다. 대개 관제묘가 대부분이었지만.

잠시 후 호운은 관제묘 앞에 내려섰다. 하지만 이내 한 발 뒤로 물러서고 말았다.

살기.

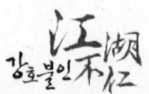

관제묘 안에서는 짙은 살기가 흘러나오고 있었다.

'나를 기다린 것인가?'

만약 그렇다면 이건 한곳으로 몰이를 당한 토끼 신세였다.

"후후."

그 웃음이 신호라도 되는 것처럼 살기는 걷혀져 있었다. 호운은 망설임없이 관제묘 문을 열고 안으로 들어섰다.

바닥에 깔아놓은 판자들을 뜯어 중앙에 불을 피우고 있는 한 흑의인이 고개를 들어 호운을 보더니 앞자리를 가리켰다. 도형촌에서부터 은밀하게 호운을 뒤쫓던 그 흑의인이었다.

호운은 그가 가리킨 자리에 털썩 주저앉았다.

"혈광귀요."

호운은 자신의 신분을 밝혔다. 이미 토끼 신세가 된 이상 상대방은 자신의 정체를 알고 있을 것은 불문가지였다.

"영광이군."

모닥불을 뒤적이던 흑의인이 고개를 들며 대답했다.

긴 두상에 굵은 눈썹이 어우러져 강인한 인상을 한껏 풍기는 오십 중반쯤 되는 사내였다.

"내가 강호인들과 친하지는 않으나 자네에 대한 평가랄까 그딴 것은 좀 들은 편이네. 그들은 하나같이 자네의 무위를 보고 고개를 내젓더군. 나이에 비해 너무 강하다고 말일세."

"난 조금 눈을 붙이고 싶소. 빨리 끝내시오."

"그래서 난 항우 얘기를 해줬지. 유방과 겨룰 때 항우는 고작 약관의 나이였네. 스물넷에 의거하고 진나라 함양을 점령할 때 그는 스물일곱밖에 되지 않았지. 천하에서 그와 겨룰만한 무위를 가진 자는 없었지. 그는 왜 그렇게 강했을까? 그래도 이해를 못하기에 이십 년을 산속에 처박혀 좋은 스승 밑에서 하루의 대부분을 무공만 익혔다고 생각해 보라고 말했지. 그래도 수긍을 못하더군. 멍청한 작자들이야."

"……."

"지금의 육대문파 수장들은 예전의 패자들에 비하면 너무나 졸렬하고 어리석네. 무공 또한 예전보다 못하지. 적당한 말일지 모르지만 형만 한 아우는 없는 법일세."

크앙!

갑자기 타고 있던 장작 하나가 흑의인을 향해 쏘아갔다. 호운이 허공섭물과 동시에 어검술의 경지를 섞어 쏘아 보낸 것이다.

하지만 장작은 흑의인의 두 자 앞에서 딱 멈추었다.

흑의인은 여전히 모닥불을 뒤적이며 있을 뿐이었다. 이내 장작은 서서히 뒤로 물러나 다시 모닥불 위에 얌전하게 타올랐다.

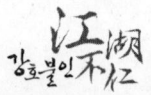

"정말 놀라운 고수들은 다 숨어 있고, 지금의 수장들은 무력보다는 권력 다툼에 능한 자들이지. 그나마 올곧았던 이는 비룡방의 사계량이라고나 할까."

호운은 천천히 몸을 일으켰다. 처음부터 엄청난 고수라는 짐작은 했지만 막상 눈으로 확인하니 가볍게 볼 수는 없었다.

"앉는 게 좋을 걸세."

모닥불로 만들어진 흑의인의 그림자가 벽에 비추었다. 앉아 있는 모습이지만 관제묘에 놓인 관우상만큼이나 거대해 보였다.

호운은 한 발 뒤로 물러서며 말을 꺼냈다.

"괜찮소. 이대로가 편하오."

"자네는 이미 내게 한 번 목숨을 빚졌네."

호운은 그의 말에 슬쩍 운기를 해봤다. 그러나 주인을 맞는 강아지처럼 반갑게 튀어나와야 할 내기가 하나도 느껴지지 않았다.

산공분(散功粉).

예전 사파인들 중에서도 특히 살막의 살수들이 즐겨 사용했다는 그 독물이었다.

무색무취여서 아무리 고강한 고수라도 촉각을 세우고 방비하지 않는다면 부지불식간에 당하고 마는 독의 일종이었다.

181

호운으로서는 전혀 예상하지 못한 상황이었다.

대체 언제 산공분을 뿌렸던 것일까. 그를 공격한 후가 분명했다. 그 찰나적인 순간에 쥐도 새도 모르게 뿌려진 모양이었다.

호운의 눈빛이 눈에 띄게 흔들렸다. 그 눈을 보던 흑의인이 불을 뒤적거리던 쏘시개로 앞자리를 가리켰다.

"앉게. 이건 명령으로 받아들여 줬으면 좋겠군."

호운이 어쩔 수 없다는 표정으로 털썩 주저앉자 흑의인이 빙긋 웃었다. 오십 줄에 이른 이 같지 않게 하얀 치아가 아주 고르게 나 있었다.

"이러는 이유는 뭐요?"

"글쎄…… 왠지 이러고 싶더군. 후후."

"나를 이쪽으로 몬 것도 당신이오?"

"알면서도 묻는 짓만큼 어리석은 것도 없지."

"좋소. 당신은 누구요?"

"살왕(殺王). 이십 년 전에는 강호에서 제일 잘나가는 자객이었지. 물론 지금도 마찬가지일세. 천무제도 없는 마당에 내가 죽일 수 없는 상대는 없다네. 난 아주 잘난 놈이지."

흑의인의 말이 사실이라면 놀라웠다.

살왕 초마승.

사파들이 존재했던 이십 년 전 이전에 존재했던 살막의 막

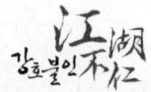

주이자 천하제일의 자객이었다. 성품이 잔혹하고 이기적이어서 유아독존 식으로 세상을 사는 인물이 바로 초마승이었다.

그런데 정사대전이 정파의 승리로 끝나자 그는 돌연 강호에서 사라져 버렸다.

정파의 정예들이 살막의 근거지를 덮쳤을 때는 살막의 자객들의 시체 십여 구만 뒹굴고 있었다. 초마승이 수하들을 다 죽인 다음 홀로 모습을 감춰 버린 것이다. 과연 초마승은 그의 성품대로 부하들과 같이 살기보다는 홀로 사는 쪽을 택한 것이다.

그런 그가 이십 년 만에 다시 모습을 보였다.

"정사대전이 끝나고 난 후 처음으로 강호에 나왔다네. 아, 물론 자네도 짐작했다시피 자네를 죽이기 위해서지. 낄낄낄."

"……."

"다시는 강호에 나올 일은 없을 줄 알았지. 하지만 이십 년 동안 나를 숨겨주고 챙겨준 사람이 부탁하는 데야 안 나설 수가 없더군. 그 사람은 백무방주 소만공일세. 자네가 그의 아들을 죽였더군."

초마승이 천천히 몸을 일으켰다.

"응? 자네, 왼쪽 어깨 부상을 입었군."

눈썰미가 놀라웠다. 실제로 황무성의 검에 당한 왼쪽 어깨는 완전히 치료하지 못한 상태였다. 고작 칠 주야 정도로 나을 만한 부상은 아니었다.

초마승의 입가에는 득의만만한 미소가 피어올랐다.

"자, 이게 해독약일세."

초마승이 품 안에서 목곽을 꺼내 툭 던지고는 천천히 사당 문 쪽으로 걸음을 옮겼다. 그리고 문을 열고 나가려는 순간 잠시 멈추더니 고개를 돌렸다.

"칠 주야를 주겠네. 칠 주야 동안 내 칼을 피해보게. 물론 지금 이 순간부터네."

초마승의 모습이 보이지 않자 호운은 털썩 주저앉았다. 잠시 이글이글 타오르는 불꽃을 응시하던 호운은 초마승이 준 목곽을 열고 손톱만 한 환단을 입 안에 털어 넣곤 우물우물 씹었다.

잠시 후, 호운이 운공을 시작하자 내기가 언뜻 느껴졌다. 내친김에 호운은 그 자리에서 일주천을 마친 다음 자리에서 일어섰다.

"휴우……."

사실 초마승이 신경 쓰이는 것은 아니었다. 그저 한 명의 적으로만 보일 뿐이어서 그다지 새삼스러운 것도 없었다.

다만 낙양으로 가는 길이 지체될까 봐 그게 조금 걱정되

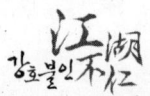

었다.

하지만 이렇게까지 도발한 초마승이 알아서 물러날 일도
없을 터였다. 호운은 지체없이 사당 문을 열고 나갔다. 그리
고 쏜살같이 어둠 속으로 달려가기 시작했다.

호운이 사라진 잠시 후, 칠흑 같은 어둠이 잠시 일렁이더니
초마승이 불쑥 모습을 보였다.

초마승은 호운이 사라진 방향을 보며 피식 웃었다.

왜 이런 번거로운 절차를 택했을까?

초마승은 소리없이 사당 지붕 위로 오르며 자신에게 질문
을 했다.

답은 물론 알고 있었다.

긴장감.

이십 년 동안 손을 놓았던 자객행이 주는 긴장감을 맘껏 즐
기고 싶었다. 온몸이 팽팽하게 부풀어 오르는 짜릿한 기분을
만끽하고 싶었다.

초마승은 호운이 사라진 방향을 향해 몸을 날렸다.

2

진평.

평원에 자리 잡은 오천여 호가 모여 있는 현이었다.

185

그곳의 외곽 노석평에는 커다란 천막들이 처져 있고 수백의 무인들이 분주하게 밥을 짓고 있었다. 그들은 혈광귀를 잡기 위해 절강을 떠나 여기까지 들이닥친 거해방의 무인들이었다.

또한 그들을 빙 둘러싸고 조악한 나무나 헝겊으로 임시로 지은 막사가 수십 개 늘어서 있었다. 그들은 이름 한번 내보고자 거해방의 뒤를 졸졸 따르고 있는 일반 무인들이었다.

그들이 머물자 드넓은 노석평은 사람들로 바글바글댔고, 천막과 천막 사이는 미로처럼 복잡해졌다.

그 복잡한 곳을 한 중년 무인이 바쁘게 돌고 돌아 이윽고 정중앙의 가장 큰 천막 안으로 들어갔다.

천막 안에는 팔선탁이 놓여 있고, 그 가운데쯤에 한 초로의 사내가 앉아 있었다. 일자로 뻗은 눈썹과 눈초리가 위로 조금 삐져 올라간 용목에 멋들어지게 기른 미염을 가진 사내였다.

거해방의 방주 단석궁(段晳弓).

정사대전이 일어나기 전 단석궁은 복건에 자리 잡고 있던 만왕검부 휘하에 있던 중소문파 거해방의 문주에 지나지 않았다. 하지만 만왕검부의 주인인 황해승이 어느 날 돌연 모습을 감춘 다음 일어난 검부 내의 권력 다툼을 슬기롭게 이용해 만왕검부를 무너뜨리고 거해방을 반석 위에 올려놓은, 일대

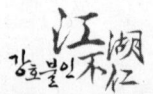

효웅이었다. 그 과정에서 그를 단심(丹心)으로 도운 것이 바로 모극 일가였다.

단석궁은 막 들어온 중년 사내를 보았다. 중년 사내는 암습과 추적의 고수들로 구성된 추혼당의 당주 궁소개였다.

"혈광귀 일당의 흔적을 찾았습니다."

"그래?"

단석궁의 목소리는 노인답지 않게 청명했다. 목소리만 들어도 온몸에 청량감이 일 정도였다. 하지만 그 목소리 뒤에 숨어 있는 탁한 간계를 알고 있는 자에게는 그저 저승사자의 사망고지처럼 음산하게 들릴 뿐이었다.

"그들의 행적은 마점구를 지나 복우산으로 향하고 있습니다. 행로를 예측해 보건대 아마 낙양까지 가는 지름길로 쭉 내달리는 모양입니다."

"낙양?"

"예."

"흐음……."

"그런데……."

궁소개는 말을 이으려다 급히 멈췄다. 단석궁이 자신의 미염을 쓰다듬는 것을 본 까닭이었다. 그 버릇은 단석궁이 지금 생각에 잠겨 있다는 것을 알려주었고, 단석궁은 자신이 생각에 잠겼을 때 어느 누구에게도 방해받는 것을 극도로 싫어했다.

단석궁은 혈광귀가 대별산을 넘어 등주로 갔다는 소식을 회남에 도착해서야 알 수 있었다. 그는 쉽게 혈광귀의 목적을 알 수 있었다.

도형촌이 핵심이었다.

정파의 마지막 치부였던 천무제의 가족이 잡혀 있던 곳이었다. 육대문파의 수장으로서 도형촌의 내막을 알고 있는 단석궁은 지체없이 대별산을 넘어 곧바로 도형촌으로 진입할 수 있었다.

그러나 그곳에는 혈광귀와 그들의 일행은 없었다. 그들이 도착한 날 새벽에 혈광귀 일행은 도형촌을 빠져나간 것이었다. 한발 늦은 것이다. 그런데 어쩐 일인지 천무제의 자식과 화산사수 중 셋이 죽어 있었고, 명호 도장과 부인만이 처연한 표정으로 그들을 맞이했을 뿐이었다.

단석궁은 잠시 둘을 어떻게 처리할까 고민하다 그냥 두기로 했다. 굳이 그 자신이 피를 묻히지 않아도 의천맹에서 처리할 것이 분명했다. 그런 자비를 베푼 것은 의천맹에 대한 단석궁의 반감이 작용하기도 했다.

그가 막 대별산을 넘었을 때 의천맹주의 맹주령이 정식 발동되었다는 소식을 들을 수 있었다.

'맹주령을 발동한 그 저의는?'

단석궁은 그 이유가 궁금했다.

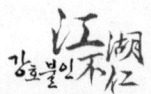

거해방의 모든 문도들을 거느리고 혈광귀를 친다고 했을 때도 아무런 도움도 주지 않던 그가 돌연 미지의 적이 등장했다고 맹주령을 발동했다.

그 근거는 그의 호위였던 이정명의 서찰, 단 하나였다.

그 적이 누군지 아무도 본 사람도 없는 마당에 그 서찰 하나로 위기를 예단하고 강조하며 맹주령을 발동했다. 더욱이 맹주는 그 불분명한 적들의 실체를 찾기 위한 어떤 노력도 육대문파에게 보여주지 않았다.

그런 방법은 옳지 못한 지도자가 외부의 위험을 끊임없이 강조하며 자신의 권력을 공고히 하기 위해 즐겨 써먹는 방법이었다.

"흠흠."

강호일통.

맹주의 의도는 그것으로밖에 설명할 길이 없었다. 혈광귀가 보이는 적이라면 맹주의 의도는 보이지 않는 위험이었다.

단석궁은 기침 소리에 생각에서 깨어났다.

기침을 낸 사람은 거해방의 개파공신인 윤사림이었다. 팔십에 가까운 그는 모극과 더불어 백전노장이자 거해방을 세운 일대 거인이었다.

현재 거해방의 주무기인 활과 도의 조화를 완벽하게 추구해 모든 문도들의 귀감이 되는 존재였고, 단석궁 스스로도 그와 무위를 겨룬다면 감히 이길 수 있다고 자신할 수 없는 인물이었다. 그만큼 단석궁도 윤사림과 모극만큼은 성심으로 윗사람 모시듯이 대우해 주고 있었다.

"방주, 복우산에 천라지망을 펼치는 게 어떻소?"

"굳이 그렇게까지 할 필요가 있겠습니까?"

단석궁의 반응은 시큰둥했다. 전 문도를 데리고 와 혈광귀를 잡으려는 사람치곤 너무 한가로운 모습이었다. 어쩌면 혈광귀보다 더 위험한 인물은 맹주 온정균이라는 생각이 앞선 탓이었다.

맹주령.

온정균이 설사 거해방의 모든 것을 요구한다 해도 반드시 들어줘야만 되는 맹세이자 억압이었다.

"그놈들을 가벼이 봐서는 안 되오."

윤사림은 또다시 미염을 쓰다듬는 단석궁을 보며 미간을 좁혔다.

윤사림도 평생을 칼바람 속에 뒹군 노장이었다.

그만큼 싸움에 관한 한 직감이 발달한 사람이었다. 그가 이렇게 단호하게 나온다는 것은 그만큼 반드시 필요한 일일 것이다.

단석궁은 맹주령에 대한 생각을 접고 혈광귀에 집중하기로 했다. 그는 팔선탁을 빙 두르고 앉아 있는 거해방의 인물

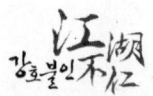

들에게 명령을 내렸다.

"윤 장로님의 말씀을 들었는가?"

"예!"

그들이 한 목소리로 힘차게 대답하고는 다시 하회를 기다
렸다.

"모든 일은 해룡전주가 맡아서 하게."

"알겠습니다."

해룡전주 손구홍이 힘차게 대답했다. 사십 후반의 굴강한
몸매와 각진 턱이 인상적인 사내였다.

거해방은 두 개의 전과 하나의 부, 그리고 다섯 개의 당으
로 구성되어 있었다. 해룡전은 거해방의 정예 중의 정예들이
모인 곳이고, 다섯 개의 당은 나머지 고수들로 이루어진 전투
집단이었다.

전투 외의 조직으로는 의술을 담당하는 의약전이 있었고,
내부 살림을 맡고 있는 총관부가 존재했다. 그리고 방주를 보
좌하며 주요 일들을 처리하는 장로회가 있었는데 그 인원은
여섯이었다. 칠백여 문도들을 거느린 거대 방파로서는 어찌
보면 조촐한 조직 체계였다.

손구홍이 인물들을 데리고 나가자 윤사림이 손구홍의 뒷
모습을 보며 고개를 주억거렸다.

손구홍이라면 믿을 만했다. 그의 일처리는 빈틈이 없었다.

무공도 무공이었지만 머리도 빠르게 돌아가는 게 여간 기꺼운 자가 아니었다. 그가 만왕검부를 버리고 거해방에 붙은 것은 커다란 복이었다.

윤사림이 단석궁을 보며 말을 건넸다.

"의천맹에 본방을 대표하는 장로로 육상산을 보냈소이다."

"잘하셨습니다. 윤 장로님이 그리했다면 전 이견이 없습니다."

"그라면 맹주령에 대해 충분히 우리 본방의 입장을 설파할 수 있을 것이오."

"다른 문파들의 반응은 어떻다 합니까?"

"그건 잘 모르겠소. 하지만 겉으로는 맹주령을 우리처럼 받아들였으나 내심으로는 반발심이 없잖아 있을 것이오."

"제 생각은 다릅니다."

"어떤 점에서?"

"현재 사천제일문 중에서 잠천문은 수장이 죽어 어지러운 상태이고, 비룡방은 후계 문제를 두고 잡음이 많습니다. 그들은 맹주령이 문제가 아니라 문파의 안위가 더 걱정이라서 신경 쓸 틈이 없습니다. 또 숭산파의 신흠은 불가 출신답지 않게 가슴속에 능구렁이 몇 마리는 숨기고 있는 못 믿을 자입니다. 맹주령의 속내를 꿰뚫어보고 맹주와 뭔가 암약을 했을지도 모르지요. 아니, 그렇게 확신합니다. 우리 거해방이 이렇게 하남

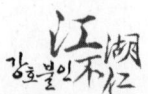

에 와 있는데도 돕기는커녕 수수방관하고 있지 않습니까?"

"맹주처럼 우리가 혈광귀와 양패구상하기를 바란다 이 말씀이오?"

"숭산파가 우리를 돕지 않는다는 것은 그렇게밖에 볼 수 없겠지요. 이제 우리와 그나마 배를 맞춰볼 상대는 백무방의 소만공밖에 없어 보입니다."

"백무방과 그럼 손을 잡을 생각이오?"

"현재 우리가 할 수 있는 그 방법밖에 없습니다."

그때 밖에서 천막을 지키고 있던 호위의 목소리가 들려왔다.

"방주님, 백무방의 칠장로님께서 오셨습니다."

"그래? 안으로 뫼셔라!"

말이 끝나기 무섭게 중키의 초로에 접어든 사내가 들어섰다. 호리호리한 몸매에 단정하게 기른 콧수염과 턱수염이 인상적이었다.

"백무방의 장로를 맡고 있는 주연풍입니다. 강호에 영명이 자자한 거해방주를 직접 뵙게 되어 일생의 영광입니다."

주연풍이 가볍게 포권을 하며 인사를 하자 단석궁이 껄껄 웃었다.

"백무방을 천세의 반석 위에 세워놓은 주 장로께서 그리 말씀해 주시니 몸 둘 바를 모르겠구려. 자자, 이리 앉으시오."

그 뒤로도 윤사림과 주연풍의 입 발린 소리가 몇 마디 오간 뒤 주연풍은 침중하게 낯빛을 굳히고 품속에서 서찰 하나를 꺼내 단석궁에게 전달했다.

서찰의 내용은 거해방과 백무방의 연합에 관한 것이었는데, 맨 마지막에는 백무방주 소만공의 고유 인장이 꾹 찍혀져 있었다.

진지한 눈빛으로 서찰을 읽은 단석궁이 빙그레 미소를 지으며 품속에서 인장을 꺼내 들었다. 아이 주먹만 한 둥근 인장은 거해방주만이 가질 수 있는 신물이었다. 단석궁은 그 서찰 맨 마지막에 인장을 꾹 눌러 찍었다.

"이제 됐소?"

"예. 이 서찰을 본 방주님께 전하겠습니다."

"허허허. 이제야 이 험한 강호에서 친구다운 친구를 가진 기분이오."

"우리 백무방도 거해방이란 큰 친구를 얻어 기쁘기 한량없습니다."

"허허허. 이제 근심 하나를 덜었으니 거해방의 숙원인 혈광귀를 잡으러 가야겠소이다."

"저희 백무방에서 오늘의 연합을 기리기 위해 칠십여 명의 무인을 본 방주께서 보내셨습니다. 함께 강호의 공적을 처단할 영광을 주십시오."

"호오? 그리하면 더할 나위 없이 기쁘겠소이다."

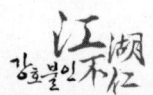

복우산 중에서 제일 깊은 계곡에는 길이 십 장 정도의 폭포가 있고, 그 앞에는 폭 이십여 장에 깊이를 측량할 수 없는 소(沼)가 하나 있었다. 복우산을 드나드는 인근 사람들이 비룡소라고 부르는 곳이었다.

그 소 앞에 임헌 일행과 구방건, 그리고 그의 제자인 소경인과 오십여 명의 무인들이 잠시 숨을 돌리고 있었다.

그들은 회남에서 혈광귀와 힘을 합치기로 결정하자마자 서둘러 거해방의 뒤를 쫓기 시작했다. 아니, 오히려 그들을 앞질러 가기 위해 혼신의 힘을 다해 신법을 펼쳤다. 거해방과 혈광귀가 만나서 싸움을 벌이기 전에 혈광귀 일행과 만나야만 했다.

그러나 며칠을 늦었던 만큼 거해방을 따라잡기에는 무리였다. 거해방의 문도들이 도형촌에서 빠져나온 다음에서야 겨우 그들의 꼬리를 잡을 수 있었다.

그 뒤부터 그들은 거해방을 앞질러 혈광귀 일행이 가고 있다는 복우산으로 들어와 혈광귀 일행의 흔적을 찾을 수 있었다. 물론 이토록 쉽게 혈광귀 일행을 찾을 수 있었던 것은 그들이 낙양을 향하고 있다는 나정부의 말을 들은 바가 있었기 때문이다. 복우산을 넘어 그대로 위로 쭉 오르면 바로 낙양이었다.

지금 임헌 일행은 그들의 흔적을 쫓아가면서 잠시 휴식을 취하고 있는 것이었다.

"야, 이건 물이 아니라 옥로구나, 옥로!"

범천이 손바닥 가득 물을 떠 마신 다음에 호들갑을 떨었다. 그의 말처럼 명경지수에다 물맛마저 달디달았다. 범중은 한쪽 평지를 골라 휴식하는 와중에서도 끊임없이 손발을 놀리고 있었다. 범중이 사대금강 중에서도 가장 강했던 이유는 바로 노력인 것 같았다.

임헌과 우승은 냇가 바위에 앉아 그런 범중을 멀거니 보고 앉아 있었다.

왕유의 부탁대로 움직이기 시작한 다음부터, 아니, 정확히 전노평을 만난 그 순간부터 우승은 많이 달라져 있었다. 늘 새살거리던 웃음이 사라졌고 가끔 비치는 웃음마저도 납덩이처럼 무거워 전혀 웃음처럼 보이지 않았다.

신뢰의 상실.

믿음의 상실.

정확한 이유를 짚으라면 바로 그때문이었다. 그동안 믿어왔던 진실은 안개처럼 모호해지고 그의 앞에 불신이라는 낯선 풍경이 찾아온 것이다.

임헌은 그 마음을 알고 있었다.

그 또한 그랬으니까.

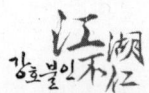

"범우 스님."

임헌이 실실 웃으며 농을 걸었다. 우승을 안 이래로 단 한 번도 정식 법명을 불러본 적이 없는 그였다.

우승이 뜨악한 얼굴로 쳐다보았다.

"우리 처음 만난 때 기억 안 나나? 여산폭포 밑에서 처음 만났잖은가."

"거기가 여산이었던가? 아, 맞군. 여산폭포가 삼천 척이나 된다는 이태백의 과장에 분개하다 자네와 만났지."

비류직하 삼천척(飛流直下 三千尺).

이태백이 여산 폭포를 보고 지었다는 망여산폭포(望廬山瀑布)의 한 구절이었다.

정사대전이 일어나기 전 소림에 나와 강호행에 나섰던 우승은 조금만 흥분해도 용암처럼 끓는 피가 흘러나와 온 세상을 불태울 정도로 뜨거운 젊은이였다.

임헌 또한 그 점에서 마찬가지였다.

그들이 그렇게 강호를 불태울 듯 질주하다 도착한 곳이 여산이었고, 이태백의 터무니없는 과장에 분개한 둘은 급기야 실제 폭포의 크기를 놓고 언쟁을 벌였다. 젊지 않았다면 일어나지도 않았을 치기 어린 언쟁이었다.

힘으로 해결하자.

그들이 언쟁 끝에 내린 결론은 그러했다.

결국 한차례 손속을 나누고서야 그들은 승속(僧俗)을 떠나 의기투합했고, 그렇게 그들은 한 세상을 함께 지나가는 지기(知己)이자 동행이 되었다.

생각해 보면 그립고도 아련한 시절이었다.

"이보게, 밀혜. 이번 일이 끝나면 나도 출가나 해볼 생각이네."

"미쳤군. 늦은 나이에 무슨 출가인가?"

"자네와 오래도록 함께 지내고 싶어서 그런 것일세. 이 친구의 뜨거운 정을 모른단 말인가?"

"자네가 여자라면 몰라도 별로 그러고 싶지 않군."

"여자? 자네가 여자도 밝혔었나?"

"중도 남자야. 하루에도 열두 번씩 생각나지. 하지만 참는 것뿐일세."

"그런 건 참으면 병이 되는데……. 손이라도 놀려서 객고를 풀지 그러나?"

"하하하. 자네는 그 나이에 아직도 손을 쓰나 보지? 불쌍한 친구."

우승이 크게 웃었다. 임헌은 호쾌하게 웃는 우승의 모습을 보며 살짝 미소를 지었다. 애들이나 나눌 법한 시답잖은 얘기에도 저리 웃을 수 있는 게 우승이었다.

"그걸 그렇게 크게 말하면 내 입장이 뭐가 되나?"

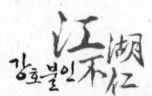

"젊구만, 젊어. 허허허."

구방건이 그들을 향해 다가오며 허허거렸다.

"이거, 다 들으셨군요."

임헌과 우승이 멋쩍게 뒤통수를 매만지며 일어섰다.

구방건.

나름대로 한 시대를 풍미했던 거인이라면 거인이었다. 무림세가 중 가장 강호에 그 이름을 우뚝 세운 천수종가의 가주.

그래도 그들의 성씨를 앞세우지 않고 독문절기를 문파의 이름으로 정한 것만으로도 그들은 세가를 뛰어넘어 강호의 명문으로 인정받을 만했다.

그런 구방건이 자신들과 함께한다는 사실만으로 임헌은 마음이 든든했다. 전노평과는 전혀 다른 느낌의 든든함이었다.

그러나 늘 다른 이들의 도움을 받아야만 한다는 자괴감은 쉽게 지워지지 않았다. 그래서 임헌과 우승은 더 쑥스러웠는지도 몰랐다.

"좋을 때야, 좋을 때."

하긴, 구방건의 나이로 보면 사십 줄도 한참 파릇파릇한 때임은 분명했다.

그때 하늘에서 돌연 폭죽 하나가 툭 터졌다. 밝은 대낮이었지만 누구나 볼 수 있을 정도로 큰 폭죽이었다.

"흐음, 거해방이 벌써 당도한 것인가. 어서 서두르세. 최대한 빨리 그들과 만나서 거해방으로부터 벗어나야지."

구방건이 말을 하면서 손짓을 하자 여기저기 흩어져 있던 수하들이 금세 대열을 만들며 모여들었다.

"신속하게 이동한다. 출발."

구방건의 말과 함께 수하들이 비룡소를 떠나 산속으로 신속하게 움직이기 시작했다.

3

"저길 보시오!"

그들의 머리 위로 폭죽 하나가 긴 꼬리를 남긴 채 유성처럼 스러지고 있었다.

"크음."

동필호가 옅은 신음을 냈다. 거해방의 영역인 항주에서 수십 년을 살아온 그들이라 저 폭죽의 의미는 금세 알 수 있었다.

큰 폭죽 한 방에 담긴 의미는 이러했다.

포위 시작.

만약 두 개의 폭죽이 연달아 터졌다면 토끼몰이처럼 한 방

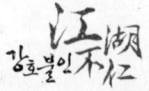

향으로 몰겠다는 것이었다.

세 개 다 터진다면?

그것은 생각하기도 싫었다.

천라지망이었다.

칠백여 문도와 그들의 뒤를 따라온 일반 무인 삼백여 명이 함께 펼치는 천라지망. 복우산이란 이름 그대로 소가 누운 듯한 형상이어서 산자락이 넓다고 하지만 천여 명이 에워싸면 빠져나갈 구멍은 그다지 크지 않았다. 아니, 거의 없다고 믿는 게 차라리 속이 편할 판이었다.

하지만 폭죽은 세 발이었다.

"아우, 씨발!"

강삼이 제 성질을 못 이기고 비탈진 곳에 위태위태하게 서 있던 어린 생강나무를 발로 차 부러뜨렸다.

호운이 떠난 뒤 어떻게 할 것인가를 놓고 야왕과 언쟁을 벌인 이후 유난히 오만불손한 태도를 유지하던 그였다.

여느 때 같았으면 대번 작살을 내놓을 듯이 손부터 나가던 야왕도 아미를 찡그리고 말 뿐 가타부타 말이 없었다.

"제가 저들이 어디까지 왔는지 알아보고 오겠습니다."

안욱이 말하고는 쏜살같이 바위를 벗어나 비탈길을 오르기 시작했다. 추적과 은신에 정통한 그였다.

"저년이라도 떼어놓고 왔으면 이럴 일도 없잖아요!"

강삼이 갑자기 갈혜군을 향해 고개를 획 돌리더니 욕을 퍼부었다. 이전에 상전처럼 떠받들던 모습과 영 딴판이었다.

호운이 사라진 후 끈 떨어진 뒤웅박처럼 신세가 처량하게 된 것은 갈혜군이었다. 호운은 떠나면서도 갈혜군의 혈도를 풀어주지 않았다.

혈도라는 게 그렇다.

세상 모든 인간들의 혈도 위치는 같지만 그걸 막고 푸는 방법은 각각의 개성만큼이나 문파나 무공에 따라 각기 달랐다.

모든 무공에 정통한 거인이 있다면 그 모든 방법을 일통할 수 있겠지만, 지금 일행 중에 호운의 점혈 수법을 알아볼 이는 없었다.

당연히 갈혜군은 일행에게 짐이 되었다.

내력이 금제당해 신법을 펼칠 수 없는 그녀와 함께 움직이느라 시간이 더 지체될 수밖에 없었다.

갈혜군에게 나정부의 위치만 묻고 그녀를 버릴 수도 있었다.

그게 강삼의 주장이었다.

하지만 일행 중에 그다지 모진 이도 없었고, 갈혜군이 그 자신의 유일한 생명줄인 정보를 함부로 발설하지도 않았다.

"끝난 얘기 그만 해."

동필호가 짜증 섞인 목소리로 책망하자 강삼이 다시 발끈

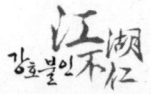

했다.

"동필호, 넌 나서지 마!"

그 말에 동필호가 고개를 돌려 버렸다. 아무도 듣는 사람이 없자 강삼도 한풀 꺾인 듯 연방 '제기랄!' 하며 애꿎은 땅만 쳐댔다.

이정명은 그 광경을 보면서 저도 모르게 실소를 머금었다. 그들이 호운이 떠났다는 것을 갈혜군에게 듣고 벌였던 언쟁이 떠오른 것이다.

그들 언쟁의 주제는 배신이었다.

그들의 심정은 이정명이 보기에도 신중하고 속 깊은 사내인 동필호의 말 한마디에 다 들어 있었다.

"사실 우리가 점주 때문에 같이 다니기는 했지만 난 그래도 일행이라고 믿었소. 하지만 이게 뭐요? 우린 배신당한 거요. 난 그게 더 화가 나요, 점주."

참 이상한 일이었다.

그간 들은 바대로 하면 항주의 삼인조는 야왕의 호위로 어쩔 수 없이 혈광귀와 동행을 한 처지였다. 복수라는 같은 목표도 없었고, 서로 나눌 만한 교분도 그다지 많지 않았다.

그런데 배신이라니?

오히려 삼인조로서는 환영할 만한 일이 아닌가.

최소한 이제 죽을 확률은 줄어들 테니까.

하지만 그들은 배신을 앞세워 혈광귀를 성토하고 있었다. 정말로 그들의 얼굴에는 믿는 도끼에 발등을 찍힌 것 같은 크나큰 상실감이 그들의 얼굴을 덮고 있었다.

그들의 성토를 듣던 야왕이 결단을 내렸다.

주종관계의 청산.

야왕은 삼인조에게 자유를 주었다. 스스로 행로를 결정할 수 있도록 그들을 풀어준 것이었다.

하지만 과연 삼인조가 그럴 수 있었을까? 야왕과 더불어 평생을 보낸 그들이 과연 야왕 혼자만을 사지로 보낼 수 있을까?

야왕의 결정을 따른 것은 엉겁결에 같이 다니던 마칠에게만 해당되었다. 마칠은 뒤도 돌아다보지 않고 일행을 떠났다.

결국 야왕의 결단은 하나마나한 소리에 불과했다.

강삼의 저 방자한 행동은 야왕과 보낸 세월이 전부인 과거와 죽음이 기다리고 있을지도 모르는 미래 사이에 끼어 어쩌지 못하는 인간의 조촐한 저항이었다.

이정명이 정말 궁금했던 것은 송정파의 반응이었다.

그러나 그녀는 호운의 부재에도 별반 다른 반응이 없었다. 그녀는 별반 흔들림 없이 쉽게 낙양으로 갈 것을 결정했다.

어쩌면 복수란 뚜렷한 목표가 그녀의 가슴속에 숲을 이루고 있기 때문이라고 볼 수도 없었다.

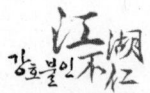

그렇다 해도 호운은 그녀의 연인이었다.

야왕 일행과는 그 의미가 달랐다.

이정명은 변함없는 그녀의 태도, 그녀의 속마음이 궁금했다.

그때 송정파의 말소리에 이정명은 상념에서 벗어났다.

"운정기공은 다 외웠어요?"

운정기공.

호운이 홍야숙을 죽이러 가기 전에 송정파에게 알려준 기척을 숨기는 잡기였다. 송정파는 이곳에 오는 동안 그 구결을 일행들에게 알려주었다. 언젠가는 필요할지도 모를 수법이었다.

그리고 지금 당장 필요한 수법이기도 했다.

"제기랄. 그딴 거 외워서 숨어 있다고 해결될 문제가 아니잖아!"

거칠게 내뱉었지만 강삼의 말은 일리가 있었다.

송정파가 갑자기 운정기공을 꺼낸 이유는 최악의 사태 때 그 수법을 이용해 숨자는 의도가 다분히 배어 있었다.

"난 다 외웠소."

이정명이 갈혜군을 고갯짓으로 가리키며 덧붙였다.

"그러나 저자 말대로 그렇게 해결될 문제는 아니오. 우리야 이 수법대로 기척을 숨기고 쥐 죽은 듯이 숨어 있을 수 있

다 해도 저 여자는 내기를 움직일 수 없는 상태라 금방 발각
될 것이오."

"저 여자는 내가 데려갈 거예요."

"혼자 움직일 생각이오? 위험하오."

"우리 모두 움직이는 게 더 위험해요. 어차피 포위망을 뚫
으려면 미끼가 필요해요. 당신들은 여기에서 기척을 숨기고
저들이 물러날 때까지 있으면 돼요."

지금 그들이 있는 곳은 험한 비탈 한가운데 바위 아래였다.

사람이 거의 운신하기 힘든 경사 큰 비탈이라 거해방 문도
들도 그다지 눈여겨볼 것 같지 않았다. 더군다나 비탈 위에서
나 아래에서 보아도 바위만 보일 뿐 그 안에 쏙 박혀 있으면
쉽게 들킬 일은 없어 보였다.

"송 소저, 그건 아닌 것 같소. 혼자 움직여도 위험할 텐데
무공을 금제당한 사람과 어찌 함께한단 말이오."

"난 안 가! 못 가!"

갈혜군이 소리를 지르며 삿대질을 하기 시작했다.

"누가 모를 줄 알아? 나 데리고 가서 쥐도 새도 모르게 묻
어버리려고 하는 거지?"

"죽어도 같이 죽고, 살아도 같이 살아요."

송정파가 무심하게 대꾸했으나 갈혜군은 더욱 발악을 했
다.

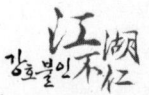

"너나 죽어! 난 이 사람들과 있을 거야! 내가 왜 너랑 같이 죽어야 돼? 니가 나한테 뭔데? 니가 뭔데 내 목숨을 마음대로 해?"

"넌 제발 닥쳐!"

강삼이 득달같이 달려들어 갈혜군의 머리채를 확 낚아챘다.

"아악!"

"그만들 해!"

머리 위쪽에서 안욱이 사뿐히 내려서며 소리를 질렀다.

"지금이 서로 싸울 때야?"

"저들은 어디까지 왔나?"

동필호가 묻자 안욱이 고개를 저었다.

"안 좋아. 벌써 중턱까지 올라오고 있어."

"흐음……"

동필호가 깊은 침음을 내뱉었다.

"거해방 말고 일반 무인들이 있는 쪽은 어디인가?"

"우리가 지나왔던 비룡소가 있는 동남쪽이야. 그쪽에 몰려 있더군. 설마 그쪽으로 가려고? 그쪽을 뚫는다 해도 낙양과는 정반대 방향이야."

"지금 낙양보다는 우리의 안위가 더 중요해."

"잠깐만."

이정명이 하나 남은 오른팔을 들어 동필호와 안욱의 대화를 제지했다.

"나는 의천맹의 호위대주였소. 창천문의 문도이기도 하고."

"그래서 뭐 어쩌라고?"

강삼이 한소리 내뱉었다.

"거해방에서는 내가 당신들과 같이 있는지는 결단코 모를 거요. 내가 갈 소저를 데리고 미끼처럼 움직여 적의 이목을 흩뜨려 놓겠소. 그사이에 동남쪽을 치고 빠져나가시오. 그게 제일 좋은 방법일 것 같소."

"오, 그게 좋은 방법이네."

안욱이 반색했지만 강삼은 미심쩍은 얼굴이었다.

"너를 어떻게 믿어? 너도 혈광귀 그놈처럼 배신할 게 뻔해. 솔직히 까놓고 말해서 너랑 우리는 별로 좋은 관계가 아니잖냐?"

"어려울 때일수록 서로 믿는 수밖에 없소."

정적.

그 촘촘한 틈 사이를 비집고 들어가 있는 것은 일행들의 의구심이었다.

이정명은 그들 사이에서 이방인이었다.

옆에 있어도 그만, 없어도 그만인 존재였다. 그만큼 신뢰를

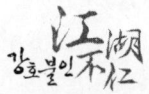

주고받을 수 있는 사이가 아니라는 뜻이기도 했다.

"나는 찬성이야."

갈혜군이 얼른 이정명의 옆에 가서 섰다.

"설령 잡힌다 해도 설마 거해방에서 창천문도를 어떻게 할 수 있겠어?"

생존 감각은 정말 타고난 여자였다.

"나도 이 대협을 믿어요."

송정파마저 고개를 끄덕였다.

"그리고 그들이 여기에다 천라지망을 펼친 걸 보면 저들은 아직 혈광귀가 이곳에 없는지 모를 거예요. 이 대협이 따로 움직인다면 분명 그들은 이 대협을 혈광귀로 오인할 겁니다."

"그렇군."

동필호가 고개를 주억거렸다.

송정파가 이정명의 왼팔을 가리켰다.

"그런데 혈광귀는 한쪽 팔이 없지는 않아요."

"아……."

이정명이 낮게 신음을 삼켰다. 그러더니 옆에 있던 나무토막을 칼로 손질하기 시작했다. 잠시 후 나무토막은 대충 손 모양을 가진 팔로 둔갑해 있었다.

이정명은 씩 웃으며 헐렁거리는 소매 틈에 그 나무토막을 밀어 넣고는 헝겊을 찢어 나무토막과 팔꿈치를 함께 묶었다.
그러자 얼추 멀쩡한 팔로 보이는 듯했다.

"이젠 됐소?"

"예."

"그럼 우리 서로 살아남아 복우산을 빠져나간다면 전호에
서 봅시다."

전호(田湖)는 복우산의 북방 끝자락에 있는 현이었다.

그들은 전호에서 만날 구체적인 방법을 얘기한 다음 서둘
러 바위를 벗어나 각자 방향을 잡아 신속하게 움직이기 시작
했다.

4

거해방의 추혼당주 궁소개는 손을 들었다.

"왜 그러나?"

그의 오른쪽에 있던, 어깨에 궁을 걸치고 옆에 도를 찬 모
습의 전형적인 거해방도의 무장을 한 중년 사내가 물었다. 그
의 모습은 특이했는데, 육탈된 인골에 옷만 걸쳐 놓았다 싶을
정도로 비쩍 마른 사내였다.

거해당의 다섯 당 중 하나인 백경당(白鯨堂)의 당주 곡양
적(穀梁赤)이었다.

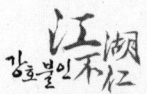

그는 강호에서 경음도웅(鯨飮刀雄)이라는 별호로 불리고 있는 자였다. 경음이란 고래처럼 엄청난 주량을 자랑한다는 의미였고, 도웅은 도법이 뛰어난 자라는 뜻이었다.

궁소개의 왼쪽에 있는 자는 곡양적과는 달리 항아리 하나를 뱃속에 넣고 다니는 듯 땅딸막하고 배가 불쑥 튀어나온 공양고(公羊高)였다.

흑교당(黑鮫堂)의 당주인 그는 활을 버리고 안모도(雁毛刀:칼끝이 위로 살짝 휘어진 형태의 도)를 극성으로 연마해 도로 따진다면 거해방 내에서도 몇 적수가 없다는 인물이었다.

궁소개는 곡양적의 물음에 대꾸도 없이 무릎을 꿇고 바닥을 살폈다.

그곳에는 여자 발 크기의 족적이 선명하게 찍혀 있었고, 그 옆에는 희미하게 앞굽의 흔적이 남아 있었다. 그리고 그런 족적은 정북향으로 쭉 이어져 있었다.

"남자 하나, 여자 하나 합해서 둘."

궁소개는 나지막하게 중얼거리고는 다시 주위를 살피다가 뭔가를 발견하고는 눈빛을 빛냈다.

작은 나무 하나.

그런데 그 가지 하나가 부러진 듯 살짝 아래로 처져 있었다.

궁소개는 조심스럽게 그 나무 아래로 몸을 날리고는 바닥을 살폈다. 그가 그러는 동안 곡양적과 공양고는 부하들에게 주위를 경계하라는 수신호를 보내고 있었다.

나무 근방을 살피던 궁소개의 얼굴에 다시 한 번 미소가 그려졌다.

여러 개의 흔적들.

극도로 조심스럽게 신법을 전개했지만 천하의 허공답보가 아니라면 기필코 지상에 그 자국을 남길 수밖에 없었다.

"하나, 둘, 셋, 넷, 다섯."

궁소개는 허리를 펴고 일어서며 축 처진 나뭇가지를 잘라낸 다음 코끝에 대고 킁킁거렸다.

생나무 수액의 그 알싸한 냄새가 코를 찔렀다.

이 정도의 향기가 날 정도라면 시간이 얼마 지나지 않았다는 것을 의미했다.

궁소개는 다시 한 번 미소를 지었다.

산속에서 도망가는 적들을 찾아내는 일은 쉽지 않으면서도 쉬웠다. 일단은 산세를 살핀 다음 가장 험한 곳을 찾아내 그곳을 훑어가면 대부분 그쪽에 적들이 있었다.

쫓기는 자들은 쫓는 자들보다 필사적인 법이었다.

그들이 험로를 택한다 해도 그 정도 어려움은 감수할 수 있지만 쫓는 자들은 고역인 법이다. 그래서 열이면 열 모두 쫓기는 자는 그 노림수에 험로를 택하는 것이다. 마치 번잡한

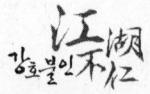

성시에서도 쫓기는 자는 사람들 속에 섞여 자신을 숨기지 않고 굳이 음습한 골목길이나 으슥한 곳으로 숨어들어 자신을 드러내는 것과 같은 이치였다.

그다음이 바로 적들의 심리를 살피는 것이었다.

쫓기는 자들의 마음은 여유롭지가 못했다. 그런 여유의 부재는 곧바로 실수로 이어져 자신들도 모르게 흔적을 남기는 법이었다.

지금 남아 있는 흔적을은 바로 혈광귀 일당들이 당황하고 있는 증거라고 궁소개는 확신했다.

다만, 그들은 꾀를 내었다.

일행을 둘로 나누어 움직이는 쪽으로.

문제는 어느 쪽에 혈광귀가 있느냐 하는 점이었다.

궁소개는 간단히 대답할 수 있었다.

정북향으로 향한 둘 중의 하나가 바로 혈광귀였다. 혈광귀 정도의 무공이 있어야만 여자를 데리고 천라지망 속 토끼가 될 수 있었다.

그러나 궁소개를 포함한 거해방은 지금 그들이 쫓는 일당 중에 혈광귀가 없다는 사실을 아직 모르고 있었다.

궁소개는 흔적들이 이어진 동남쪽을 응시하며 손을 들었다.

그 손짓에 추혼당의 부하들 열 명이 몰려들었다.

궁소개는 그들을 다섯씩 짝 지은 다음, 급하게 지시를 내렸다.

"너희들은 먼저 이대로 동남쪽으로 흔적을 따라가라. 만약 만나더라도 절대 싸우지 말고 우리가 도착할 때까지 움직임만 살펴라."

"명을 받듭니다."

다섯 사내가 낮지만 씩씩한 한목소리를 남기고 동남쪽을 향해 내달렸다. 그 모습 하나하나가 제비처럼 날쌨다.

추종술에 관한 한 강호의 누구보다 뛰어나다는 게 추혼당이라는 것을 감안하면 신법의 표홀함이 놀라운 것만은 아니었다.

궁소개는 남아 있는 다섯을 향해 다시 쪼갠 다음 하나씩 임무를 지정했다.

"너희 둘은 지금 방주님께 가서 적들이 두 방향으로 나뉘어 움직이고 있다고 전해라. 그리고 아마 방주님 쪽으로 둘이 갈 것인데, 그중에 혈광귀가 있을 것이라고 말씀드리거라. 그러면 방주님이 알아서 하실 것이다."

"옛!"

"그리고 너희 셋!"

"옛!"

"너희들은 혈광귀의 흔적을 쫓으면서 그들이 똑바로 방주

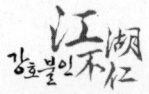

님 쪽으로 갈 수 있도록 천라지망을 펼치고 있는 사람들에게 방주님이 계신 방향으로 내몰라고 전해라. 굳이 싸울 필요는 없다고 아울러 말하고."

"옛."

그들마저 사라지자 궁소개가 그제야 두 당주를 바라보았다.

"자, 가세나들."

"뭐야? 혈광귀는 다른 쪽에 간 건가?"

"그렇다네."

곡양적이 정북쪽을 바라보며 입맛을 다셨다.

"아쉽군."

"그래도 이쪽에는 옥수공이 있을 걸세. 그 마공과 한번 겨뤄보는 것도 큰 경험 아닌가?"

"하긴."

"먼저 감세."

공양고가 빠르게 내뱉고는 쏜살같이 달려갔다. 곡양적이 말로 하는 동안 공양고는 몸으로 먼저 옥수공을 만나고 싶다는 바람을 강하게 드러내고 있었다.

"천라지망인가……."

구방건은 각지로 흩어져 형세를 살피고 온 수하들의 보고를 받고 낮게 웅얼거렸다.

"천라지망이군."

복우산 제일봉 금수봉은 다섯 개의 절벽으로 이루어져 있
다. 그 절벽들이 비단을 펼친 듯 매끄럽다고 해서 붙은 이름
이 금수봉(錦繡峰)이었다.

그 한 절벽 위에서 전노평이 아래를 굽어보며 낮게 중얼거
렸다.

거해방 문도들이 서서히 포위망을 좁히고 있는 모습이 눈
에 띄었다.

"흐음, 혈광귀 넌 어디 있느냐?"

몇 번 더 거해방 문도들의 움직임을 살피던 전노평의 눈에
이상한 움직임이 잡혔다. 원형으로 넓게 그물을 펼치듯 산을
오르던 거해방 문도들이 두 개의 원으로 나뉘어 북쪽과 동남
쪽으로 갈리고 있었다.

그 형태는 하나의 사실을 말해주고 있었다.

쫓는 무리가 두 개라는 것.

혈광귀 일행이 두 개로 갈라져서 움직이고 있다는 것.

전노평의 눈이 가늘어졌다.

저 둘 중 어디에 혈광귀가 있을까?

그러나 그가 서 있는 곳에서는 혈광귀의 모습을 볼 수가 없
었다. 그렇다면 몸을 움직여 직접 확인할 밖에.

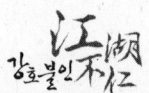

전노평은 절벽 아래로 몸을 훌쩍 날렸다.

그 아래에는 상무군이 고개를 들고 내려서는 전노평을 애 타는 눈으로 바라보고 있었다. 전노평은 그런 상무군을 힐끗 보고는 망설임없이 산 아래로 내려갔다.

이상한 놈이었다.

갑자기 뜬금없이 나타나 무공을 가르쳐 달라고 떼를 쓰고 있었다. 내공도 부족하고 일신의 무위란 것도 형편없는 놈이 었지만, 구화산에서부터 회남까지 오는 동안 지켜보았을 때 기본 자질은 갖춘 놈이었다.

그러나 전노평은 제자를 들일 생각이 없었다.

그런 마음이 있었다면 벌써 수십 명은 거뒀을 제자였다.

젊은 시절에는 천무제를 꺾기 위해 노력했고, 천무제가 유 성처럼 스러진 후에는 세상에 흥미를 잃고 은거해 버렸다.

그런데 이제 와서 자신이 왜 생판 모르는 놈에게 아기 걸음 마를 가르쳐야 한단 말인가. 그런 쓸데없는 짓거리에 마음을 쓸 이유를 전노평은 가지고 있지 않았다.

오히려 그가 마음을 쓰고 있는 것은 바로 집착이었다.

혈광귀에 대한 집착.

구방건의 말처럼 왕유의 부탁쯤은 그냥 무시할 수도 있었다.

죽은 자의 부탁을 의리를 앞세워 지켜야 할 정도로 스스로 방정하게 한 세상 건너는 사람은 아니었다.

그럼에도 불구하고 그는 혈광귀를 찾고 있었다.

스스로에게 물었다.

왜?

답은 이미 나와 있었다.

혈광귀는 단순한 무인이 아니라 바로 천무제의 제자였다.

천무제의 제자는 셋이나 있었다.

전노평의 마음을 아는지 모르는지 상무군은 말없이 그를 따라 내려갔다.

그때 다른 부하 하나가 급하게 뛰어와 다시 구방건에게 보고했다.

"가주님, 지금 천라지망이 둘로 나뉘어 있습니다. 혈광귀 일행이 둘로 나뉘어 움직이고 있는 모양입니다. 지금 한 무리가 이쪽으로 향하고 있습니다."

"이쪽? 혈광귀인가?"

"다섯입니다. 혈광귀가 있는지는 아직 확인하지 못했습니다."

"전체적인 형국이 어떻게 되는 것이오?"

우승이 구방건의 수하에게 물었다. 산속에 있으니 지금 어떻게 천라지망이 구축되어 있고 어떤 모양으로 전개되는지 알 수가 없었다.

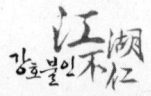

"복우산은 큰 세 봉우리로 이루어져 있습니다. 금수봉과 비선봉(飛仙峰), 그리고 옥경봉(玉京峰). 맨 처음에 펼쳐진 천라지망은 넓게 퍼져 이 세 봉우리를 에워싸며 이루어져 있었는데 지금은 북쪽 비선봉과 동남쪽 옥경봉을 에워싸는 식으로 바뀌었다는 것이지요. 우리가 있는 곳이 바로 옥경봉입니다."

"고맙소. 이제 대충 알 것 같구려."

구방건이 임헌 일행에게 말했다.

"우리도 두 패로 나누어 움직여야 할 것 같소."

"어떤 식으로 나누지요?"

"일단은 경인이와 그대들이 함께 북쪽으로 가서 그들을 확인하고, 혈광귀라면 합류하시오. 우리는 여기서 이쪽으로 오는 사람들을 구하리다."

"좋습니다."

임헌이 대답하자 금세 두 개의 무리가 만들어졌다.

구방건이 키운 수하들은 도합 오십이 명이었다.

그들을 절반으로 뚝 잘라냈다.

한 무리는 구방건이 중심이 되어 움직이고, 나머지 한 무리는 그의 제자 소경인과 임헌 일행, 그리고 다른 수하의 반절과 함께 행동하기로 했다.

한 무리에 구방건이 있다 하지만 무력은 임헌 쪽이 조금 앞서 있었다. 구방건 수하들의 수장인 고리눈이 임헌 쪽에 끼어 있는 것만으로 확인할 수 있었다.

"그럼 각자 할 일을 마치면 저들이 없는 금수봉에서 만납시다."

"그러지요."

"경인아, 몸 조심하거라. 너희들도."

구방건이 자애로운 음성으로 그의 제자와 수하들에게 염려의 말을 전했다. 이런 게 모름지기 사부의 마음이리라.

"보중하소서."

소경인은 읍을 한 후, 수하들을 이끌고 비선봉을 향해 몸을 날렸고, 임헌과 우승 등도 그 뒤를 따랐다.

"자, 우리들도 움직이자꾸나."

"옛."

5

동필호가 손을 들자 일행이 멈췄다.

오십여 장의 앞 숲 속에서 옅은 살기가 느껴지더니 조금씩 가까워지고 있었다.

일행은 각자 커다란 나무 위로 올라가 운정기공을 운용했다. 그들은 천라지망을 뚫기 위한 하나의 원칙을 정했다.

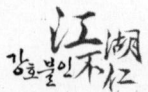

최대한 빨리, 싸우지 않고 포위망을 벗어나는 것.

당연한 얘기였다.

이정명과 갈라진 후 아직 반 시진도 안 됐지만 그들은 벌써 그만그만한 봉우리 두 개를 넘어섰다.

잠시 후, 살기가 조금씩 짙어지며 한 무리의 각양각색의 복색과 무기를 든 무리들이 점차 모습을 드러냈다.

거해방의 문도들이 아닌 일반 무인들이었다.

그들의 숫자는 얼핏 봐도 이십여 명은 될 것 같았다.

그들은 조심스럽게 전방을 주시하며 접근해 왔다.

"이쪽으로 온다더니 이거 뭐야? 흔한 토끼 새끼 한 마리도 보이지 않는군."

그들 중 산발한 머리로 커다란 참마도를 든 우락부락한 사내가 나지막이 동료에게 속삭였다. 억양이 센 말투로 봐 광동에서 온 자 같았다.

"쉿!"

도 자체가 휘어진 만도(蠻刀)를 든 야들야들한 몸매를 가진 동료가 손가락을 입술에 대고 말문을 막았다.

"이상해. 새소리 하나 들리지 않아."

"그러고 보니 그렇군."

만도가 조용히 손을 들었다.

이십여 명의 무인들이 조용히 걸음을 멈췄다.

그러나 그들은 일반 무인이었다.

그 의미는 육대문파는커녕 그 휘하의 문파에도 들어가기 힘들 정도로 무위가 약하다는 것이었다.

뿌득.

나뭇가지가 부러지는 소리가 천둥처럼 들렸다.

한 사내가 바위 옆에 걸음을 멈추며 그만 바싹 마른 나뭇가지를 밟은 것이다.

"에이 썅."

만도를 든 사내가 저도 모르게 짧게 욕설을 내뱉었다.

그러나 실수는 그것으로 끝난 게 아니었다.

나뭇가지를 밟은 사내가 당황한 나머지 넘어진 것이다.

쿠웅.

"잘한다, 잘해."

"죄송…….”

그러나 넘어진 사내는 말을 잇지 못했다. 그의 시선이 향한 곳은 나무 위. 거기에 숨어 있는 한 사내가 있었다. 강삼이었다.

"저, 적. 켁!!"

사내는 말을 잇지 못하고 그대로 목구멍이 뚫리고 말았다.

"들켰어! 빨리 처리하자!"

강삼이 밑으로 뛰어내리며 검을 휘둘렀다. 단순한 것 같지

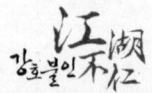

만 그 속에는 세 번 정도 손목의 흔들림이 있었고, 그 흔들림
은 검기를 만들며 세 명의 목을 쳐내고 있었다.

"크악!"

"켁!"

"으아아아악!"

"차라리 폭죽을 쏘지 그러냐! 썩을 놈!"

안욱의 퉁이 아니더라도 비명 소리가 너무 컸다. 신속하고
은밀하게 치우고 지나가도 모자랄 판에 '여기 나 있소' 하며
알리는 꼴이었다.

안욱은 나무를 타고 내려가며 주위에 있던 두 사내의 목을
치고 목을 찔렀다. 그들은 아무런 소리도 없었다.

"적이닷!"

만도를 든 사내와 참마도를 든 사내가 갑자기 돌아서며 강
삼에게 뛰어들었다. 나머지 무인들도 금세 몇몇씩 짝을 지어
안욱과 동필호를 향해 짓쳐 들어갔다.

그러나 그들은 몇 발자국 떼어놓기도 전에 명부의 여왕 나
찰을 보고야 말았다.

쉬악.

퓌식.

야왕이 나무에서 뛰어내리며 투골침을 뿌렸다. 그녀는 안
욱의 말이 옳다는 듯이 무인들의 사대 요혈만을 노리고 있

었다.

달리 사혈인가?

순식간에 사대 요혈에 투골침이 박힌 사내들이 아무런 비명도 없이 속절없이 쓰러지고 있었다.

이내 장내에는 만도와 참마도만 남아 있었지만 그들 또한 안욱과 동필호의 상대는 되지 못했다.

"으헉!"

"컥!"

짧은 비명을 내지르고 만도와 참마도의 목이 공중에 떠올랐다. 그러다 이내 바위에 부딪치더니 비탈을 타고 굴러 내려가기 시작했다.

"미안하다. 조심할게."

강삼이 퉁명스럽게 사과를 뜻했다.

그때, 그들의 머리 위로 폭죽 하나가 터졌다.

그 폭죽은 이전과는 달리 동남쪽의 꼬리가 약한 것이었다.

이제 그 의미는 더 생각해 볼 것도 없었다.

동남쪽에 적이 있다는 표시였으니까.

"빨리 가요."

송정파가 빠르게 무인들이 나온 숲을 향해서 몸을 날렸다. 최소한 방금 그들이 해치운 자들이 나온 곳은 비어 있을 게

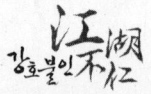

틀림없었다.

그러나 그것은 송정파의 오산이었다.

그들이 숲속 입구에 도착하자마자 숲 안쪽에서 다양한 종류의 화살이 쏟아져 나왔다.

휘잉!

피융!

쐐아아!

짧고 길고 뭉툭하고 벌침처럼 가는 수많은 화살.

화살이 날아들었다는 것은 거해방 문도들이 이쪽으로 오고 있다는 것이었다.

최악이었다.

"오른쪽으로 가요!"

송정파가 외치자 일행은 학 날개처럼 숲을 중심으로 넓게 퍼져 숲 쪽으로 파고들어 갔다.

송정파는 손을 들어 빠르게 날아오는 화살들을 쳐 나갔다.

그녀의 손은 이미 하얗게 탈색되어 있었다.

옥수공.

홍야숙에 당한 이후 한 번도 운기해 본 적이 없었지만 지금은 그것을 써야만 했다. 그만큼 상황이 절박했다.

"하합!"

송정파는 몸을 뒤로 쑥 빼내면서 풍뢰장 중에서도 변화가

극심한 풍뢰유엽(風雷柳葉)을 펼쳤다. 초식의 이름은 버드나무 이파리가 풍뢰에 쓸린다는 의미. 바람에 따라 잎들이 휘날리듯 허공을 가득 채우기 시작했다.

타탕!

타다다당!

허공에 돌연 뜨거운 철판에 콩을 볶아대는 소리가 울려 퍼지며 송정파를 뒤덮던 화살이 튕겨 나가기 시작했다.

그렇다고 해서 송정파도 그 엄청난 화살을 다 쳐낸 것은 아니었다.

벌침처럼 가는 화살들이 그녀의 손을 뚫고 들어가 그녀의 몸에 맞고는 튕겨져 나갔다. 옥수공의 무서운 위력이 발휘되는 모습이었다.

어느 정도 화살의 수가 줄어들자 앞으로 뛰어 들어갔다.

뒤로 물리면서 화살을 쳐낼 때보다 화살의 힘은 강맹해졌다.

그렇다고 언제까지 피할 수는 없었다.

"흐흡!"

송정파는 다급하게 신음성을 내뱉었다.

미간을 노리고 공기를 쩌렁 울리며 날아드는 화살 한 발.

불과 한 장 앞.

어둠 속에서 갑자기 확 켜지는 불씨처럼 주위를 완전히 제

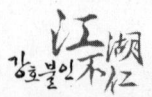

압하며 날아드는 한 발의 화살.

피할 틈이 없었다.

송정파는 지체없이 몸을 옆으로 비틀며 고개를 돌렸다.

푸학!

"으읍!"

송정파의 목줄기 옆이 확 터지며 피가 튀어 올랐다.

옥수공이 만들어준 도검불침의 신체도 소용없었다.

몸을 옆으로 몇 번 굴린 송정파는 벌떡 일어나며 오른손으로 목덜미를 덮었다. 손바닥에 한 아름 안겨오는 뜨뜻미지근한 감촉.

피.

얼마 만에 보는 자신의 피던가.

그녀의 목덜미에서 흘러나온 피는 만지면 분이 묻어 나올 정도로 하얀 송정파의 얼굴과 대비되어 더욱 선홍빛을 발하고 있었다.

송정파는 서둘러 목 주위의 혈을 눌러 지혈을 했다. 언뜻 봐도 세 치 정도의 상처가 난 듯싶었다.

"옥수공인가?"

숲 안쪽에서 걸쭉한 목소리가 쩌렁 울리며 한 중년 사내가 활을 든 채 걸어나왔다.

해룡전주 손구홍이었다.

언젠가 누군가 거해방의 방주 단석궁에게 이렇게 물은 적이 있었다.

"거해방에서 알맹이를 꼽으라면 뭘 꼽겠습니까?"

단석궁은 껄껄 웃으며 한 치의 망설임 없이 대답했다.

"사람 중에서는 모극 장로와 윤사림 장로를 뽑을 것이고, 조직이라면 해룡전과 추혼당을 뽑을 것이오. 이들만 있다면 거해방이 만왕검부처럼 공중에 흩어진다 해도 일 년 후에는 이전과 똑같은 거해방을 만들 수 있소."

단석궁의 말은 과장이 아니었다.

해룡전은 그만큼 거해방의 모든 것이었다.

그런 해룡전을 이끌고 있는 손구홍의 무력은 대체 어느 정도인 것일까?

손구홍은 거해방 출신이 아닌 만왕검부 사람이었다. 검부에 있을 때 그의 별호는 검부 내에서도 다섯 손가락 안에 든다는 의미로 오대검호(五大劍豪)로 불리던 자였다. 하지만 만왕검부가 거해방에 무너질 때 다른 이들과는 달리 검부를 버리고 거해방에 붙을 정도로 지극히 현실적이고 머리가 빠르게 돌아가는 인물이었다.

복건을 제패했던 만왕검부의 검호.

그것만으로도 그의 무위는 증명할 수 있었다. 더욱이 거해

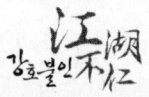

방에 몸을 담으면서 거해방의 궁술까지 익혔으니 이전보다 뛰어날 것은 너무 뻔했다.

괜히 그가 거해방의 정수인 해룡전주가 된 것은 아니었다.

손구홍이 활을 만지작거리다가 한쪽에 던져 놓더니 허리 옆에 차고 있던 검을 빼 들었다.

그의 검은 일반 검들과는 달리 손잡이가 왜도처럼 조금 길었다. 손잡이가 긴 이유는 단 하나였다. 쌍수로 검을 파지한 다는 의미였다.

"이쪽으로 올 줄 알았지. 괜히 이쪽에 어중이떠중이들을 집중적으로 배치한 것은 아니지."

숲 안쪽에서 희미하게 병장기 부딪치는 소리가 들렸다.

북쪽에서는 두 개의 폭죽이 연달아 터졌다.

무인들이 우르르 몰려오는 소리가 환청처럼 들리는 것 같았다. 아니, 단순한 이명이 아니었다. 그녀의 등 뒤로 다섯의 무인과 함께 가슴에 해룡이란 글자를 박아놓은 무인 열 명이 스르륵 나타나 그녀의 퇴로를 막았다.

송정파는 마음이 다급해졌다.

그들은 고립되었다.

이렇게 빨리 노출될지는 미처 예상하지 못한 결과였다.

"당신은 입으로 싸우는가 보죠?"

"가끔은 죽이려는 자와 대화를 나누지."

"난 몸으로 싸우는 게 더 좋아요."

송정파는 두 다리를 땅에 바짝 세우고 마치 소림 승려처럼 살짝 마보를 취한 다음 두 손을 앞으로 내뻗었다.

"으응? 그건 풍뢰신의 절기인 풍뢰장일 텐데? 네가 풍뢰장의 후예냐?"

"닥치고 받기나 해요!"

송정파는 단전에 차오르는 옥수공의 내력을 왼손에 집중했다. 양손에 집중하지 않은 것은 풍뢰장의 비전절기였다.

풍뢰양의(風雷兩義).

마식도를 풍뢰신으로 만든 최후의 절초였다.

원래 풍뢰장은 풍뢰밀라, 풍뢰유림으로 대변되는 전 육식과 풍뢰유엽으로 대변되는 후 삼식으로 이루어진 총 구 초식의 장법이었다. 전 육식이 부드러움과 변화를 추구한다면 후 삼식은 강맹함과 직선적인 위력을 가졌다.

그중에서도 가장 막강한 위력과 구명절초 역할을 하는 게 바로 마지막 구초인 풍뢰양의였고, 전 육식과 후 이식을 함께 섞어 펼치는 방식이었다.

왼손에 모은 옥수공의 내력이 장심을 빠져나와 얇은 막을 형성했다. 오른손에는 풍뢰장의 내력들이 모여들고 있었다.

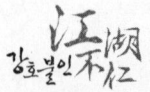

"풍뢰신 그자도 살아 있었던가……."

손구홍은 한껏 여유로웠다. 과거의 한때를 더듬을 정도로.

그도 거해방의 이름으로 형산의 전투에 참가했었다. 그리고 그곳에서 풍뢰신 마식도의 절기를 본 적이 있었다.

야수 같은 사내 마식도.

그의 풍뢰장을 본 느낌은 그랬다.

"타앗!"

송정파가 풍뢰보를 밟으며 은어처럼 날렵하게 손구홍을 향해 거슬러 올랐다.

그들의 거리는 삼 장.

손구홍은 한 손에 들고 있던 검을 두 손으로 굳건하게 잡아 검끝을 송정파를 향해 쭉 내밀었다.

그의 무공은 만왕검부의 독문절기였던 검형무궁(劍形無窮)이었다.

검형무궁은 세 초식으로 이루어져 있었다.

제일초 검천합벽(劍天合壁).

제이초 검천회선(劍天回旋).

그리고 마지막 삼 초는 무공명이기도 한 검형무궁(劍形無窮)이었다.

그가 지금 취하고 있는 자세는 일초 검천합벽의 기수식이었다. 합벽이란 말이 들어간 것처럼 검을 휘둘러 벽을 세운 것처럼 상대의 공격을 막고 난 다음, 공격을 유리하게 이끄는 수법이었다.

쐐애액!

송정파의 앞으로 쭉 내민 왼손에서 뻗어 나온 장력이 일직선을 그으며 손구홍의 머리, 정확히 그의 관자놀이를 노리고 짓처들었다. 저주의 무공, 옥수공의 내력이 모두 담긴 가공할 위력의 장력이었다.

그것만이 아니었다.

오른손은 마치 도가의 태극을 그리듯이 허공에 나풀거렸다. 그와 동시에 검기로 이루어진 그녀의 수영이 허공을 가득 채우며 손구홍의 등 뒤로 돌아들어 등에 있는 명문혈과 신주혈을 때리고 있었다.

"좋은 수법!"

손구홍이 크게 외치며 검을 두어 번 허공에 그었다. 그림의 명인이 붓 두어 번을 놀려 단숨에 청죽을 그려내듯이 아래에서 위로 그어가는 손구홍의 솜씨는 빛살만큼이나 빠르고 단 한 점의 흐트러짐도 없었다.

허공에 푸르죽죽한 기상을 가진 청죽 하나가 떡하니 자라나 있었다.

그 청죽에 가공할 송정파의 내력이 와서 부딪쳤다.

꺾일지언정 부러지지 않는다.

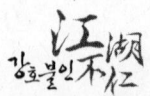

손구홍의 청죽은 유가(儒家) 사대부의 청죽과는 달랐다.

쾅!

쾅!

쾅!

세 번 연달아 옥수공의 내력과 부딪쳤음에도 그 청죽은 절대로 휘어지거나 부러지지 않고 그 위맹한 공격을 견디고 있었다.

청죽은 대가 아니라 무쇠로 만든 벽이었다.

쾅쾅!

다시 한 번 굉음이 터지며 장내의 흙들을 뒤집으며 붉은 황토 먼지가 파라랑 피어올랐다.

그사이 손구홍은 미소를 지으며 슬쩍 보법을 밟아 원래 있던 자리에서 두어 걸음 옆으로 빠져나갔다.

그의 등 뒤 요혈을 노리던 장력도 사르르 사라졌다. 송정파가 얼른 내력을 거두었던 것이다.

"하하악."

송정파가 가쁜 숨을 몰아쉬며 장내를 벗어났다.

이내 황토 흙먼지가 가라앉자 장내 상황이 드러났다.

온통 땅이 뒤집히고 그 땅에서 자라던 초목들은 뿌리를 드러낸 채 허공을 맴돌다 서서히 떨어져 내리고 있었다.

물론 손구홍은 멀쩡했다.

233

송정파도 겉은 멀쩡했다. 더욱더 창백해진 안색과 지혈을 했음에도 불구하고 삐죽삐죽 흘러내리는 목덜미의 피를 제외하고는.

송정파는 그녀가 알고 있는 최고의 절기를 사용했지만 손구홍은 겨우 일초로 그녀의 공격을 무력화시켰다.

누가 보아도 손구홍이 우위에 서 있다고 인정할 수밖에 없었다.

이제 손구홍이 그의 절기를 펼친다면 과연 송정파는 무사할 수 있을까?

"역시 무서워. 하지만 풍뢰신이 제자를 잘못 들였군. 남자가 아닌 여자를 왜 들인 거지? 예전의 위력이 아니야."

"그게 나도 궁금했어요."

"후후. 얼굴은 예쁘장하게 생긴 게 참으로 당돌하구나."

"이렇게 생겨먹은 걸 어떡……."

송정파는 말을 잇지 못했다.

그녀의 왼쪽으로 거해방의 세 당주가 훌쩍 내려서고 있었다. 송정파 일행을 쫓던 백경당과 흑교당, 그리고 추혼당의 당주였다.

그들은 일제히 손구홍을 향해 읍을 했다.

"전주께서 여기에 계셨군요."

"마침 잘 왔네. 저 계집은 자네들에게 맡김세. 옥수공, 옥

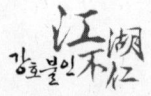

수공 하기에 대단한 것으로 알았더니 별것 아니군. 홍미를 잃었네."

"그래 주시면 감사할 따름이지요."

"그리고 추혼당주, 여기에 혈광귀는 없는 모양일세."

"알고 있습니다. 혈광귀는 방주님이 계시는 곳으로 곧바로 가고 있습니다. 후후."

"그래? 그럼 여기는 자네들에게 맡김세."

해룡전주는 송정파를 향해 씩 웃더니 그대로 뒤로 몸을 날렸다. 숲 쪽에서 병장기 부딪치는 소리가 멈추더니 숲 위로 무인 삼십여 명이 쑥 튀어 올라 손구홍의 뒤를 따라 몸을 날리고 있었다.

"나도 이제 여기 있을 이유가 없군."

추혼당주 궁소개도 뒤로 몸을 날렸다. 그의 말처럼 이제는 적들이 눈앞에 있으니 굳이 추종술이 필요없을 터였다.

궁소개가 뒤로 몸을 날리자 그의 수하들이 함께 장내를 벗어났다.

궁소개가 떠난 직후 숲 안에서 일행들이 하나둘씩 걸어나왔다.

그나마 멀쩡한 신색을 유지하고 있는 이는 야왕에 불과하고, 삼인조는 몸 이곳저곳이 할퀴고 찢겨 있었다.

특히, 안욱은 오른쪽 어깨에 화살 하나가 박혀 있었다. 미처 빼낼 틈도 없이 접전을 벌인 모양이었다.

"제기랄 것. 팔자에도 없는 화살까지 맞고."

창백한 얼굴의 안욱은 나무에 기대어 섰다.

야왕이 그를 향해 걸어가더니 등 뒤로 삐져나온 화살촉을
잘라냈다.

"좀 참아."

야왕이 화살 깃대를 잡았다.

그녀의 눈에는 눈물이 글썽해 있었다.

"안 죽어요, 야왕님."

안욱이 미소를 지으며 힘없이 말했다.

야왕이 화살대를 앞으로 쑥 잡아 뺐다.

"크윽!"

피가 확 뿜어져 나오며 안욱이 비명을 질렀다. 야왕이 화살
대를 얼른 버리고 안욱의 어깨 혈들을 차례로 눌러 신속하게
지혈했다.

"어차피 죽을 텐데 그냥 놔두지 그러나. 낄낄낄."

흑교당의 당주인 공양고가 그들을 비웃으며 한 발 앞으로
나섰다.

그사이 그들이 전투를 벌였던 숲과 산 아래에서부터 꾸역
꾸역 일반 무인들이 기어나오기 시작했다.

어느새 사람들로 무성한 숲을 이루고 있었다.

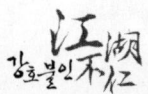

문제는 송정과 일행은 그 숲에 갇혀 버렸다는 것이었다.

앞쪽에는 백경당과 흑교당의 무인 백여 명이 가로막고 있었고, 뒤쪽에는 일반 무인들이 빼곡히 차 있었다. 천라지망에 참가한 모든 일반 무인들이 이곳으로 모인 모양이었다. 어느 곳에도 빠져나갈 구멍이 없었다.

"씨발, 정말 드디어 죽게 됐네."

강삼이 침을 탁 뱉으며 야왕을 흡뜬 눈으로 쳐다보았다. 야왕이 그런 강삼을 한 번 힐끗했지만 그러고 말았다.

"안욱, 싸울 수 있어?"

"그럼요."

안욱이 왼손에 검을 쥐면서 일어섰다. 그러나 그의 얼굴은 이미 일그러질 대로 일그러져 있었다. 과연 싸울 수나 있을지 의문이었다.

늘 침착하던 동필호의 얼굴도 흙빛이었다.

"야왕님, 미리 작별인사 나누지요."

"집어쳐. 우린 안 죽어."

"무슨 수로요? 씨발, 그냥 항주에서 배부르고 등 따시게 살았으면 좋았잖소? 이렇게 사지로 몰아넣고 말로만 살 수 있다고 하면 정말 살 수 있는 거요?"

강삼이 삿대질까지 하면서 야왕에게 대들고 있었다.

"강삼!"

안욱이 소리쳤다.

"이 자식아, 너 지금 점주에게 무슨 짓이야!"

"닥쳐, 새꺄. 점주고 뭐고, 씨발 이게 뭐냐고? 내가 왜 죽어야 하는데?"

그들을 둘러싼 이들은 삼인조의 행동에 고소를 금치 못하고 있었다. 마치 그물에 갇힌 고기들이 서로 네 탓이라고 서로 물어뜯고 있는 형국 아닌가. 그들은 어느새 자신들도 모르게 긴장을 풀고 그들의 싸움을 즐기고 있었다.

"너 이 새끼, 주둥이 안 닥치면 내가 먼저 널 죽이겠다."

"그래, 죽여봐라, 새꺄."

강삼이 안욱 앞에 얼굴을 들이밀며 계속 깐죽거렸다.

"죽여보라고, 이 새끼야!"

그때 순간적으로 안욱과 강삼의 눈이 마주쳤다.

"지금!"

안욱의 왼손에 들린 검을 발로 밟아 그 반동으로 뒤에 있던 일반 무인들에게 쏘아져 가는 강삼.

동시에 안욱도 강삼의 뒤를 따라 돌진했다.

동필호는 안욱의 뒤를 받쳤다.

일자형으로 돌진하는 삼인조의 앞에 야왕이 허공으로 몸을 띄우며 투골침을 뿌렸다. 그 뒤는 송정파가 받쳤다.

비록 다섯 명이 만든 형태지만 그들의 돌격 형태를 굳이 따

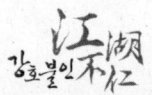

지자면 일자장사진(一字長蛇陣)이라고 부를 만했다.

"뭐, 뭐야!"

"피해!"

"으윽!"

"크헉!"

일반 무인들은 갑자기 쏟아지는 투골침과 강삼의 공격에 당황했다. 방심하는 사이 휘몰아치는 삼인조와 야왕의 공격에 그들은 허둥거리기 시작했다.

"막아라!"

챙!

채앵!

콰!

무인들이 정신을 수습하고 삼인조를 막아나갔지만 이미 선기를 뺏긴 그들이 막을 수 있는 상황이 아니었다.

속절없이 무인들이 죽거나 나자빠지는 가운데, 삼인조가 무인들의 숲을 거의 돌파할 무렵에서야 무인 중 그나마 출중한 이들이 그들의 앞을 막아섰다.

그리고 이어지는 난전.

그들은 야왕의 투골침을 피하면서 부상당한 안욱을 집중적으로 공격했다.

"추행(錐行)!"

동필호가 소리를 지르자 일자로 돌진하던 그들의 형태가 금세 쐐기형으로 바뀌었다. 선두는 강삼이 서고 삼각의 형태로 동필호와 야왕이 뒤를 받쳤다.

그 삼각형 안에 안욱을 두어 그를 보호하기 위한 조치였다.

꼬리에는 송정파가 따라붙었다.

"으악!"

"켁!"

"비켜, 이 씨발 놈들아!"

"크하학!"

무인들의 거센 저항에 부딪쳐 그들은 앞으로 전진하지 못하고 있었다.

무위가 무인들보다 뛰어나다고 하나 그들의 숫자는 너무 많았고, 동료들의 죽음을 본 그들은 이미 악에 받쳐 불을 찾아 헤매는 부나비처럼 죽음을 도외시한 채 쐐기를 향해 몸을 들이밀고 있었다.

"저런!"

지금까지 그들이 하는 모양을 지켜만 보고 있던 공양고가 혀를 끌끌 찼다. 그의 입가에는 고소가 어려 있었다.

"저 정도면 뛰어난 무위들 아닌가?"

"그렇지. 옥수공은 차치하고라도 저 암기를 뿌리는 여자도 대단하군."

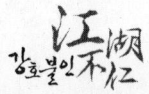

공양고와 곡양적은 품평회라도 여는 듯 그들을 평가하고 있을 뿐 별다른 움직임은 보이지 않고 있었다.

이미 옥수공과의 가슴 떨리는 싸움을 기대했던 그들의 가슴은 차갑게 식어 있었다. 해룡전주의 별거 없다는 말에 자존심이 상한 탓이었다. 해룡전주가 우습게 여기는 여자와 싸워 이겨본들 무슨 의미가 있을 것인가.

오히려 저들이 거해방 문도들이 아닌 일반 무인들과 싸워 힘을 소진하기를 바라고 있었다. 그 편이 오히려 남는 장사였다.

그러나 그것은 그들의 오판이었다.

"응?"

당황한 얼굴이 된 공양고와 곡양적이 숲 쪽으로 고개를 돌렸다. 엄청나게 빠른 속도로 누군가가 접근하고 있었다.

그들은 자신들도 모르게 자신의 무기를 빼 들었다.

놀라운 무위.

저렇게 멀리서도 온몸에 소름을 돋게 하는 무위를 가진 자는 본 적이 없었다. 그들의 놀란 동공 속으로 한 노인이 살포시 떠올랐다.

구방건이었다.

"물러서라!"

구방건은 숲을 빠져나오며 난전을 벌이고 있는 중앙을 향해 일장을 날렸다. 천수종가의 절기 만변천화수였다.

우르릉.

쿠앙!

내공이 담긴 수영들이 허공을 울리며 일반 무인들의 머리 위로 떨어졌다.

"크아아악!"

"으아악!"

쾅!

쾅!

악에 받쳐 죽음을 도외시하고 싸우던 일반 무인들이 그 한 수에 송정파와 야왕 일행에게서 칠 장 정도로 떨어져 나갔다.

장내는 아비규환이었다.

야왕 일행의 주위에 쌓인 시체들과 이곳저곳에서 부상을 당해 신음하는 무인 천지였다. 그 아수라장 속으로 구방건이 떨어져 내렸다.

무신.

진짜 무신이 있다면 이런 무위가 아니었을까.

무인들은 무기마저 축 늘어뜨린 채 구방건만을 응시하고 있었다.

그러나 그것으로 끝난 것이 아니었다.

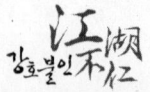

숲에서 구방건의 수하들이 쏟아져 나와 송정파와 야왕 일행을 호위하듯 둘러섰다.

구방건은 무기를 굳게 쥐고 있는 공양고와 곡양적을 쓸어보았다.

"노부는 거해방과 다툴 생각이 없네. 이대로 물러난다면 노부는 손을 쓰지 않을 것임을 약속하지."

"다, 당신은……?"

"구방건!"

곡양적이 저도 모르게 외친 말의 반향은 놀라웠다. 일반 무인들은 물론 거해방의 문도들마저 몸을 떨고 있었다.

구방건.

최소한 의천맹주와 동급이었던 전 시대의 거인이 다시 모습을 보인 것이다.

"알아봤다면 말하기가 더욱 편하겠군. 다시 말하지만, 난 이들이 필요할 뿐 자네들과 손을 섞고 싶지는 않네. 더욱이 여기에 혈광귀는 없는 모양이니 이대로 물러난다 해도 큰 질책은 없을 것이라 생각하네만."

"크음."

공양고가 침음을 삼키며 곡양적을 쳐다보았다. 구방건의 말에 아무래도 마음이 흔들린 모양이었다.

방금 구방건이 보여준 그 한 수는 감히 막을 수 있을까.

그러나 그들은 무인이었다.

그들은 한 조직에 몸을 담고 있는 사람이기도 했다.

목숨을 부지하기 위해 임무를 방기할 수는 없었다.

사람은 빤히 죽을 줄 알면서도 명예를 위해 해야 할 일이 있는 법이었다.

"구 가주의 말씀은 고마우나 그럴 순 없소."

"그런가? 같은 무인으로서 자네들의 결정을 존중하겠네. 나도 시간이 없으니 굳이 예를 따지지 않겠네."

말과 함께 구방건이 환영보를 밟으며 둘을 향해 나아갔다.

공양고과 곡양적의 머릿속에 하나의 보법이 떠올랐고, 거기에 의문을 가졌다. 왜 천수종가의 가주가 환영비각의 보법을 사용한단 말인가.

그러나 죽음은 그런 의문에 답해줄 아무런 의무도 없었다.

정적.

그 정적을 깨고 강삼의 울부짖는 소리가 들렸다.

"안욱!"

6

일부러 흔적을 남기면서 이동하던 이정명은 어느 정도 되었다 싶자, 천천히 걷기 시작했다. 그런 그의 모습은 어디 산

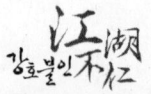

보라도 나온 듯해 보였다.

애가 바짝 탄 것은 갈혜군이었다.

"이렇게 가도 되는 거야? 응?"

"우리는 미끼요."

"아무리 미끼라고 하지만 이건 숫제 잡아달라는 거잖아."

"그럼 당신과 내가 거해방을 상대로 싸우자는 거요?"

이정명의 말에 갈혜군이 입을 다물었다.

"벌써 우리들의 행적을 알았을 텐데도 저들은 나서지 않고 한쪽 길만을 열어두고 있소. 무슨 의미인지 알겠소? 어딘가로 우리를 몰고 있는 거요."

"어디로?"

"아마 거해방의 수뇌들이 모여 있는 곳이지 않겠소? 그렇지 않다면 벌써 우리들을 잡아챘겠지. 그보다는 아까 했던 말을 절대 잊지 마시오."

"알았어."

이정명이 얼굴을 찡그리며 갈혜군을 쳐다보았다.

"알았어요."

"좋아. 상관한테 반말하는 부하는 없지."

"쳇!"

이정명은 잡힐 것을 대비해 미리 갈혜군과 입을 맞춰놓았다. 그 자신은 의천맹주의 비밀 임무를 띠고 혈광귀 일행과 합류했고, 갈혜군은 이정명이 창천문에서 데리고 온 부하로 위장해 놓았다.

다행히도 갈혜군이 홍야숙의 밑에 있으면서 창천문의 몇 가지 무공은 익혀놓은 게 위장 신분을 만드는 데 도움이 되었다.

"그들은 무사할까요?"

이정명 자신은 살아남을 자신이 있었다. 이미 마음속으로 일석이조의 효과를 노릴 수 있는 비장의 한 수를 생각해 두었다.

하지만 그들은 몸으로 때우면서 천라지망을 벗어나야만 했다.

이정명은 진심으로 그들이 무사하길 빌었다.

자라온 환경도 바탕도 다른 이들이었지만 그들은 순수하고 맑은 사람이었다. 같이 어울리면서 이정명은 정말 오랜만에 사람에 대한 고마움을 느꼈다.

"그들은 살 거야. 원래 사파 사람들이 잡초처럼 질기게 살아남잖아."

임헌과 소경인 일행은 은밀하게 천라지망의 빈 곳을 파고들었다. 대체 구방건이 어떻게 가르쳤는지 몰라도 소경인은 머리가 영활하고 판단에 빈틈이 없었다.

구방건이 떼어준 수하들을 천라지망 밖에 두고 온 것만 봐

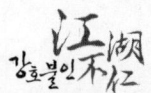

도 그랬다.

그 과정은 이러했다.

소경인은 이정명과 갈혜군이 남겨두는 흔적을 보고서 그들이 일부러 흔적을 남기며 천천히 이동하고 있음을 금방 알아냈다. 더욱이 거해방에서도 그들을 공격하거나 막고 있지 않았다.

소경인은 그 두 가지 사실을 종합해 여자가 갈혜군임을 유추해 내었다. 회남의 별장에서 그는 무공을 금제당한 갈혜군을 본 적이 있었다. 그녀라면 이런 족적을 남길 수밖에 없을 것이다.

여자의 정체를 확인하자 소경인은 놀랍게도 갈혜군와 함께 있는 자가 혈광귀가 아니라고 말했다.

"왜 그런가?"

임헌이 묻자 소경인이 자신있게 설명했다.

"제가 지켜본 바로는 혈광귀는 일행을 놔두고 혼자 움직일 사람은 아닙니다. 죽어도 그가 사랑하는 사람들과 함께 있을 것입니다."

소경인은 그렇게 판단을 내리자 수하들을 숨겨놓고 임헌만 대동한 채 둘의 정체를 확실히 확인하기를 바랐다.

그리고 소경인과 임헌은 갈혜군과 함께 가는 사내를 멀리서 보고 있었다.

"아니, 저자는?"

"이정명이란 자 아닙니까?"

"자네가 어찌 저자를 아나?"

"옥수공을 치료할 때 홍 의원님이 따로 치료하던 자입니다."

"그래? 그런데 참으로 이상하군. 왜 저자가 혈광귀 일행에 섞여 있다는 말인가? 혈광귀한테 한 팔을 잃었는데 그들과 일행이라니, 허 참."

"그보다는 왜 혈광귀가 보이지 않는지가 더 중요할 것 같습니다."

"그렇군. 혈광귀는 대체 어디로 간 거지?"

"나도 궁금하군."

소경인과 임헌은 뒤로 고개를 홱 돌렸다.

전노평이 그들과 십여 장 떨어진 바위에 등을 기대고 앉아 있었다.

"혈광귀는 어디로 갔을까?"

"흐음."

임헌이 침음을 꿀꺽 삼켰다. 전노평은 정말 혈광귀를 잡으려는 모양이었다. 그렇지 않다면 이곳까지 올 이유는 없을 테니까.

"낙양으로 갔겠죠."

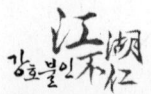

소경인이 침착하게 말했다.

"바른 추리일세. 이곳에 없다면 낙양으로 가고 있겠지."

전노평이 엉덩이를 털며 천천히 일어섰다.

"안 보기를 바라지만 어쩔 수 없이 또 보겠지? 그럼 난 이만 가네."

"무군이는 어디 있습니까?"

임헌이 다급하게 물었다.

"글쎄. 내가 알 바 아니네."

전노평의 몸이 흐릿해지더니 어느새 나무가 울창한 숲 속으로 사라져 가고 있었다.

임헌은 아미를 찡그렸다. 상무군은 전노평에게 거부당한 모양이었다. 그렇다고 상무군이 쉽게 포기할 거라는 생각은 들지 않았다. 자신에게 달라붙었을 때도 거머리처럼 굴지 않았던가. 그렇다면 지금쯤 이 위험한 어딘가에서 얼쩡거리고 있을 게 분명했다.

"그만 가시죠. 일단 사부님과 합류해야겠습니다."

"그러세나."

"이제 오는군."

갑자기 이정명과 갈혜군을 둘러싸고 있던 무인들의 움직임이 부산해졌다. 그만큼 목표에 가까워졌다는 의미였다.

아니나 다를까, 이정명의 앞으로 궁소개가 불쑥 튀어나왔
다.

"네놈이 혈광귀냐?"

"아니오."

이정명이 왼팔을 들었다.

그것을 보던 궁소개의 눈이 커졌다.

"깨끗이 당했군. 허허허."

거해방주 단석궁은 이정명과 갈혜군을 보며 허탈하게 웃
었다.

"본의 아니게 방주님에게 오해를 불러일으켜 죄송할 따름
입니다."

이정명이 공손히 읍을 했다.

갈혜군은 눈동자를 이리저리 굴리며 눈치만을 살폈다.

"그러니까 자네는 맹주의 명령으로 혈광귀 일행에 합류했
고, 천라지망이 펼쳐지자 미끼를 핑계대고 빠져나왔다는 것
인가?"

"한 치의 어긋남도 없는 사실입니다."

"자네 말은 믿을 수가 없네. 그렇다면 조악한 의수까지 만
들어 우리들의 눈을 속인 이유가 무엇인가?"

"그들이 그렇게 요구했고, 미처 떼어내 버릴 생각은 하질

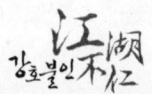

못했습니다."

"네놈이 우리를 어린아이로 아는 게냐?"

해룡전주 손구홍이 벌떡 일어나며 노성을 내질렀다.

"사실입니다."

"사실?"

단석궁이 실실 웃으며 물었다.

"좋네. 그럼 맹주의 명령이 무엇인가?"

"그건 말씀드릴 수 없습니다."

"자네의 처지를 모르는가 보군. 자네는 우리를 농락했어. 그것만으로도 목숨을 부지하기는 힘들 걸세. 설령 자네가 맹주의 자식이라도 말일세."

"……."

"저자가 바로 이전 호위대주라는 이정명이란 게 확실하긴 한 거요?"

"그렇습니다, 윤 장로님. 맹에 갔을 때 여러 번 본 적이 있습니다."

"그럼 제천회 운운했던 게 바로 저자였군."

윤사림이 눈을 찡그리며 이정명을 아래위로 훑었다.

"제천회를 아십니까?"

이정명은 제천회라는 말이 나오자 놀란 듯 반문했다.

"네놈이 맹주에게 서찰을 보냈다고 들었다. 그걸 핑계로 맹주령이 내려졌고."

"맹주령이요?"

이번에는 이정명이 진심으로 놀랐다. 맹주령까지 발동된 것까지는 미처 알지 못했던 것이다.

"자네가 모른다니 이상하군."

"그것까지는 아직 듣지 못했습니다."

"그렇다 치세. 그런데 제천회라는 게 있기는 있나? 자네는 잘 알고 있겠지?"

"지금 저를 의심하는 것입니까?"

"제천회라는 것을 아무도 본 사람이 없지 않나?"

"제천회는 분명 존재합니다. 본 문의 홍야숙 장로에게서 직접 들은 얘기입니다."

"자네만 들었지. 아무도 듣지 못했지 않나."

단석궁은 손가락으로 턱을 괴고는 빙글거리며 물었다. 빈틈이 없는 사내였다. 그러나 이정명으로는 환영할 만한 일이었다.

이제 그가 준비했던 비장의 한 수를 꺼낼 시점이었다.

"좋습니다. 솔직히 말씀드리겠습니다. 맹주께서는 저에게 혈광귀를 도우라 하셨습니다."

"뭐?"

윤사림이 경악성을 터뜨렸다.

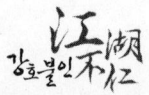

"그게 무슨 말이냐? 무림의 공적이자 거해방의 원수인 혈광귀를 도우라는 명령을 정녕 맹주가 내렸단 말인가?"

"그렇습니다."

단석궁의 얼굴에도 웃음기가 가셔 있었다.

이정명의 말이 사실이라면 의천맹과 거해방은 서로 양립할 수 없었다.

"지금 혈광귀는 사부의 원수를 갚는 중입니다. 그리고 천무제와 원한을 가진 자들이 바로 제천회입니다. 지금 혈광귀가 어디로 가고 있는지 아십니까?"

"낙양."

단석궁이 재빠르게 말했다. 천라지망을 펼치기 전 궁소개로부터 낙양으로 북상 중이라는 것을 들었던 것이다.

"그렇습니다. 낙양에는 제천회 소속이자 전 환영비각의 수장인 나정부가 살고 있습니다. 지금 혈광귀는 나정부를 만나 사생결단을 내기 위해 낙양으로 간 것입니다."

"나정부가 살아 있었단 말인가?"

윤사림에게는 놀람의 연속이었다.

"제천회의 존재를 믿지 않으셨군요. 그뿐만 아니라 정사대전 이전, 각 성의 수장들은 모두 생존해 있습니다. 복건의 만왕검부는 말할 것도 없습니다."

"허, 이런……."

윤사림이 벙한 표정으로 자리에 털썩 주저앉았다.

"지금은 혈광귀를 잡아야 할 때가 아닙니다. 오히려 혈광귀를 도와야 할 때입니다."

"크음."

이제까지 태평한 얼굴이었던 단석궁의 얼굴도 신중해졌다. 그에게 지금 중요한 것은 혈광귀가 아닐지 몰랐다. 만왕검부의 수장인 황해승이 살아 있다는 것 자체가 충격이었다.

거해방이 복건의 패자로 자리 잡을 수 있었던 것은 그의 실종이 아니었던가?

단석궁은 복잡해지는 머리를 흔들다 문득 손구홍에게 시선이 닿았다. 그의 얼굴은 아예 흙빛이었다. 그는 만왕검부의 배신자가 아니던가.

이정명은 쐐기를 박고 나섰다.

"제천회의 목적은 강호의 전복입니다. 아니, 그보다 더 본질적인 목적은 정사대전 이전으로 돌아가길 원하고 있습니다. 그 시대의 패권을 다시 되찾으려는 게 그네들의 목적입니다. 외람되지만 거해방도 제천회로부터 자유로울 수 없을 것입니다."

이정명은 그 말을 끝으로 입을 굳게 다물었다.

천막 안은 무거운 침묵이 먼지처럼 부유하고 있었다.

갈혜군은 이정명을 힐끗 보며 감탄했다. 그가 말한 비장의

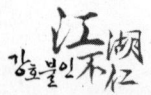

한 수란 게 이토록 효과적일지 몰랐다.

　무엇보다 갈혜군이 놀란 것은 이정명의 언변이었다. 진실과 거짓을 교묘하게 섞어놓은 그의 말 한마디 한마디에 거해방의 수뇌들이 모두 맥을 못 쓰고 물러나 있었다.

　침묵을 깬 것은 단석궁이었다.

　"자네는 내가 어떡했으면 좋겠는가?"

　"제가 어찌 귀 방에 대해 왈가왈부할 수 있겠습니까?"

　"괜찮네. 내가 먼저 묻지 않았나?"

　"답은 나와 있습니다. 혈광귀를 도와야 합니다. 제가 듣기에 혈광귀는 거해방의 장로이신 모극과 그의 손자를 해친 것으로 압니다. 하지만 그것은 거해방의 존립에 비한다면 사소하다면 사소한 일입니다."

　"혈광귀를 도와? 거해방이 궐기한 게 혈광귀를 잡기 위한 것인데 이제 와서 혈광귀를 돕는다는 게 말이 된다고 생각하나?"

　"복수에 집착하다가는 소탐대실의 우를 범할지도 모를 일입니다."

　다시 말이 끊겼다.

　단석궁이 미염을 천천히 쓰다듬다가 문득 입을 열었다.

　"좋네. 자네 말을 따르도록 하지. 윤 장로님."

　"말씀하시게."

255

윤 장로가 힘이 빠진 목소리로 마지못해 대답했다.

"윤 장로님은 지금 거해방의 문인들을 이끌고 본 방으로 신속하게 돌아가십시오. 그리고 본 방의 경계를 더욱 굳건히 해주세요."

"정말 혈광귀를 도우려는가?"

"돕기보다는 낙양으로 가 나정부를 봐야겠습니다. 진짜 환영비각의 그 나정부인지 제 눈으로 확인해야겠습니다."

"방주 혼자서? 왜 그 일을 방주께서 직접 하려고 그러시나?"

"본 방의 최대 위기가 닥쳐올지도 모르는 일입니다. 그러니 명색이 방주라는 자가 나서야지요."

"크웅."

윤사림이 침음을 삼켰다. 단석궁이 그렇게 결정을 내린 이상 번복될 일은 없었다. 단석궁의 장점이 빠르게 결단을 내리고 두 번 다시 번복하지 않는다는 점이었다.

"그래도 방주 혼자서는 안 되네."

"알겠습니다. 그렇다면 추혼당의 인원 몇과 해룡전주와 함께 움직이겠습니다."

"해룡전주?"

"해룡전주가 옆에서 지켜준다면 별일은 없을 것입니다."

손구홍이 벌떡 일어나 읍을 했다.

"성심껏 모시겠습니다."

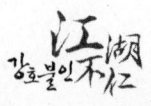

그러나 손구홍의 표정은 밝지 않았다. 굳이 자신을 데려가 겠다는 것은 그를 불신하기 때문이라는 것을 잘 알고 있었다. 그는 배신자였고, 만왕검부의 위험이 기정사실화되면 다시 배신하지 말라는 법은 없었다.

단석궁은 그걸 저어해 자신의 통제하에 그를 두려는 의도 였다. 하지만 그걸 감히 내색할 수 있는가. 그저 그의 업보일 따름이었다.

"일단 천라지망을 풀고 이곳으로 집결하라 이르게, 손 전 주."

"명을 받듭니다."

그러나 손구홍이 미처 천막을 벗어나기도 전에 궁소개가 들어와 송정파 일행이 빠져나갔음을 알렸다. 그러나 그것보 다 더욱 놀란 것은 천수종가의 가주 구방건이 나타나 그들을 구해갔다는 것이었다.

이정명의 말은 점점 더 사실에 가까워졌다.

단석궁은 굳은 얼굴로 더 이상 그들을 쫓지 말라고 명령을 내리고 털썩 주저앉았다.

第四章

江湖不仁
강호불인

호운은 이틀째 잠을 자지 못했다.

그가 이틀 동안 움직인 거리는 상상을 초월할 정도였다. 먼저 남양을 떠나서 그는 남소(南召)로 갔다. 거기서 그는 다시 서북쪽으로 방향을 틀어 차촌(車村)으로 움직였다.

차촌은 북여하(北汝河)가 시작되는 곳으로, 거기에서 배를 타고 하류를 따라 쭉 내려가면 술로 유명한 여양이 나왔다.

여양에서 다시 이천으로 가 거기서 다시 뱃길로 이하를 거슬러 올라가면 낙하와 합류 지점에 이르게 된다. 그곳이 바로 낙양이었다.

호운이 현재 있는 곳은 차촌이었다.

남양에서 차촌까지만 해도 사백 리가 넘는 길이었다. 오로지 신법만으로, 그것도 멀쩡한 관도를 놔두고 산길과 논을 가로질러 도착한 것이다.

초마승은 무서운 자였다.

그의 습격을 몰랐을 때는 차라리 맘이라도 편했다. 하지만 그가 직접 자신을 암습할 것이라고 말하는 순간부터 세상은 금세 지옥이 되어버렸다. 끊임없이 주위를 경계하게 만들면서 피곤함을 달고 살게 만드는 것이 바로 초마승의 의도였다.

감히 눈을 붙일 생각은 하지도 못했고, 음식도 객잔에서 사 먹을 수가 없었다. 사람들 틈에 섞여 산공분을 뿌린다면 그는 절대 피할 수 없을 것이라고 판단했다. 그래서 인적이 드문 곳을 골라 다녔다.

차촌 외곽 관제묘.

관제묘의 행색은 지방 면면이 다 똑같았다.

관우의 머리가 묻혀 있다는 낙양을 향해 제단을 세우고 그 위에 미염이 멋들어진 관우상을 세워놓는 게 전부였다.

어차피 관제묘란 게 없이 사는 민간인들의 조촐한 기복을 위해 존재하는 마당에 굳이 꾸밀 필요가 없는 탓이기도 했다.

호운은 그 관제상을 마주 보고 앉아 운기로 불면과 원행의

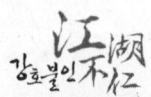

피곤을 녹이고 있었다.

운기가 잠을 대신할 수는 있지만 잠 그 자체는 아니었다.

천지가 생길 때 인간은 어쩔 수 없이 잠이란 것을 통해 생명을 유지할 수 있도록 만들어진 존재였다. 한낱 운기가 그 생명의 오묘한 작용을 대신할 수는 없었다.

그렇다고 맘 편하게 몸을 누일 수는 없었다.

분명 어디선가 초마승이 그를 지켜보고 있을 게 분명했다.

그렇다고 초마승이 호운을 노리고 암습을 한 것은 아니었다. 그는 궁지에 몰린 쥐를 앞발로 툭툭 치며 노는 고양이처럼 호운의 조심을 즐기고 있는 듯했다.

오늘은 여기에 또 하나가 추가될 모양이었다.

지붕 위에서 초마승의 목소리가 들려왔다.

"후후후. 견딜 만한가?"

"……."

"오늘은 자네한테 좋은 소식을 전하고자 해서 굳이 이 산속까지 찾아왔다네. 궁금하지 않은가?"

퓨앙!

쉬앙!

호운의 손에서 갑자기 열두 자루의 비도가 지붕을 향해 쏘아져 갔다. 열두 자루의 비도는 정확히 팔괘의 방향을 가로막

263

으며 지붕을 뚫고 지나갔다.

"흠!"

초마승의 짧은 침음이 들리며 지붕이 와르르 부서져 내렸다.

호운은 부서져 내리는 기왓장을 밟고 지붕 밖으로 뛰쳐나갔다. 그리고 빠르게 한 지점을 향해서 천검인혼을 펼쳤다.

초마승의 기척이 느껴지던 곳이었다.

촤라라랑!

호운의 검에서 풀려 나간 검기가 어두운 허공 한 지점에 그물을 치더니 신속하게 덮쳐 갔다.

콰쾅!

관제묘의 지붕이란 지붕은 모조리 부서져 내렸다. 호운은 지붕에서 관제묘 옆에 서 있는 측백나무 위로 몸을 옮겼다.

콰라라랑!

완전히 지붕이 무너진 후 먼지가 가라앉았지만 아무런 기척은 느껴지지 않았다. 실패였다. 이틀 동안 궁구하던 한 수가 실패로 돌아간 것이었다.

호운은 운정기공을 운용하며 기척을 숨긴 채 오감을 개방했다.

구구.

쪼롱쪼롱.

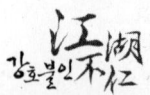

산비둘기와 이름 모를 산새가 구슬피 울 뿐 아무런 기척도 느껴지지 않았지만, 호운은 인내심을 갖고 기다렸다.

그는 살수였다.

기척을 숨기는 데는 그보다 더 뛰어난 인물은 없을 것이다. 스스로 살왕이라고 하지 않았던가.

기다림은 길었다.

일각.

이각.

그때였다.

"후후, 천무제의 제자란 건가? 하마터면 애송이한테 생목숨을 잃을 뻔했군."

초마승의 목소리는 방향이 없었다. 옆에서 들리는 것 같으면서도 또한 저 멀리 메아리처럼 아득하게 들리기도 했다. 뭔가 그만의 특수한 방법이 있는 듯했다.

하지만 소득은 있었다.

그도 현재 호운의 위치를 모르는 듯했다. 운정기공의 명료한 효과를 확인한 것 같아 호운은 내심 기뻤다.

"좋은 소식을 전하겠다는 사람에게 칼질이라니 예의가 없군. 하지만 노부가 이해함세. 도형촌의 그 부인이 죽었다더군."

덜컹.

265

호운의 가슴이 돌부리에 채인 수레바퀴처럼 위로 붕 떴다가 갑자기 내려앉았다.

"나무!"

쐐액!

초마승의 외침과 동시에 호운에게 하나의 검이 날아들었다. 물론 그 검끝에는 초마승이 딸려오고 있었다.

부인이 죽었다는 소리에 잠시 내기가 흐트러져 그 틈에 호운의 기척을 감지한 모양이었다. 아무리 그렇다고 해도 찰나적인 틈이었다.

호운은 피할 사이가 없자 그 검을 마주 찔러갔다. 동귀어진의 수법. 천검매개의 수법이었지만 초마승의 검에 호운도 무사하지는 못할 터였다.

그러나 지금 상황에서 더 목숨을 애지중지할 자는 초마승이었다. 그는 호운을 죽여야 할 입장이지 자신이 굳이 죽을 필요는 없었기 때문이다.

"놈, 영리하군."

돌연 검의 방향이 위로 바뀌며 호운이 있던 나무 위를 훌쩍 넘어 지나가 버렸다. 호운은 반대로 땅바닥에 내려섰다.

호운은 가슴을 쓸어내렸다.

초마승의 무위를 얕잡아본 것을 후회했다. 아무리 초마승의 선기를 잡았고 여유가 있었다지만, 천검매개를 그렇게 쉽

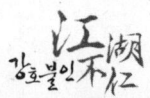

게 피할지는 몰랐다.

다시 기척이 지워졌다.

호운은 사당의 벽에 다가가 붙은 다음 다시 오감을 개방했다.

위급한 상황을 넘기자 초마승이 한 말이 갑자기 찾아들었다.

부인이 죽었다.

안전한 곳으로 데려다 주겠다는 그의 제안을 거절했을 때부터 호운은 부인의 죽음을 예상하기는 했다. 그러나 예상과 실제 결과는 다른 법이었다.

호운은 마음을 다잡았다.

지금은 부인의 죽음을 슬퍼할 때가 아니었다.

그리고 이제 자신과는 아무런 상관이 없다며 스스로를 다그쳤다.

그는 자신의 모든 것이었던 사부를 잃었다.

나머지 것들은 다 소소하고 하찮은 것들에 불과했다.

"후후, 꼼수가 통하지 않는군. 금세 원래의 심기를 회복하다니 대단한 아이야. 그런 젊은이를 내 손으로 죽인다니 조금은 슬퍼지는군."

초마승의 목소리는 방금 전까지 호운이 있었던 측백나무 위에서 들려오고 있었다. 오감을 개방하고 있었는데 어떻게 기척을 숨기고 그 나무까지 접근할 수 있었을까.

"좋아. 이건 덤으로 알려주지. 자네 일행들의 소식일세. 거해방에서 자네의 일행을 잡기 위해 복우산에 천라지망을 펼쳤다고 하더군. 무슨 뜻인지 아나? 살아남기 힘들다는 거지. 어때, 돌아가서 그들을 구해주고 싶지 않나?"

호운은 갑자기 잠이 쏟아졌다.

제어할 틈도 없이 눈꺼풀이 제멋대로 감겼다.

쉬익.

공기 속을 가르는 그 소리를 들은 것은 호운이 억지로 눈꺼풀을 제자리에 돌려놓았을 때였다. 지척에 다다른 그것의 정체는 어른 엄지손가락만 한 크기의 구슬 두 개였다.

호운은 검을 들어 쳐내려다 문득 동작을 멈췄다.

이상한 낌새.

날아오는 구슬은 마치 쳐내달라는 듯이 더딘 속도로 날아오고 있었다. 기습적인 공격이라면 그 속도는 전광과 같아야만 했다.

그런데 느렸다.

호운은 석 자 정도의 거리에 도달했을 때 이형환위를 펼쳤다. 동시에 보법을 밟아 장내를 순식간에 벗어나려는 순간이었다.

쾅!

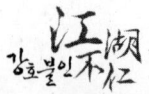

쾅!

쾅쾅!

엄청난 폭발이 터지면서 그 후폭풍이 호운의 몸을 휩쓸어
왔다.

"크음!"

인위적인 화약의 폭발이 만들어낸 것은 바람만이 아니었
다. 바람에 섞인 담의 파편들이 사정없이 암기처럼 호운의 몸
을 두들겨 댔다. 아무 방비 없이 강풍에 섞인 우박을 맞은 것
처럼 호운의 몸은 한꺼번에 두 가지의 공격으로 정신없이 뒤
로 밀려나 떨어졌다.

그런데 하필, 초마승이 있는 나무 둥치였다.

쿠웅.

"크흑!"

호운의 신음 소리가 더욱 깊어졌다. 입에서 내는 소리가 온
몸의 내장들이 한데 일어나 지르는 비명이었다.

그때였다.

쐐액!

초마승이 기다렸다는 듯이 나무 위에서 뛰어내려 사람과
검이 하나가 되어 직각으로 호운의 목을 노리고 떨어져 내리
고 있었다. 말로 형용하기에 떨어져 내린다는 것뿐이지, 그것
은 벼락처럼 빨랐다.

절체절명의 순간.

고통으로 일그러질 대로 일그러진 호운의 눈이 번쩍 뜨였다. 벼락은 호운에게 사정없이 떨어져 내렸다.

콰쾅!

그런데 호운이 없었다. 목젖이 꿰뚫려 버둥거리고 있어야할 호운이 없었다.

생각은 잠시였다.

초마승은 빠르게 그 자리를 벗어나 나무 뒤로 돌아갔다. 완전한 이형환위라고 볼 수는 없어도 그렇게 보일 정도로 빠른 몸놀림이었다.

초마승은 기척을 감춘 채 미동도 하지 않았다.

분명히 호운은 큰 부상을 입은 게 분명했다. 직접 후폭풍에 휘말려 측백나무에 사정없이 처박히는 것을 똑바로 보고 바로 검을 꽂기 위해 몸을 날렸다.

그런데 사라졌다.

벽력탄까지 사용했다.

벽력탄이 어떤 물건이던가.

그것은 오십여 년 전 운남의 어느 곳에서 존재했다던 뇌씨세가의 작품이라고 알려진 악독한 물건이었다. 엄지손가락만 한 크기에 화약 이십 근의 위력을 담을 정도로 그 위력이 가공했다.

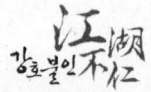

그 가공할 위력에 피해를 본 강호의 전 세력이 일어나 뇌씨 세가를 멸문시켜 버렸다. 강호의 역사에 무림공적이란 말이 처음 등장한 계기였기도 했다.

그러나 뇌씨 세가는 사라졌어도 그들이 남긴 벽력탄은 살아남은 모양이었다. 명필은 죽어도 그가 남긴 작품은 연연세세 이어져 칭송을 받듯이. 뇌씨 세가가 멸문하면서 지상에 남긴 작품은 단 백 점에 불과했다. 그 백 점이 누구의 손에 들어갔는지는 강호의 비밀 중에 하나였다.

소만공이 초마승을 불러 혈광귀를 제거해 달라고 말했을 때 초마승은 하나의 조건을 내걸었다.

벽력탄 세 개를 준다면.

나름 완곡한 거절이었지만 소만공은 흔쾌히 수락했다. 그 명작은 백무방에도 있었다.

초만승은 지금 그중 두 개를 사용했다. 그는 호운을 경시하지 않았다. 태평가를 부르며 칼에 녹이 스는지도 모르면서 호운을 무시하던 육대문파와 의천맹의 어리석음을 비웃기까지 했다.

그런데 직접 맞지는 않았다 해도 그 강력한 위력에 보신할 수 있는 자가 몇이나 되던가? 초마승은 진정으로 호운에게 감탄했다.

그러나 문제는 지금부터였다.

그는 지금 없어졌고, 자신은 호운에게 고스란히 노출되어 있을지도 모른다는 불안감이 작용했다. 이런 감정은 살왕의 것이 아니었다. 그것은 그의 칼끝에 목젖이 걸린 사냥감이 가져야 할 감정이었다.

그렇게 속절없이 시간은 흘렀다.

초마승은 흡사 나무껍질에 붙은 이끼처럼 움직이지 않았다.

그것만이 살길이었다.

달이 조금씩 이울어지고 동쪽 하늘에 유난히 밝은 별 하나가 반짝였다.

샛별이었다.

자신의 목숨이 샛별처럼 반짝이고 있었다.

여명은 점점 짙어졌다.

아직 덜 아문 어깨의 상처가 지끈지끈 쑤시기 시작했다.

호운은 땅바닥에 털썩 주저앉았다.

스스로 어떻게 초마승의 한 수를 피했는지 기억나지 않았다. 뭔가 번쩍하는 순간에 그의 몸은 어느새 반응하고 있었다. 접혀진 그의 발이 땅을 박차는 순간, 그의 몸이 측백나무 위로 치솟더니 마치 징검다리를 건너듯 허공을 디딤돌 삼아 관제묘에서 삼십여 장 떨어진 대숲까지 순식간에 이동해 버렸다.

기적에 가까울 정도로 초마승의 검을 피할 수 있었던 것은

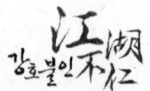

황무성을 제압했을 때의 바로 그 수법이었다. 사지백해로 흩날리는 눈처럼 내력을 흘려보냈을 때 몸은 제멋대로 빠르게 움직였다.

그러나 그때뿐, 호운은 자기 몸에서 어떻게 그 수법이 펼쳐지는지 알 수가 없었다.

거기까지 생각하다 호운은 정신을 잃었다.

정신을 차린 것은 허벅지에서 느껴지는 차가운 이물감 때문이었다. 눈을 뜨고 보니 그의 허벅지 위에 빛깔 고운 화사 한 마리가 호운의 얼굴을 향해 혀를 날름거리고 있었다.

호운은 다시 눈을 감았다.

온몸이 쑤신다는 표현처럼 적확하게 현재 상태를 표현하는 말도 없었다. 그나마 아물어가던 어깨 위 상처에는 담의 파편들이 두어 개 박힌 듯 핏물을 꾸역꾸역 흘려보내고 있었고, 단전 한 치 위에도 날카로운 담벼락의 돌멩이가 박혀 있었다.

벽력탄의 폭음처럼 송정파와 야왕 일행들의 신음 소리가 귓속에서 펑펑 터지고 있었다. 그가 떠나고 나면 그들은 자연스럽게 원래의 자리로 돌아갈 줄 알았다. 그런데 바보들처럼 그를 쫓아 낙양으로 향했던 모양이었다.

복우산.

화사가 흥미를 잃은 듯 허벅지를 내려가 대숲 저쪽으로 사라져 버렸다. 호운은 억지로 몸을 일으키고 오른손을 왼쪽 어깨에 집어넣고 파편들을 끄집어내었다.

"크윽!"

앙다문 잇새로 신음이 터져 나왔다. 이를 악물고 다시 복부에 박힌 기다란 돌조각을 뺀 다음 서둘러 금창약을 상처에다 발랐다.

머릿속은 온통 복우산이었다.

차촌에서 서남쪽으로 백 리 길이었다.

2

대죽에서 파하(巴河)를 타고 평창을 지나 파중에 이르렀다. 파중에서 다시 육로로 광원(廣元)의 턱밑인 왕창(旺蒼)까지 이동했다. 거기에서 광원까지는 칠십여 리, 또 광원에서 험한 산 두어 개만 넘으면 바로 목적지 청천이었다.

배를 타고 상류로 거슬러 오르는 바람에 별다른 큰 싸움은 없었고, 또 사천·북부 지역이 가난하고 산이 험한 지역이라 변변한 문파라고 부를 만한 곳도 없었다.

그나마 제대로 된 문파가 존재하는 곳은 광원이었다.

물산이 풍부한 곳에 사람이 꼬이는 게 세상사 이치. 광원은 사천 북부 지역에서는 보기 드물게 평야 지대였고, 밀과 보리는 물론 논벼까지 짓고 있는 곳이었다.

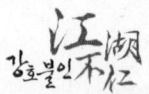

이 광원을 관할하는 문파는 선우세가라는 무림세가였다. 그들은 광원을 둘러싼 여러 작은 현들에 존재하는 소문파를 거느리고 사천 북부에서 제법 방귀깨나 뀌어대고 있었다.

왕창에 이르기 전까지 살육과 교접에서 가장 큰 재미를 봤던 광안 이후 여관일은 별다른 말 없이 두문불출했다. 가끔 갈 노야를 만나서 행로에 대해서 얘기만 나눴을 뿐 홀로 지내는 시간이 많았다.

그러는 사이, 의천맹의 청운당과 풍운당이 그들을 토벌하러 올라오고 있다는 소식이 들려왔다.

그 소문이 전해지자마자 자벽당 무인들의 기세는 더욱 흉포해졌다.

애먼 민가까지 들어가 술과 음식을 요구하고, 무림인도 아닌 민가의 여자들을 겁탈하는 게 다반사였다. 메뚜기 떼가 휩쓸고 간 들녘처럼 그들이 지나간 곳은 상처와 울부짖음과 비명만이 을씨년스럽게 남아 있었다.

"사, 살려주시오."

"제발 무사님들, 제 딸만은 그냥 놔두시오! 흑흑흑!"

"차라리 죽여라, 이놈들아!"

갈태춘이 광원의 턱밑인 왕창까지 오면서 가장 많이 들은 말들이었다. 보다 못한 갈태춘이 그들을 불러놓고 일장 훈시를 했지만 그의 말은 이제 통하지 않았다. 자벽산에서 그의 말에 일사불란하게 움직이던 그들이 아니었다. 여관일이 나서서 왕창에서는 자제해 달라는 말을 하자 겨우 그들은 얌전해졌다.

갈태춘은 그런 그들에게 묘한 배신감을 느끼고 있었다.

물론 갈태춘도 그 이유를 알고 있었다.

자벽산에 있을 때만 해도 그는 무위로 그들을 누를 수 있었다. 하지만 지금은 아니었다. 천무제의 신물을 가진 여관일이 자신의 앞에 버티고 있었다.

"이 무슨 추잡한 생각이란 말인가."

갈태춘은 기울어지는 달을 보며 쓸쓸하게 중얼거렸다.

나이 육십이 넘어 남 위에 군림하는 재미를 반추한다는 게 추했다. 차라리 여관일이 나타나지 않았다면 어땠을까 하는 후회마저 그를 괴롭혔다.

그러나 그도 영락없는 사파인이었다. 그런 재미로, 자기 위주로 한 세상 지나가는 것에 목숨을 걸었던 인생이 아니었던가.

"왜 한숨을 쉬고 계십니까?"

등 뒤에서 여관일의 목소리가 들려왔다.

갈태춘은 얼른 표정을 숨기고 몸을 돌렸다.

"달이 밝아서……."

여관일이 손에 든 술병을 흔들었다.

"저 또한 달빛이 너무 밝아서 잠을 이룰 수 없군요."

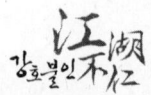

산간 지방의 공기는 맑아서 그런지 유난히 달빛이 맑았다. 그 달빛에 오랫동안 손을 대고 있으면 마치 얼음처럼 손을 얼릴 것 같은 착각에 빠질 정도였다.

"크음. 좋군."

갈태춘이 입가를 소매로 훔치면서 술병을 내려놓았다.

"더 드시지요."

"아닐세. 조금 쉬었다 먹음세. 그나저나 대체 저들을 그냥 놔둘 것인가?"

"불안하기 때문이지요."

"불안?"

"갈 노야도 들으셨겠지만 의천맹의 청운당과 풍운당의 무사들이 우리를 토벌한다는 명분하에 이쪽으로 오고 있다고 합니다. 이십 년 전에 패한 기억이 아직도 남아 있겠지요."

"과거는 과거일 뿐일세. 이십 년 동안 우리도 절치부심해서 무공을 갈고닦았네. 더군다나 천무제 어르신의 제자가 우리와 함께하고 있지 않나?"

"저는 기대치일 뿐이지, 실제로 제 능력을 보여준 적은 없습니다."

"명불허전이란 말이 있네."

"지금 우리들이 청운당과 풍운당의 무인들을 상대할 수 있겠습니까?"

"자네만 있다면 해볼 만하네."

"제가 그들을 상대하는 것은 의미가 없습니다. 저들이 패배의 상처와 기억을 씻어내야죠."

"…그럼 무슨 좋은 수가 있나?"

"우리들로서는 둘을 상대할 수가 없습니다. 지원군이 필요합니다."

"우리에게 무슨 지원군이 있단 말인가."

"청운당과 풍운당은 지금 가릉강을 거슬러 올라 봉안(蓬安)에 도착했다고 합니다. 봉안에서 뱃길로 왕창까지는 이틀 거리입니다. 즉, 저들과 싸우려면 그들이 왕창에 도착하기 전에 끝내야 되는데 적은 인원으로 그들과 승부를 보려면 수전밖에 없습니다."

"수전?"

"청운당은 창천문의 문도들로, 풍운당은 백무방의 문도들로 구성되어 있습니다. 두 곳 다 내륙에 위치한 곳입니다. 비록 의천맹이 무한에 있다 하나 과연 그들이 수전에 능숙하리라고 볼 수는 없습니다."

"그건 우리 또한 마찬가지일세. 대부분 바다나 강과 멀리 떨어진 곳에 있었던 문파 출신들이지."

"그래서 하는 말입니다. 의천맹 무인들을 실어 나를 수 있

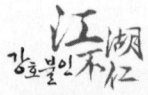

는 배를 수전에 능한 자들이 공격하고, 그들이 배를 버리고 육지에 도착하는 순간 기습을 한다면 적은 인원수로도 충분히 상대할 수 있습니다. 마침 가릉강에는 맞춤으로 기습하기 좋은 곳이 한군데 있습니다. 바로 그곳이 영우진이지요. 그곳은 갈대가 굵고 숲처럼 우거져 매복하기 좋은 곳일뿐더러 또한 늪지대이기도 합니다. 기습으로는 최적의 장소죠."

"허허. 그럼 자네는 지금껏 의천맹 무사들을 상대할 방법을 생각하고 있었단 말인가?"

"그렇습니다. 이번 싸움은 우리의 행보에 있어서 아주 중요합니다. 우리가 저들을 이긴다면, 사파인의 저력을 만천하에 알리게 되어 각지에 숨어 사는 사파인들을 격동시켜 우리 편으로 끌어들일 수 있는 계기가 됩니다. 그러나 무엇보다도 청천에 있는 무인들을 설득시키기에 승리만큼 좋은 선물도 없습니다."

"그래, 그렇지. 하지만 결정적인 문제점이 있네. 수전에 능한 자들을 어디서 구한단 말인가?"

"가릉강은 예로부터 물길이 험해 수적들이 활동하기 좋은 곳이었습니다. 형산 싸움 이후 모두 사라졌다고 하지만 아직 이름을 숨기고 사는 이들이 분명히 있을 것입니다. 그들을 찾아내야 합니다. 내 잠시 알아보니 그들 중 일부가 왕창에 살고 있다고 하더군요."

"오오, 그래? 왕창 어딘가?"

왕창에도 가릉강의 지류 중 하나인 백수(白水)가 흐르고 있었다. 그 백수에서 출발해 강을 따라 내려가면 낭중(閬中)이란 곳에서 가릉강의 본줄기와 합류하게 된다.

"백수촌에 있는 추로객잔입니다. 그곳에 예전 수채 사람들이 자주 모인다고 하더군요. 갈 노야께서 그들을 데려오십시오."

"알았네. 내일 아침 당장 달려가서 그들을 데려오겠네."

"갈 노야만 믿겠습니다."

"그러게, 나만 믿게나. 간만에 할 일을 찾았군."

갈태춘의 얼굴에 모처럼 생기가 돌았다.

이튿날 새벽 댓바람부터 갈태춘은 그의 심복인 모장척을 데리고 추로객잔에 찾아갔다.

추로(秋露)객잔.

막상 현관을 보니 객잔 이름 자체가 조금은 살풍경했다. 가을이슬처럼 허망한 게 어디 있던가. 이름에서 왠지 모를 허무가 느껴졌다.

백수촌이라는 데가 가릉강을 드나드는 배들의 기항지라서 그런지 새벽에도 객잔 안 이곳저곳에서는 선원들과 배를 타기 위해 기다리는 사람들로 떠들썩했다.

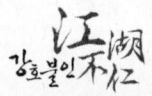

갈태춘과 모장척은 객잔 한자리에 자리를 잡고 앉았다.

잠시 후 키가 볼품없이 작고 염소수염이 인상적인 사십 후 반쯤 되는 사내가 어슬렁거리며 다가왔다.

보통 객잔에서는 젊고 빠릿빠릿한 점소이를 쓰는 것에 비추어볼 때 늙은 사내가 점소이 짓이나 하고 있는 것도 이상한데, 그 사내의 행동은 더욱 유별났다.

손에 든 술병 하나와 돼지고기를 야채와 대충 볶은 접시 하나를 탁자 위에 딱 올려놓는 것이었다. 물론 갈태춘이 시킨 적도 없는 요리였다.

성질 급한 모장척이 인상을 확 구겼다.

"이게 뭐냐?"

"보면 모르오?"

"주문한 적이 없는데?"

"여기서는 주문이고 자시고 할 것도 없소. 이것뿐이니까."

이 불친절하고 늙은 점소이는 그 말을 끝으로 몸을 홱 돌려버렸다.

"아니, 저 작자가!"

모장척이 발끈했으나 갈태춘은 점소이를 보며 오히려 빙글거렸다.

"갈 노야, 이런 모욕을 당하고도 뭘 그리 좋아하십니까?"

"모 당주, 저자의 손과 발을 봤는가?"

모장척은 패천도막의 한 당주였다. 그래서 둘이 있을 때에는 갈태춘은 그를 당주라고 편하게 불렀다.

"손발요?"

모장척은 반문하며 계산대에 허리를 걸치고 그들을 노려보고 있는 사내를 보았다. 둘의 시선이 마주쳤지만 사내는 눈길을 피하지 않았다. 모장척은 재빠르게 그의 손과 발을 살폈다.

매양 보는 사람의 손과 발이었다.

"뭐 특별한 게 없는데요?"

"눈썰미하고는……. 크기를 보게나."

모장척은 다시 한 번 그의 손과 발을 힐끗했다.

"서… 설마?"

"그거야. 손과 발이 크다는 것은 수중에서 헤엄치기 좋은 신체 조건이지. 아마 저자는 분명 가룽강 수채에 있던 자일 게야."

그다음은 일사천리였다.

주인과 얼굴을 맞대고 얘기할 수 있는 좋은 방법은 딱 하나였다. 아니, 모장척이 알고 있는 방법이라곤 딱 이것밖에 없었다.

모장척은 난동을 부려 사람들을 쫓아내었고, 점소이는 잠깐 자리를 비우더니 그 나이 또래의 사내 다섯을 대동하고 갈태춘의 자리를 에워쌌다.

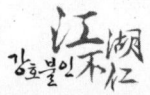

"어디서 굴러온 개뼈다귀 같은 분들인지는 모르지만 손님들의 음식 값과 부순 집기 값만 계산한다면 고이 보내주겠수다."

점소이는 심드렁하게 내뱉었다. 험한 뱃사람들이 드나드는 곳이라 이런 일을 많이 겪은 듯했다.

"예전 가릉강 수채의 용사들을 찾고 있네. 혹시 알고 있으면 말해주겠나?"

갈태춘의 말에 점소이를 비롯한 다섯 사내의 얼굴이 삽시간에 굳어졌다.

형산 이후 강호에서는 수채라는 단어는 사라진 거나 진배없었다. 수적들 중 대다수는 형산에서 죽고, 나머지들은 정파들의 무자비한 토벌을 당했다. 수적들의 마지막 버팀줄이었던 장강십팔수로채의 본산이었던 동정호 군산마저도 비룡방주 사계량의 공격에 속절없이 무너진 이후 모든 강에서 수적은 찾아볼 수 없게 된 것이다.

"노인장, 거 참 위험한 말씀을 아무렇지도 않게 말씀하시네. 의천맹이 지배하는 이 태평성대에서 왜 없어진 수적들은 찾으우?"

"필요해서지."

"뭐에 필요한 거유?"

"의천맹 청운당과 풍운당 애들 좀 사냥할까 해서 말일세."

"푸하하하!"

"크허허허!"

그들을 에워싼 다섯 사내가 어이없다는 듯 웃어댔다. 점소이는 우는 듯 웃는 듯 아리송한 얼굴로 낄낄거리더니 한 발 뒤로 물러섰다.

"일단 니들은 정신 좀 들게 맞아야겠다. 동생들, 손 좀 봐주게."

"알겠습니다, 형님."

그들은 한때 가릉수채에서 무적오흉(無敵五兇)이란 거창한 별명으로 불리던 수적들이었다. 그러나 실제로는 수중 싸움에서나 능할 뿐 무위 자체는 그다지 내세울 게 없었다.

다섯 명의 사내가 뒤춤에 꽂아놓았던 병기를 꺼내 들었다. 그것은 수적들이 주로 사용했던 한 자 길이의 분수자(分水刺)였다. 분수자는 물속에서 자유자재로 쓸 수 있도록 보통의 칼보다 도신이 좁고 끝은 더 뾰족했다.

갈태춘이 분수자를 보더니 껄껄 웃었다.

"대놓고 수적 출신이라고 선전하는 꼴이군그래."

"닥쳐라, 늙은이!"

그들은 조심스럽게 갈태춘과 모장척이 앉아 있는 탁자 주위를 돌았다. 그 꼴이 제법 오행진 비스무리한 구석이 있었다.

그러나 그들은 예전에도 시원찮은 수적에 불과했다. 섬서

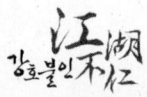

북방의 강력한 문파였던 패천도막의 태상호법과 당주의 칼을 당할 수는 없었다.

잠시 후, 그들은 혈도를 제압당한 채 바닥에 널브러져 있었다. 그리고 그 한 사내의 목에는 모장척의 도가 겨누어져 있었다.

"자, 이제 가릉강 채주였던 자를 보고 싶네."

"다, 당신들이 지금 왕창에 들어와 있다는 혈세마적(血洗魔賊)들이오?"

"혈세마적?"

"그, 그렇소. 사천 서북부를 돌면서 피를 뿌리고 다니는 자들을 그렇게 부르오."

갈태춘은 모르지만 모장척은 그 말을 들은 적이 있었다. 어느 민가의 아낙을 겁탈하던 와중에 반항하는 남편을 죽인 적이 있었는데 그에게서 그런 말로 불렸던 것이다.

"별로 감동적인 명명은 아니군. 그나저나 채주는?"

"무슨 말인지 모르겠소. 우리들은……."

"그들을 핍박하지 마시오. 당신들이 원하는 것은 나 아니오."

텁텁한 목소리와 함께 객잔 문이 열리며 육 척 키의 오십대 사내가 들어섰다. 뺨에 길게 실금처럼 나 있는 흉터가 사내의 인상을 험악하게 만들고 있었다.

"당신이 가릉강의 주인이었나?"

"그렇소. 노인장은 뉘시오? 뉘시기에 추로처럼 허망한 과거의 나를 찾는 것이오?"

추로의 뜻이 밝혀졌다.

"천무제의 제자가 당신을 보고 싶어하네."

험악한 사내의 입에서 경악성이 터져 나왔다.

"천무제?"

3

"맹주님 드십니다."

밖에서 호위의 소리가 들리자 방 안의 장로들이 엉거주춤 일어서서 문가로 시선을 돌렸다. 이윽고 문이 열리며 온정균이 들어와 자리에 앉은 다음, 손짓으로 앉으라는 시늉을 하자 장로들도 자리에 앉았다.

온정균은 장로들의 면면을 하나씩 훑어보았다. 매양 보는 얼굴들이지만 오늘만큼은 표정들이 남달랐다.

숭산파의 이억, 창천문의 윤휴, 백무방의 소적, 사천제일문중 유성문의 당호, 비룡방의 악일, 그리고 죽은 모극을 대신해서 새로 거해방에서 파견한 장로인 육상산.

그들의 표정은 하나같이 썩은 간처럼 죽어 있었다.

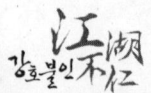

맹주령이 발동된 이후 처음으로 맹주 온정균이 소집한 회의였다. 맹주령이 발동된 이상 바칠 것만 남았지 맹에서 각 문파로 가져갈 것은 없었다.

"먼저 맹주님의 말씀을 듣기 전에 제가 한말씀 아뢸까 하오."

백무방의 소적이 일어서 포권을 했다. 이렇게 예를 차린 것도 이전까지는 없던 일이었다.

"말씀해 보시오."

"저희 백무방에서는 강호 대의를 위해 맹주령을 받아들였으나 한 가지 의문점을 제기하고자 합니다. 맹주령이 발동된 근거는 전 호위대주 이정명이 서찰로 전한 제천회의 존재입니다. 하지만 그 제천회는 서찰에서만 존재할 뿐 실체도 알 수 없는 상태입니다. 더욱이 제천회를 처음 알린 이정명에게서 저희들은 아무런 설명도 들은 바가 없습니다. 이런 상태에서 맹주령의 발동이 과연 옳은 것인지 묻고 싶습니다."

"저 또한 소 장로의 말에 동감하는 바입니다. 제천회의 실체를 직접 보여준다면 모를까, 아무런 증거도 없이 달랑 서찰 하나에 의지해 맹주령을 발동한 것은 지나친 일이 아닐까 합니다."

거해방의 장로 육상산이 일어나 소적의 말에 열렬한 동의를 표했다. 복우산에서 맺은 거해방과 백무방의 모종의 암약이 의천맹 회의실에서 드러나는 순간이었다.

"이미 맹주령은 발동이 되었고, 각 문파께서는 이의를 제기하지 않았소. 이제 와서 이러면 곤란하외다."

윤휴가 짐짓 짜증 섞인 목소리로 두 장로를 질책했다.

"그거야 이십 년 전의 맹약이니 당연히 받아들일 밖에요. 하지만 약속이 그렇다 하여 맹주령을 일방적으로 발동할 수는 없는 거 아니겠소?"

소적이 되받자 윤휴의 얼굴이 구겨졌다.

평소의 모습과는 달리 많이 화난 모습이었다.

"그러니까 맹주령으로 강호의 힘을 모아 그 실체를 밝히고 정리하자는 것 아니오? 대체 일의 선후를 알고서나 하시는 말씀이오?"

"그렇다면 각 문파의 협조를 얻어 일단 그 실체를 찾고, 만약 그런 데가 있다면 맹주령을 발동해도 전혀 문제될 것이 없소이다. 일의 선후는 윤 장로께서 모르신 듯합니다."

소적 못지않게 육상산도 결코 쉽게 물러서지 않았다.

다른 장로들은 조금씩 높아지는 그들의 목소리에 살짝 얼굴을 찌푸릴 뿐 가타부타 말이 없었다.

특히 악일은 숫제 고개를 숙이고 딴생각에 골몰하고 있었다.

그의 머리를 지배하는 것은 내일 모레 있을 비룡방 승계 문제였다. 장로회의 의결에서는 같은 머릿수를 가지고 있다 하

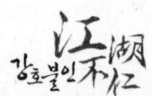

나, 예하 조직의 의견은 이미 막소유에게 기울어져 있었다.

이런 상황에서 사일중이 방주 자리를 승계하기는 요원했다. 설령 기적이라도 일어나 사일중이 방주 직을 승계한다고 해도 예하의 각 조직이 반발할 것은 빤한 일이었다.

그나마 믿었던 호위대주 황무성은 어디로 갔는지 아직까지 코빼기도 비추고 있지 않았다. 이런 상황에서 동분서주하는 것은 사일홍밖에 없었다.

사일홍은 비룡방의 장로들과 각 당의 당주들을 차례차례 만나면서 그들을 설득하고 있었지만 효과는 별무신통이었다.

"우리 숭산파는 맹주령을 받들기로 했소이다."

돌연 이억이 한마디 툭 내뱉었다.

"그게 무슨 소리요?"

소적이 외치자 이억이 손을 들었다.

"맹주 앞에서 목소리가 너무 크다고 생각하지 않소? 우리는 곧잘 과거를 잊고 사오. 이십 년 전을 생각해 보시오. 지금 맹주께서 없었다면 과연 의천맹이란 게 있을 수나 있었겠소. 벌써 사파 천지가 되어 우리는 어느 궁벽한 산속에 처박혀 분노나 곱씹고 있을 것이 분명하오."

"그때는 그때고 지금은 지금이오."

"그때 맹주께서 보여주신 지도력 탓에 우리가 지금 있는 것이오. 그런 맹주께서 함부로 맹주령을 발동하셨겠소? 우리가 미처 보지 못한 위험을 감지한 것 아니겠소?"

"지금 누가 맹주님의 지도력을 의심하는 것이오? 모두 납득할 수 있게 일을 처리하자는 것 아니오?"

"방금 그 말이 맹주의 지도력을 의심하는 말이 아니고 무엇이오? 대체 뭐가 납득이 안 간단 말이오? 우리가 각 문파에 얽매여 있는 동안 맹주께서는 수하를 시켜 강호의 위험이 될 만한 일을 알아내었소. 이 정도만 해도 우리는 맹주께 절을 올려야 하외다."

"허, 그러니까 그 위험이 뭔지 좀 보여주시오. 보기만 하면 금방 납득하겠소이다."

육상산이 기가 막힌 듯 혀를 차댔다.

"잠깐만. 내가 거해방의 육 장로에게 한마디 묻겠소."

온정균이 의자 깊숙이 묻었던 허리를 펴며 육상산에게 말문을 열었다.

"제천회의 실체를 보고 싶소?"

"그렇습니다."

"어처구니가 없구려. 이미 거해방은 제천회의 일단을 알고 있지 않소?"

"그, 그게 무슨 말씀입니까?"

"하남 진평 복우산에서 거해방이 천라지망을 펼쳤는데 그걸 무너뜨리고 혈광귀 일행을 구해간 사람이 바로 천수종가

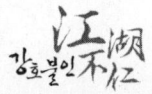

의 구방건이 아니었소? 왜 그건 말하지 않으시오."

"예옛?"

"그게 무슨 말씀입니까?"

"천수종가 구방건이 나타났단 말씀이오?"

"육 장로, 그게 사실이오?"

나머지 장로들이 놀라서 저마다 경악성을 토해냈다. 자기
만의 생각에 빠져 있던 악일마저 고개를 번쩍 들고 외칠 정도
였다.

천수종가의 구방건이 나타났다는 것은 충격적인 일이었
다. 그가 살아 있다면 결국 다른 패자들도 살아 있을 게 분명
했다.

"그, 그건……."

"또 하나 묻겠소. 거해방의 모든 문도들이 혈광귀를 포기
하고 복건으로 귀로에 올랐다 하오. 그런데 거해방주께서는
어디로 가신 게요? 아니, 왜 거해방주가 홀로 낙양으로 가고
있소이까? 나는 그 점이 궁금하오."

왜 거해방주가 낙양으로 갔는지는 육상산도 알지 못했다.
따라서 대답할 수가 없었다. 그러나 다른 장로들이 보기에는
뭔가 감추는 것으로만 보였다.

육상산이 대답을 못하는 사이 다른 장로들도 할 말을 잃었
다.

그만큼 온정균의 질문을 통해 드러난 사실은 놀라웠다.

"맹주령을 발동한 후 나는 한동안 괴로웠소. 의천맹이 세워진 지 이십 년. 강호는 그 어느 때보다 평화로운 시절을 보냈소. 그런데 그 평화가 무너지려고 하고 있소. 그러나 무엇보다 괴로웠던 것은 각 문파들이 나의 저의를 의심한다는 것이오. 내가 내 사사로운 이익을 위해 맹주령을 발동한 것으로 나를 셈해보는 그 시선이었소. 내 분명히 말하지만, 내 머릿속에는 강호의 안위와 평화. 그 외의 것은 들어 있지 않소이다."

온정균이 잠시 말을 멈추고 육상산과 소적을 쳐다보았다.

그의 시선에는 한가득 노여움이 들어 있었다.

"천수종가의 구방건이 나타났고, 그들은 무림공적인 혈광귀의 일행을 구해갔소. 이게 바로 제천회의 실체요. 그들은 한패요."

"그렇습니다."

이억이 맞장구를 쳤다.

"이제 맹주령의 권위로 제천회를 상대할 수 있도록 제일 먼저 의천맹을 전면적으로 개편하겠소."

온정균의 말은 한마디로, 지금까지 육대문파가 자기 지분을 가졌던 것을 줄이고 의천맹을 진정한 단일 조직으로 만들려는 의도였다.

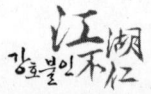

먼저 각 당별로 육대문파들이 들어 있던 것을 모두 해체한 뒤, 출신 문파를 불문하고 새로운 당으로 개편하였다.

그렇게 새롭게 만들어진 당들이 바로 의기당, 천추당, 정명당(正命堂), 명덕당(明德堂)이었다. 이름 자체부터가 유가적인 냄새, 상명하복의 냄새가 물씬 풍겨나고 있었다.

그리고 지금까지 따로 놀았던 상선당을 두 개로 나누어 현무전과 백호전을 신설하였다. 그런데 그전에는 각 문파의 후기지수들을 넣었는데, 문제는 그 의도였다.

상선당의 도가 고수들은 맹주의 직속이라고 해도 무방할 정도여서 각 문파의 후기지수들이 들어간다면 문파의 힘보다는 맹주의 힘이 더욱 크게 작용할 것이 분명했다.

다시 말하면, 온정균의 의도는 따로 떨어진 여섯 개의 반죽 덩어리를 하나로 합쳐 하나의 반죽으로 다시 만드는 것이었다.

온정균의 설명이 끝나자 그를 지지하던 장로들도 침음을 삼켰다. 그만큼 각 문파로서는 잃는 게 많은 개편이었다.

"하지만 내 분명히 약속하오. 혈광귀와 제천회를 정리한다면 다시 원상 복귀할 것이라는 것을."

그러나 과연 그럴 수 있을까?

한 번 힘을 쥔 자가 스스로 놓을지는 닥쳐 봐야 알 일이었다.

그때였다.

문이 열리며 호위 하나가 들어와 온정균의 귀에 뭐라고 속삭였다. 온정균이 잠시 생각에 잠기더니 자리에서 일어났다.

"나는 이만 가보겠소. 의문이나 조율할 사항은 윤 장로와 의논하시오."

황무성은 운기에서 깨어났다.

심장을 약간 비껴간 상처는 의외로 깊어 도형촌에서 의천맹까지 온 것만으로도 신통했다.

황무성은 쓴웃음을 삼켰다.

맞는 표현일지는 모르지만 젊은 나이에 어울리지 않게 기구한 인생이었다. 사부의 친자를 죽였고, 사형제와 칼을 겨누고 겨우 살아남았다.

하지만 이 인생은 그가 선택한, 그의 의지로 만든 인생이었기에 별다른 감흥이 없었다. 도형촌까지 가는 것이 힘들었지 막상 닥쳐서는 별다른 생각이 없었다. 이제 아무리 최악의 상황이 닥쳐온다 해도 이보다 더 나쁠 일은 없을 것 같았다.

오히려 마음속의 커다란 짐을 걷어낸 것처럼 홀가분했다. 목에 걸린 밧줄을 완전히 걷어낸 것처럼 후련한 기분이었다.

다만 걸리는 것은 막내에게 졌다는 사실이었다.

막내가 보여준 마지막 한 수.

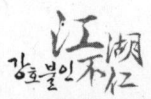

그것은 정말 경악스러울 정도로 가공한 한 수였다.

황무성은 눈을 감고 마지막에 보여준 막내의 한 수를 다시 반추했다. 잊지 않기 위해서였다. 절대 잊어서는 안 되었다. 오래도록 연구하다 보면 파훼할 수 있는 방법이라도 찾을 수 있을지 몰랐다.

이제 막내와는 적이 되었다. 다시 만나게 될지는 모르지만 다시 그 가공할 한 수를 접하게 될지 몰랐다. 미리 대비해야만 했다.

그때 문이 벌컥 열리며 온정균이 들어섰다.

황무성은 침상에서 내려섰다. 심장이 욱신욱신 아려왔으나 겨우 참아내고 침상에 내려서 길게 읍을 했다.

온정균은 황무성의 고통에 일그러진 얼굴을 보고서도 제지하지 않았다.

황무성이 허리를 들자 온정균이 싸늘하게 물었다.

"유 호법은?"

"혈광귀에게 그만……. 죄송합니다."

"임무는 완수했느냐?"

"천무제의 자식은 죽였으나 부인과 화산사수 중의 하나는 처리하지 못했습니다."

온정균은 이미 도형촌의 상황을 알고 있었다. 황무성이 떠난 후의 일까지 알고 있었다. 부인은 스스로 목숨을 끊었고,

그 뒤를 따라 명호 도장도 스스로 혈맥을 끊고 자진했다는 사실을.

"못난 놈."

온정균은 차갑게 말하고는 뒤도 돌아보지 않고 나가 버렸다.

"후후."

멋모르고 보여준 무공 초식 하나 때문에 두고두고 온정균의 눈 밖에 난 사실이 새삼 씁쓸했다.

하지만 황무성은 그다지 염려하지 않았다. 온정균의 충복이 되기 위해 들어온 의천맹이 아니었다. 그를 쓰러뜨리고 그 자리에 앉기 위해 들어온 의천맹이었다.

"맹주, 이 수모는 꼭 되돌려주지. 기대해도 좋소. 후후후."

사일홍이 황무성을 찾아온 것은 해시 초였다.

"늦은 시간에 찾아와서 미안해요. 그나저나 부상을 입었다던데 몸은 괜찮은가요?"

"예. 염려하실 바는 못 됩니다."

"다행이네요."

'다행이지. 다행.'

황무성은 쓴웃음을 삼켰다.

"그보다 방 내 문제는 어떻게 돼가고 있습니까?"

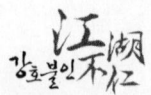

단도직입적으로 물었다. 그녀가 그를 찾은 이유는 그거 하나 때문이었으니까.

"최악이에요. 희망이 보이지 않습니다."

"그럼 막소유란 자가, 죄송합니다. 막 호법이 방주가 되시는 겁니까?"

사일홍은 입술을 깨물며 힘없이 고개를 끄덕였다.

"그럼 막 호법만 없으면 문제는 깨끗하게 해결되겠군요."

"예? 무슨 말씀이신지?"

"아가씨께서 들으신 그대로입니다. 막 호법만 없다면 사공자께서 방주가 되실 것은 자명한 사실 아닙니까?"

사일홍은 그 말의 의미를 알아들었다. 막소유의 제거. 분명히 명쾌한 해법이었지만 그것은 불가능했다. 그를 죽이자면 정식으로 비무를 청하든지, 그가 먼저 칼을 들고 나서는 수밖에 없는데 둘 다 그럴 리가 없었다.

비무야 막소유가 거절하면 되고, 이미 대세가 자신에게 기운 마당에 막소유가 칼을 들고 방 내 반란을 획책할 일도 아니었다.

그럼에도 황무성은 아무렇지도 않게 막 호법의 제거를 말하고 있었다. 그렇다면 가능하다는 의미인가?

"어떻게……?"

"전 아가씨에게 청혼을 했고, 아직 그 대답을 듣지 못했습니다."

"……."

"……."

짧은 침묵이 흘렀다.

사일홍이 고개를 끄덕였다.

"우리 오라버니를 방주로 만들어준다면 당신과 기꺼이 혼인하겠어요."

"제가 듣고 싶었던 대답이었습니다. 내일 막소유는 비룡방에서 사라져 있을 것입니다. 아가씨, 염려 마시고 가서 기다리시지요."

황무성이 그녀의 손을 잡았다.

사일홍은 잠시 움찔했으나 그냥 그대로 있었다.

황무성의 손이 무척 차갑다는 생각이 들었다.

부하가 약전에서 얻어온 마취산을 상처에 뿌렸다.

마취산은 두 가지 용도가 있었다. 상대를 일시에 가사 상태에 빠뜨리는 효과와 함께 또 하나는 상처 부위에 뿌리면 일시적으로 고통을 없애준다는 것이었다. 물론 그 효과만큼 상처는 더디게 낫는 부작용은 감수해야 했다.

다시 붕대를 칭칭 감은 황무성은 웃옷을 입곤 준비해 놓은 복면을 품속에 넣고 문을 나섰다.

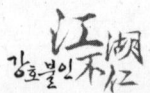

의천맹에서 비룡방이 있는 단풍까지는 오십 리 정도 되는 길이었다. 의천맹을 나선 황무성은 삼각 정도 시간이 흐른 뒤에 비룡방의 담을 넘었다.

　비룡방의 경계는 허술한 편이었다.

　방주 승계 문제로 시끄러운 탓도 있겠지만 설마 누가 감히 비룡방을 넘어 들어올 수 있겠냐는 자만 탓도 있었다.

　황무성은 복면을 쓰고서 얼음에 미끄러지듯 유유하게 막소유가 거주하는 호법전까지 스며들어 갔다. 송정파가 운정기공이라 이름 붙였던, 기척을 숨기는 잡기가 그에게 커다란 도움을 주었다.

　황무성은 호법전 앞 나무 위로 슬쩍 올라선 다음 숨을 골랐다.

　'단 한 수야.'

　조용히 끝날 일은 아니었다.

　그는 살수가 아니었다. 어둠처럼 스며들어 죽음만을 남겨둔 채 사라지는 그런 살수가 아니었다.

　그렇다면 단 한 수로 끝장을 봐야 했다. 가슴의 부상도 신경이 쓰였고, 또 한 수를 벗어난다면 분명 막소유의 반격이 있을 테고, 그렇다면 비룡방 전 문도들이 몰려올 것은 명약관화였다.

　천무삼결은 쓸 수가 없었다.

어떡하든지 그 혼적은 남을 것이고, 맹주처럼 뭔가를 찾아낼 것이다.

황무성은 이윽고 결정을 내리고 고양이처럼 슬며시 나무를 내려왔다. 호위는 보이지 않았다.

호법전의 문을 열고 슬며시 안으로 들어갔다.

"웬 놈이냐?"

침상에서 막소유가 벌떡 일어나며 어느새 검을 빼 들고 있었다. 역시 일문의 호법은 아무나 하는 것이 아니었다.

"미안하지만 당신은 좀 죽어줘야겠소."

"죽어? 담소기가 보내서 왔느냐?"

"그딴 거 알아서 뭐 하겠소. 단 한 수요. 잘 받아보시오."

황무성은 검을 앞으로 내뻗으며 단숨에 내리그었다.

비정무설 삼초인 설중불망이었다.

그의 검에서 검환들이 후드득 우박처럼 강맹하게 쏟아져 내리더니 이내 좁은 방 안은 새끼손톱만 한 우박들로 가득 찼다. 호운이 펼쳤을 때는 그저 하느작거리던 눈발이 황무성이 펼쳤을 때는 우박으로 화해 있었다.

막소유의 눈은 이미 절망으로 물들어 있었다.

그가 검을 쥐고 취한 자세는 해룡전주 손구홍이 취한 검형 무궁의 제일초, 검천합벽이었다. 비록 만왕검부의 오대검호에는 들지 못했으나 강호의 고수로 군림하던 막소유였다. 그

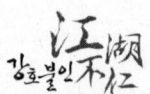

러나 그 벽은 황무성의 검환 앞에서 너무나 무력했다.

쾅쾅!

"크하하하학!"

막소유의 비명 소리가 폭음에 묻혔다. 그 틈에 황무성은 온 몸의 내력을 다리에 모으고 호법전을 빠져나갔다. 그리고 한 마리 비조처럼 어둠의 천공 속으로 파묻혀 버렸다.

4

"출발!"

닻이 고물에 얹히자마자 배는 천천히 선착장을 떠나기 시작했다. 때마침 순풍이 불어 돛이 한껏 부풀어 올랐다.

배는 배 밑바닥을 뾰족하게 세운 상선이었지만 지금은 사람들을 싣고 있었다. 혈세마적으로 이름 붙여진 사파의 무리들을 처단하기 위한, 청운당, 풍운당 각각 백 명의 무사들이었다.

선두에서 선 배 이물 위에는 청운당주와 풍운당주가 나란히 서서 가릉강의 주변 풍경을 완상하고 있었다.

산악 지역을 흘러내리는 가릉강답게 주변 경치는 일품이었다. 호사가들이 흔히 드는 장강삼협에 못지않은 풍경들이 조금씩 뒤로 멀어지고 있었다.

당당한 체구에 짙은 흑발을 단정하게 뒤로 묶고 영웅·건까

301

지 멋들어지게 질끈 묶은 청운당주 여구관(閭丘冠)이 먼저 입을 열었다.

사십을 한 해 앞둔 그는 창천문 출신으로 풍운당주로 임명된 고창명과는 동문수학한 처지였다. 하지만 나이는 고창명이 많아 존대를 하고 있지만 일찍이 뛰어난 무위로 청운당주까지 오른 인물이었다.

"고 선배, 혈세마적들이 왜 왕창에서 움직이지 않을까요?"

"여기 있는 내가 그걸 어찌 알겠나. 자넨 뭐 짐작 가는 것 없나?"

"그들도 분명히 우리가 그들을 치러 간다는 얘기를 들었을 겁니다. 그럼 더 빨리 이동해서 도망치거나 아니면 우리와 결전을 벌이거나 둘 중의 하나겠죠."

"후자면 좋겠군. 몸이 근질근질하다네."

"후자면 좋겠다가 아니라 후자일 가능성이 농후합니다. 저들도 뭔가 대비책을 세우는 모양입니다."

"그럼 우리는 어떻게 했으면 좋겠나?"

"그걸 모르니 답답한 겁니다."

"그럼 하나마나한 얘기만 늘어놓은 것 아닌가?"

"일단 다음 기착지인 낭중에 내려서 부하들을 풀어 알아봐야겠습니다."

"그럼 청운당의 인원을 쓰게. 난 굴러온 돌이라서 별로 따

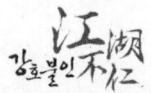

르질 않는다네."

고창명이 고소를 머금었다.

지금 그의 고민은 한낱 날뛰는 사파의 무리들이 아니었다. 명색이 풍운당주로 임명되었지만 풍운당의 무사들은 고창명을 당주로 인정하지 않고 있었다.

전 당주였던 사황추가 그의 담백한 인품으로 풍운당을 관리한 것도 있었지만 무엇보다도 대부분이 백무방 출신인 무사들은 창천문의 고창명을 받아들일 수가 없었던 것이다.

그렇다고 무위를 앞세워 그들을 굴복시킬 수는 없었다. 육대문파의 하나인 백무방이 떡 버티고 있는 한 백무방의 무사들을 함부로 대할 수는 없는 법이었다.

오직 그들과 함께 섞일 수 있는 시간만이 답이었다.

그래서 답답했다.

"알겠습니다. 그런데 천하의 고 선배가 이런 고민이나 하고 있으니 어울리지 않습니다."

"차차 나아지겠지."

"이곳입니다."

험악한 사내, 가릉강의 전 채주 장노수(張老水)는 한곳을 가리켰다. 양안의 폭은 좁았지만 물은 평온하고 잔잔하게 흘

303

러가는 곳이었다. 이곳은 영우진에서 북쪽으로 일 리 정도 떨어진 장소였다.

"물이 잔잔한 것은 좋으나 너무 맑고 깨끗해서 수부들이 노출되지 않겠소?"

"그런 염려는 붙들어 매십시오. 겉으로는 평온하고 잔잔해 보여도 조금만 들어가면 급류가 흐릅니다. 그래서 이곳부터는 돛에 부는 바람으로는 올라갈 수 없습니다. 노를 저어야 하지요. 노를 젓는다는 것은 그만큼 힘이 드는 일입니다. 물속까지 살필 겨를이 없을 것입니다. 과거 저희가 가릉강에서 사업을 벌일 때 주로 일하던 곳이 바로 여기입니다."

"그렇소?"

"예."

장노수는 여관일을 보고 씩 웃었다.

한때 가릉강의 주인이었던 과거를 추로처럼 허망하게 여기던 장노수는 천무제란 말에 화들짝 깨어나 옛날의 활기를 되찾기 시작했다.

"그리고 강 양편을 보십시오. 갈대숲이 무성하고 그 뒤편은 평탄하나 늪지입니다. 우리는 갈대숲에 숨어서 배가 가라앉아 헤엄쳐 나오는 적들을 공격하고 신속하게 빠지면 됩니다."

그것은 이미 여관일의 머릿속에 들어 있던 계획이었다. 그

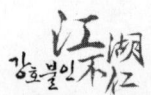

러나 여관일은 마치 좋은 계획이라도 들은 듯이 연신 감탄을 터뜨렸다.

"오, 과연 좋은 계책입니다."

"하하하. 별말씀을."

"장 채주님, 그럼 여기서 일단 타격을 한 다음에는 어떻게 해야 되겠습니까?"

"저기를 보십시오."

장노수가 손가락으로 한곳을 가리켰다.

끝없이 펼쳐진 늪지대가 끝나는 곳에 불쑥 산봉우리 하나가 솟아 있었다.

"저 산을 향로봉이라고 합니다. 향로를 엎어놓은 듯한 형상이라서 붙은 이름이지요. 그런데 저 산자락이 바로 늪지대와 바로 연결이 됩니다. 가릉강이 범람하면 저 산자락 밑에까지 넘실대지요. 의천맹 놈들은 아마 뭍으로 올라오자마자 늪지대에 빠져 허우적거리다 어느 정도 익숙해지면 저 향로봉을 향해 달려갈 것입니다. 우리는 향로봉 산자락에서 달려오는 적들을 그저 사냥만 하면 되겠지요."

"좋군. 그렇다면 의천맹 놈들은 숨 돌릴 사이도 없이 당하겠지."

"그런데 문제가 하나가 있네."

"뭡니까, 갈 노야?"

"늪지가 힘든 것은 우리들도 마찬가지일세. 신법만으로 늪지를 통과할 사람은 그다지 많지 않네."

"하하하. 걱정 마십시오. 제가 다 준비해 놓겠습니다."

"뭘?"

"두고 보십시오."

장노수는 만면에 득의의 웃음을 지으며 손바닥을 비볐다. 그 모습이 이미 승리한 장수의 모습처럼 의기양양해 보였다.

낭중에 잠시 정박한 여구관은 주변에 부하들을 풀어 왕창에 머물고 있다는 혈세마적들의 소식을 수소문했다.

자고로 세상에서 가장 빠른 것은 사람들의 말이었다. 이곳저곳을 드나들다 보면 여러 소식을 듣기 마련이었다. 더욱이 지금 가장 공포의 대상인 혈세마적들의 얘기라면 돈을 주고서라도 들으려는 인물들이 허다했다.

그러나 별다른 이상한 징후는 없었다. 그들은 왕창의 외곽 장원 하나를 털어 그곳에 처박힌 후 전혀 밖으로 나오고 있지 않다는 것이었다.

여구관은 부하들이 전하는 말을 들으면서 고개를 갸웃했다.

그들이 왕창을 벗어나지 않았다는 것은 그대로 일전을 불사하겠다는 의미였다. 그러나 인원수만 봐도 그들은 기껏 백여 명이었고 청운당과 풍운당은 정예 이백이었다. 뭔가 믿는

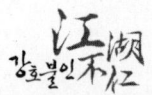

구석이 없다면 무모한 의지였다.

뭔가 느낌이 좋지 않았다. 하지만 그 불길한 느낌이 어디서 오는지 딱 꼬집어내라면 딱히 말할 건덕지가 없었다.

낭중을 다시 출발하여 백수를 타고 왕창으로 향하였다.

여구관의 불안한 마음과는 달리 열 척의 배는 순풍에 돛 단 듯이 왕창을 향해 나아갔다. 이윽고 배가 영우진을 벗어나자 선원들이 서둘러 뱃전으로 나와 노를 잡았다.

"왜 그러는가?"

"여기서부터는 노를 저어서 올라가야 합니다."

여구관은 돛을 올려다보았다. 바람을 받아 한껏 부풀어 올라 있었다.

"이곳은 겉으로는 잔잔해 보이나 한 자만 들어가도 급류가 흐르고 있습니다. 그 급류의 힘을 바람이 이길 수는 없지요."

선원은 급하게 설명한 다음 노를 젓기 시작했다.

뒤따르는 모든 배들도 노를 내리고 힘껏 내젓고 있었다. 그때, 한 배에서 고창명이 몸을 솟구쳐 여구관이 있는 배로 날아와 내렸다.

"저길 보게."

여구관은 고창명이 가리키는 곳을 보았다.

갈대가 우거진 숲 뒤로 넓은 평지가 펼쳐져 있었다.

"선원에게 물어보니 저 평지는 다 늪이라고 하더군. 기습하기 좋은 곳 아닌가?"

불길한 느낌이 되살아났다.

여구관의 심장이 두근거리기 시작했다.

여구관은 다급하게 소리를 질렀다.

"배를 멈춰! 노를 놓아라! 배를 멈춰라!"

그러나 이미 늦었다.

갑자기 배가 한쪽으로 쏠리기 시작했다. 뒤에 있는 배들도 마찬가지였다.

선원 하나가 다급하게 외쳤다.

"배에 구멍이 뚫렸다! 구멍이 뚫렸다!"

"배를 버려라! 배를 버리고 뭍으로 올라라!"

여구관이 기울어가는 배의 돛대로 훌쩍 올라가서 뒤쪽의 배를 향해 외쳤다. 그의 외침에 따라 각 배에 타고 있던 무사들이 물속으로 풍덩 뛰어들더니 갈대숲을 향해 헤엄치기 시작했다.

그들이 헤엄을 쳐서 갈대숲에 이를 무렵쯤 살육이 시작되었다.

"크악!"

"켁!"

갑자기 갈대숲에서 기다란 창이 쑥 튀어나와 막 갈대를 잡고 올라서려는 무인들의 목을 꿰어버렸다.

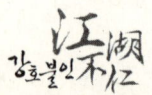

"매복이다!"

"신법을 펼쳐라!"

그러나 그것은 하나마나한 명령이었다. 물속에서 발 디딜
데도 없는데 신법을 펼칠 수도 없고, 신법을 펼치기 위해서는
갈대숲에 가야만 했다. 설상가상으로 갈대숲에 접근할 수 없
게 된 이들은 물속에 머물 수밖에 없었는데 대부분 수영에 서
툰 내륙 출신들이었다.

그러나 물속에는 배에 구멍을 뚫었던 열 명의 전직 수적들
이 있었다. 그중에는 추로객잔의 점소이와 모장척에게 제압
당했던 무적오흉도 끼어 있었다.

그들은 물속을 자유자재로 오가며 허우적거리는 무인들의
발목만을 싹둑싹둑 베어갔다.

"크아아아악!"

"으아악!"

차라리 단숨에 목숨을 잃었다면 나았으리라. 발목만을 베
어가는 바람에 그들의 고통을 말할 수 없었고, 점점 물에 잠
기어갔다.

무인으로서는 수치스럽게도 익사였다.

진퇴양난.

몇몇 무인들은 머리를 써서 죽은 동료의 시체를 밟고 갈대
위로 뛰어올랐다. 그러나 이들도 죽음을 피할 수는 없었다.

갈대숲에서 다시 서너 자루의 칼들이 삐죽 튀어나와 그들의
다리를 베어버렸다.

"으헉!"

"악!"

"이런!"

고창명이 막 물속에 잠겨가는 돛대 끝을 밟고 창이 튀어나
왔던 갈대숲을 향해 신형을 날리며 검을 날렸다.

그의 검에서 강맹한 검기가 튀어나와 갈대들을 쓸어갔다.

쾅!

쾅!

폭음과 함께 검기에 쓸린 갈대들이 허공에 흩날렸다. 그러
나 창만 남아 있고 정작 매복자들은 없었다. 그래도 고창명이
열어준 갈대숲으로 무인들이 기어오르기 시작했다.

쾅쾅!

다른 쪽에서는 여구관이 길을 열고 있었다. 고창명과 여구
관이 나서자 갈대숲에서 더 이상의 공격은 없었다.

"사, 살려줘!"

"크억!"

그 와중에도 물속에서는 살육이 진행되고 있었지만 어떻
게 도와줄 방법이 없었다.

"포기한다. 신속하게 갈대숲을 빠져나간다."

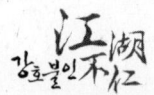

고창명과 여구관이 앞장서서 갈대를 베어가며 앞으로 전진했다. 얼마나 많은 갈대였는지 반 각이 지나서야 겨우 갈대숲을 벗어날 수 있었다.

둘은 주위를 돌아보았다.

공포에 질린 무인들이 서 있었다.

그래 봐야 겨우 백 명 정도. 나머지 백 명은 수장되거나 갈대숲에서 목숨을 잃은 것이다.

뿌드득!

고창명과 여구관은 동시에 이빨을 갈았다. 어이없는 참패였다.

"당주님, 저길 보십시오."

끝없이 펼쳐진 평원 위를 한 떼의 무리들이 달려가고 있었다. 매복자들이 분명했다.

"저들을 쫓는다."

고창명이 몸을 날리며 앞으로 나아갔다. 그러나 그는 곧 발밑의 감촉이 이상함을 느낌과 동시에 한 선원의 말이 떠올랐다.

늪.

단순한 습지가 아니었다. 발이 닿자마자 마치 땅속에서 누가 잡아당기기라도 하듯이 푹푹 빠져들었다.

그도 그럴 것이, 수천 년 동안의 범람과 가뭄으로 만들어진 늪이었다.

"조심해라! 최대한 내력을 두 다리에 분산시키고 천궁심법
을 운용하라!"

여구관이 청운당의 무사들에게 소리를 질렀다.

그러나 고창명은 뭐라 지시할 게 없었다. 그는 창천문이었
고, 부하들은 백무방도들이었다. 백무방 무공의 세세한 부분
을 알 리가 없었다.

그래도 뭐라도 해야 했다.

그는 풍운당주였다.

"풍운당은 들어라. 내공 운용은 같다. 내력을 두 다리에 분
산시키고 사문의 심법을 운용하라!"

"예엣!"

위급한 상황이었는지 고창명의 말에 무조건 고개를 돌리
고 보던 풍운당 무인들이 힘차게 외쳤다.

그래도 희생자는 벌써 나왔다. 그중에서도 신법이 떨어지
는 자이거나 아까 부상을 입었던 자들은 벌써 명부 같은 늪
속에 잠겨가고 있었다.

"크윽!"

무사들이 피눈물을 흘리며 늪 위를 날아가기 시작했다. 그
러다 문득 매복자들은 어떤 방법을 썼기에 이 늪을 미끄러지
듯 아무렇지도 않게 통과하고 있는지 의문이 들었다.

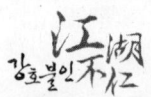

"준비해라!"

모장척이 산자락에 올라서며 발에 묶었던 대나무를 벗어 던졌다. 그것은 앞을 약간 휘게 만든 대나무였다. 눈이 많은 산간 지방에서 눈길을 달릴 때 쓰는 물건이었다.

오십여 명의 무인들은 향로봉의 산자락에 올라서자마자 신속하게 숲을 향해 뛰어 올라갔다.

이윽고 잠시 후, 구십여 명쯤 되는 무인들이 산자락 앞까지 다가왔다.

"발사!"

갈태춘의 목소리가 들리면서 갑자기 숲 쪽에서 화살이 날 아들었다.

"으악!"

"으헉!"

"크하하학!"

막 죽음의 늪지를 벗어났다고 안심하던 의천맹 무인들이 다시 허공을 빼곡 채운 화살에 고슴도치가 되며 늪 속에 빠져 들었다. 미처 손쓸 틈도 없었다.

"멈추지 마라!"

여구관과 고창명이 앞으로 빠르게 튀어나가며 검을 빙글 빙글 돌렸다. 검기가 가득 피어오른 그의 검은 어느새 하나의 막을 치고서 화살을 튕겨내고 있었다.

그사이에 무인들은 자신을 향한 화살만을 쳐내며 산자락에 오를 수 있었다.

그런데 그들이 산자락에 오르자마자 빗발치던 화살이 뚝 멈췄다.

정적.

잠시 바위나 나무 뒤에서 어디서 다시 날아들지 모를 화살을 경계하던 무인들이 서서히 몸을 드러냈다.

여구관은 털썩 주저앉았다.

대충 헤아려 보니 청운당의 무인은 겨우 서른셋만 살아남았다. 풍운당은 그나마 일곱이 적은 스물여섯이었다.

칼 한 번 맞대보지 못하고 부하의 칠 할을 잃고 말았다.

완전한 참패였다.

회복할 수 없는 참패였다.

여관일은 향로봉 정상에서 아래를 내려다보고 있었다. 그의 뒤에서는 혈세마적들이 대소를 터뜨리며 내려가고 있었다.

이윽고, 산자락에 망연자실하게 앉아 있던 의천맹 무인들이 조심조심 숲으로 들어가는 것이 보였다.

여관일은 한 발 내딛어 그쪽을 향해 나아가려다 문득 동작을 멈췄다.

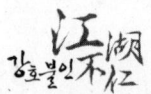

"이만하면 됐겠지. 이제 청천인가?"

문득 머릿속에 한 여자가 떠올랐다.

소일향.

"과연 다 익힐 수 있을까?"

그러기를 빌었다. 왠지 그녀와는 어떤 끈으로 이어진 것 같은 느낌을 받았다. 그런 느낌이 아니었다면 그녀를 찾아가지도 않았고, 무공도 알려주지 않았으리라.

여관일은 빙글 몸을 돌려 산을 내려가기 시작했다.

5

몸은 만신창이가 되어 있었다.

채 아물기도 전에 돌이 박힌 어깨에서는 계속해서 피가 찔끔찔끔 흘러나왔고, 복부의 상처도 깊었다. 거기다가 죽도록 신법을 펼쳐 달려왔으니 몸이 성할 리가 없었다.

하지만 그런 수고에도 불구하고 복우산에는 개미새끼 한 마리도 보이지 않았다. 이곳저곳 무인들이 지나간 흔적과 천막이 놓인 자리만 있을 뿐이었다.

호운은 잠시 계곡가에 앉아서 상처를 씻어내고 금창약을 바른 다음 운기를 시작했다. 마음만 급하다고 서둘 일이 아니었다.

소주천에 이어 대주천까지 한 차례 마치자 어느 정도 기력이 조금씩 돌아왔다. 호운은 지체할 것도 없이 복우산과 제일 가까운 현인 진평으로 달려갔다.

진평객잔.

호운은 문을 열고 들어서다 다시 나왔다. 사람들이 없었다. 하긴 해가 아직 강렬한 빛을 뿌리고 있는 오후였다. 사람들이 객잔에 모일 리가 없었다.

호운은 그 맞은편의 객잔을 향해 걸어갔다.

지나가던 사람들이 그를 보고는 슬금슬금 피하는 기색이 역력했다. 호운의 옷차림은 그야말로 목불인견이었다. 이곳저곳 구멍이 뚫려 누더기나 매한가지였다.

객잔 문을 열자 탁자 두 개가 차 있었다.

한 탁자에는 무인인 듯한 사내 셋이 이른 술을 치고 있고, 다른 탁자에는 온화하게 생긴 노인 하나와 경장 차림의 여인이 앉아 소면을 먹는 중이었다.

호운은 망설일 것도 없이 세 사내에게로 갔다.

"뭐 하나만 물어봐도 되겠소?"

세 사내는 웬 거지 차림의 사내가 말을 건네자 못마땅한 시선으로 치어다보았지만 선선히 응대해 주었다.

"무슨 일이오?"

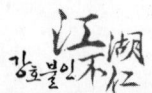

"혹시 복우산 일이 어떻게 된지 아시오?"

"자세히는 모르나 대충은 알고 있소."

"말씀해 주시오."

"말해주는 것은 어렵지 않으나……."

사내가 빙글거리며 술병을 잡고 흔들었다. 호운은 품을 만져 봤으나 돈이 있을 리가 없었다. 돈을 넣어뒀던 봇짐은 초마승이 공격했던 관제묘에 놔두고 온 탓이었다.

"지금은 돈이 없소. 나중에 꼭 사드리겠소."

"나중에? 나중이란 말이 있었나?"

"하하하."

"낄낄낄."

사내들이 재미있다는 듯이 웃어댔다.

호운은 망설일 것도 검을 뽑아 휘둘렀다.

"크악!"

피가 확 튀며 술병을 흔들던 사내의 손이 허공에 튀어 올랐다.

"이젠 말할 수 있겠지?"

"크하하학!"

그러나 사내는 연방 비명만 질러댈 뿐이었다. 호운은 검을 들어 옆 사내에게 겨눴다.

"이번엔 목이다."

"마, 말하겠소."

사내가 공포에 질린 얼굴로 더듬거리며 천수종가 구방건이 나타나 옥수공을 비롯한 혈광귀 일행을 구해갔다는 것부터 거해방이 천라지망을 풀고 복건으로 되돌아갔다는 것까지 죽 늘어놓았다.

"내 팔, 내 팔! 아아악!"

말을 마친 사내는 연신 비명을 질러대는 사내를 다른 사내와 부축하며 재빨리 객잔 밖으로 뛰쳐나갔다.

호운은 의자에 털썩 주저앉았다.

한시름 놓였다.

구방건은 제천회에 반대한 인물이었다.

그가 무슨 연유로 송정파와 야왕 일행을 구해갔는지는 모르지만 최소한 위험할 것 같지는 않았다.

그러면 되었다.

자신이 할 수 있는 일은 여기까지였다.

피로가 몰려왔다.

이틀 반나절 동안 자지 못한 잠이 한꺼번에 쏟아져 내리고 있었다.

"자네, 아주 잔인한 놈이구먼."

호운은 억지로 고개를 들었다. 온화한 인상의 노인이 잔뜩 미간을 찡그린 채 그를 쳐다보고 있었다.

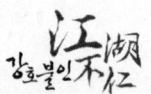

"할아버지."

그 옆에 경장 차림의 여자가 노인을 말리고 나섰지만 노인은 그 팔을 뿌리치고 숫제 벌떡 일어나 호운의 앞으로 다가왔다.

"좀 놀렸다고 대뜸 사람의 생팔을 잘라내다니, 그게 어디 사람이 할 짓인가?"

"꺼지시오. 내 칼은 나이를 몰라보니까."

"허. 이런 죽일 놈을 봤나!"

"할아버지!"

"나, 혁련강이 칠십을 살아오면서 손자뻘도 안 되는 놈한테 협박까지 받을 줄은 몰랐구나. 어디 한번 내 팔도 잘라보려무나."

노인은 호운의 앞으로 오른팔을 쑥 내밀었다.

호운은 그 팔 끝에서 약냄새를 맡았다.

'의원? 혁련?'

"노인, 혹시 서안의 혁련의가 사람 아니시오?"

"그렇다. 이놈아, 내가 혁련의가의 가주 혁련강이다."

혁련의가의 혁련강.

강호에 의술로 이름을 날리고 있는 세가가 바로 혁련의가였다.

혁련의가는 특이하게 일반인의 병보다는 무인들의 상처나

내상을 전문적으로 다루는 곳이었고, 그런 전통이 이백 년이나 이어져 무인들의 웬만한 상처나 내상쯤은 손쉽게 치료했다. 늘 부상을 달고 사는 강호인들에게 있어 혁련의가는 사막의 녹주 같은 곳이었다.

그 당대 가주가 바로 혁련강이었다. 혁련강은 혁련의가에서 배출한 최대의 기재로, 그가 제조한 대라금환(大羅金丸)은 소림의 대환단에 버금가는 약효를 가지고 있다고 알려져 있다.

그런 그이다 보니 강호인들도 감히 혁련강을 핍박할 생각은 아예 하지도 못하고 있었다. 그에게 밉보이면 결정적인 순간에 과연 치료해 줄 것인가. 목숨이 두 개이지 않는 한 아끼고 아껴야 할 게 바로 목숨이었다.

"노인장, 그럼 혹시 옥수공을 치료할 방법을 아시오?"

"옥수공?"

"그렇소. 옥수공."

"그, 그럼 네놈이 그……."

"그렇소. 내가 바로 피에 미친 혈광귀요."

"껄껄껄. 그 유명한 놈을 이런 데서 보다니 참으로 운이 좋구나."

"잡소리 집어치우고, 옥수공을 치료할 수 있소?"

"갈! 네놈이 천무제의 제자든 혈광귀든 뭐든 감히 노부에

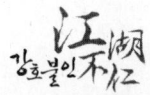

게 그따위 망발을 할 수 있느냐? 이런 쳐 죽일 놈 같으니라구."

혁련강은 갑자기 길길이 날뛰기 시작했다. 강호에 알려진 명성과는 달리 자발없는 노인네처럼 보이기만 했다. 아무리 그래도 그렇지, 무림공적 앞에서 고까운 소리 좀 들었다고 저리 날뛸 노인은 흔치 않았다.

"할아버지!"

급기야 경장 차림의 여자가 삿대질을 해대며 날뛰는 혁련강을 붙잡아 자리에 앉혔다. 그리고는 얼른 호운에게 허리를 숙였다.

"죄송해요. 할아버지가 워낙 자존심이 세신 분이라……."

경장 차림의 여인은 수수한 얼굴이었다. 하지만 어딘지 모르게 호운은 그녀에게서 사부의 부인을 떠올렸다.

호운은 고개를 흔들었다.

그것이 여인에게는 자신의 사과를 거절한다는 의미로 받아들여졌는지 얼굴이 새파랗게 질렸다.

"옥수공을 치료할 방법이 있소?"

"예? 전 자세히는 모르지만 분명 방법이 있을 거예요."

"정말이오?"

"예. 할아버지라면 가능할지도 모르겠어요."

"저 천하의 막돼먹은 놈. 감히 노부한테 잡소리를 집어치워! 에라이, 이 벼락 맞아 죽을 놈아!"

"언젠가 옥수공을 익힌 여자가 찾아가면 꼭 치료해 주시오. 당신 할아버지를 살려준 대가로다가 말이오."

"예? 예, 감사합니다. 감사합니다."

"뭐가 감사해! 저런 천하의 버릇없는 놈에게 왜 고개를 숙여!"

호운은 일어나 객잔 문 쪽으로 걸어갔다.

그런 그를 여인이 불렀다.

"저기, 어디 다치신 듯한데 이걸 쓰세요. 혁련의가에서 제조한 금창약입니다."

여자는 작은 곽 하나를 내밀었다. 향긋한 냄새가 코를 찔렀다.

"고맙소."

호운은 사양하지 않고 그것을 받아 품에 넣고는 빠르게 객잔을 빠져나갔다.

그 뒤로 여인의 앙칼진 목소리가 들려왔다.

"할아버지! 제발 성질 좀 죽여요! 미쳤어요? 혈광귀한테 이놈저놈이 다 뭐예요?"

오늘은 다행히 초마승이 보이지 않았지만 그는 결코 포기하지 않을 것이다. 호운은 진평을 빠져나와 천천히 북상했다.

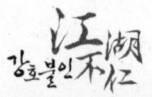

그리고 진평 외곽의 노석평을 벗어날 즈음 그를 기다리고 있는 한 떼의 무인들을 만났다.

적발의 사내와 서른두 명의 백의인들. 그리고 오십여 명의 흑의인들이었다. 그들은 바로 적인걸과 그의 수하들이었다.

"나 사숙의 말이 맞았다. 복우산 근처에서 기다리면 혈광귀를 만날 거라더니. 참으로 네놈 보기를 학수고대했다."

"길을 막으면 죽는다."

"죽어? 크하하하하!"

적인걸이 앙천대소를 터뜨렸다.

그가 웃는 동안 어디선가 속삭이는 듯한 목소리가 들려왔다.

"이거 재밌어지는군."

초마승의 목소리였다.

여전히 방향은 짐작할 수 없었다.

"저 붉은 머리도 자네 못지않은 무위를 가진 듯싶은데……. 혈광귀, 힘들겠군. 저자도 막아야지 나도 막아야지. 이거 아주 흥미로워."

그 말을 끝으로 초마승의 소리가 멀어져 갔다.

이윽고, 적인걸이 웃음을 뚝 그치고 핏빛으로 물든 눈을 희번덕거렸다.

"사부와 내 아우의 목숨을 오늘 보상받겠다."

호운은 처음으로 절망이란 게 어떤 느낌인지 알 것 같았다.

그래도 어쩔 수 없었다.

혼자서 헤쳐 나가야만 하는 상황이었다.

호운의 손에 들린 검에 저물어가는 황혼이 살포시 내려앉았다.

『강호불인』 4권에 계속…

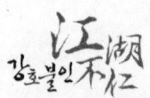

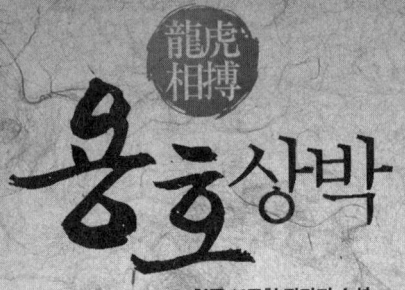

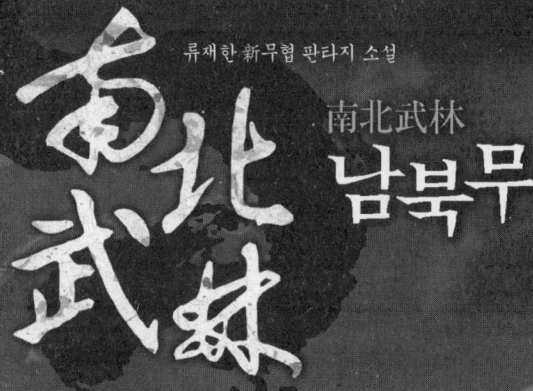

류재한 新무협 판타지 소설

南北武林
남북무림

피 한 톨 섞이지 않은 악귀와 들개는 비럭질의 인연으로 만났다.

"악귀야, 미리 겁먹지 마라. 별거 아니다. 세상 참! 정말 별거 아니다. 그렇지 않냐?
우리 쪽팔리게 이러지 말자."
"그래, 우리 둘이서 세상 한번 말아먹어 볼까?"

악귀는 부들부들 떨리는 묵검의 예봉을 노려보며 이를 갈았다.
"이제 저주라 말하지 마라! 내가 선택한 게 아니었다. 그러니 더 이상 나에게
죄를 묻지 마라! 이제 내가 죄를 물을 차례다!"

"…네가 내게 인정해야할 것은 운명뿐이다. 그것이 끌리면 까도 좋다.
하지만 하나만은 잊지 말고 기억해라. 난 들개다. 그걸 잊는 순간 넌……"
아랑은 말끝을 잘라놓더니 악귀를 향해 입꼬리부터 삐딱하게 말아 올려 보이곤
못다 한 말을 마저 갈무리했다.
"…좆 되는 거다, 알았나?"

─난 들개다. 그걸 잊는 순간 넌, …좆 되는 거다.
후─ 우!
'운명을 믿는 순간, 형이 좆 되는 거야.'

몽월 新무협 판타지 소설

대법왕
大法王

'중놈이 될 바에야 차라리 죽겠다!'

소주의 개고기(犬肉)라 불리는 동천몽.
십육 세 생일을 맞아 거하게 놀려던 찰나, 네 명의 승려가 난입한다.
그렇게 본의 아니게 활불이자 영생불사의 존재인
대법왕이 되어버리는데……

절대 중놈으로 살 수 없다는 주인공 동천몽과
악착같이 대법왕으로 모시려는 포달랍궁 사이의
밀고 당기는 싸움.

**과연 그는 대법왕이 되어 군림할 것인가,
아니면 소주의 개고기로 돌아올 것인가!!**

유행이 아닌 자유추구
WWW.chungeoram.com

Book Publishing CHUNGEORAM

潛行武士
잠행무사

김문형 新무협 판타지 소설

"흑랑성에 들어간 사람 중에
다시 강호에 나온 이는 없다."

서장 구륜사와의 결전을 승리로 이끌며 중원무림에
홀연히 나타난 문파 흑랑성(黑狼城).
그러나 흉흉한 소문이 사실로 드러나 무림맹으로부터
사파로 지목받고 멸문당한다.

그로부터 일 년 뒤.
강호의 은원을 정리하고 금분세수를 하려는 청위표국의 국주 송현은
마지막으로 무림맹의 의뢰를 받아들인다.
그것은 바로 금지 구역 흑랑성에 잠행하는 일.

송현은 무림에서 외면받는 무사 네 명을 선출하여
소림승 진광과 함께 흑랑성에 들어간다.
흑랑성의 비밀이 하나씩 드러나면서 밝혀지는 진실은
그들을 목숨을 건 사투로 끌어들여 가는데……

액션스릴러로 만나는 무협
잠행무사!

유행이 아닌 자유추구-
WWW.chungeoram.com
Book Publishing CHUNGEORAM

無影
無雙

무영무쌍

김수겸
新무협 판타지 소설

그림자도 찾기 힘들고[無影],
가히 대적할 자도 없다[無雙]!
강호의 절대고수 무영무쌍!

청설위국의 위사 진세인,
그를 찾아오는 수많은 사람들.
그를 원하는 수많은 세력들.

거대한 음모의 소용돌이 속에서
그는 그를 버렸던 용부를 지켰고,
그에게 검을 겨눴던 무림맹과 십만마교를 구해냈다.

모든 것을 가졌던 황제가 끝까지
갖지 못했던 단 한 사람!
위사 진세인과 동료들의
강호행이 시작된다!

몽월
新 무협 판타지 소설

대법왕

大法王

'중놈이 될 바에야 차라리 죽겠다!'

소주의 개고기 [犬서]라 불리는 동천몽.
십육 세 생일을 맞아 거하게 놀려던 찰나, 네 명의 승려가 난입한다.
그렇게 본의 아니게 활불이자 영생불사의 존재인 대법왕이 되어버리는데……,

절대 중놈으로 살 수 없다는 주인공 동천몽과
악착같이 대법왕으로 모시려는 포달랍궁 사이의
밀고 당기는 싸움.

과연 그는 대법왕이 되어 군림할 것인가,
아니면 소주의 개고기로 돌아올 것인가!!

유행이 아닌 자유추구 -
WWW.chungeoram.com

Book Publishing CHUNGEORAM

뉴 월드
New World

김형신 게임 판타지 소설

**검이라는 지휘봉을 바람에 흩날리며, 피의 악보와
비명의 화음으로 죽음을 지휘하는 자… 마에스트로.**

최초의 가상현실 게임의 뒤를 잇는 뉴 월드의 출현.
마법과 기사, 신관, 몬스터의 서대륙. 주술과 검사, 무녀, 요괴의 동대륙.
현실과 또 다른 현실, 그 경계선에서 숨 쉬는 유저들.
그런 뉴 월드에 한 유저가 나타났다!

레벨 업을 위해서라면 잠도 포기한다!
아이템을 위해서라면 한자리에서 보름 내내 움직이지 않는다!
자신을 위해서라면 아부는 필수! 꼼수는 센스!

그가 뉴 월드에서 얻게 된 직업은 죽음의 지휘자…
마에스트로.

유뱅이 아닌 자유추구 ~
WWW.chungeoram.com
Book Publishing CHUNGEORAM